*Collection dirigée par Glenn Tavennec*

# L'AUTEUR

Sous le mystérieux pseudonyme de Myra Eljundir se cache un auteur et scénariste francophone de talent, vivant en Islande.

À l'instar de Kaleb, sa trop grande empathie l'a conduite à s'isoler. Une façon de se protéger, ainsi que ceux qu'elle aime.

# MYRA ELJUNDIR

## KALEB

## SAISON I

*roman*

ISBN 978-2-221-12682-0

*Aux enfants du volcan,*
*parce que nos cendres se reconnaîtront.*


« *Come out, come out, wherever you are.*
*See you all in Death Valley.* »

Anne Rice, *Queen of the Damned*

# PREMIÈRE PARTIE

# 1.

**U**n coup de poing dans l'oreiller.

Son premier réflexe. Pas sa première envie, non. C'est plutôt cet étrange réveil qu'il exploserait bien. Une espèce de boîte à musique sans âge, dont il remonte le mécanisme grinçant tous les soirs, bien consciencieusement, une main crispée sur le couvercle pour qu'il reste fermé, l'autre qui tourne la molette trop petite pour ses longs doigts. Il tourne, tourne jusqu'au *crac !* Et le lendemain, à 7 heures pile, le mécanisme s'enclenche, hésite, se grippe, résiste. Mais chaque fois la danseuse miniature gagne le combat, repousse le couvercle en laiton de ces bras frêles qu'elle garde toujours levés, opère un quart de tour sur la gauche, stoppe comme pour prendre une inspiration, et se met à virevolter dans le sens des aiguilles d'une montre, sur une musique familière aux accents métalliques. Joli. L'objet a le charme d'un autre temps, de celui qui fait rêver les filles qui attendent leur prince charmant. Elle est délicate, fragile et précieuse, cette boîte.

Un coup de poing magistral qui s'abattrait sur sa tronche ridicule, l'aplatissant encore et encore jusqu'à ce que la figurine cesse de danser et n'essaie même plus, qu'elle soit éjectée de son ressort, que la musique se décompose et devienne aussi pitoyable que les mélodies bidons des cartes d'anniversaire… Ouais, l'idée de faire ça lui plaît bien. Il esquisse un sourire alors qu'il n'a même pas encore ouvert les yeux, et s'est contenté de rabattre le couvercle gravé en pestant un peu.

Kaleb se retourne dans son lit, dos à la fenêtre pour éviter la lumière du matin et voler un peu de sommeil à la journée qui commence. Tempe droite posée sur le matelas. Grimace. Grognement. Aïe ! Son œil le fait souffrir. Il lève son sourcil gauche, et l'arque à l'extrême.

— Fait chier.

Il s'est encore battu la veille et l'avait déjà oublié. Pourtant, le mec n'y était pas allé de main morte. Lui non plus. Kaleb était comme enragé, ne mesurant plus sa force. Juste habité par l'envie de cogner, de gagner. Il serait bien incapable d'expliquer les raisons de cette bagarre, ce matin.

— Je crains, râle-t-il.

Kaleb se décide à ouvrir les yeux. Enfin, un œil et demi vu la boursouflure qu'il a sur la paupière droite. Il s'assied et considère la boîte à musique. Comment aurait réagi sa mère en le voyant dans cet état ? Qu'aurait-elle dit si elle était encore là ? Si elle n'était pas...

Morte.

Le mot détesté, interdit, qui fait monter des larmes qu'il préfère ravaler. C'est plus fort que lui : ça le glace et le vide de toute substance. Il secoue la tête et se fait violence pour cesser d'y penser. Il n'est qu'un faible. Une lavette infoutue de se débarrasser d'un stupide réveil, parce que cette danseuse est tout ce qui lui reste d'Elle...

— Kaleb ! T'es réveillé ? Tu veux des œufs ?

La voix de son père lui parvient de la cuisine et le tire de sa mélancolie.

— Ouais ! Deux ! grommelle-t-il.

C'est en général les seules phrases qu'ils échangent de la journée. Largement suffisant. Rien à se dire. C'est comme ça. Ils n'ont pas grand-chose en commun, à commencer par leur nom. Sa mère et son père étaient séparés à sa naissance. Il a donc pris le nom de la jeune femme. Helgusson, qui signifie « fils de Helga ». En Islande, on prend le prénom d'un des parents et on ajoute « son » lorsque l'on est un garçon, et « dottir » lorsque l'on est une fille. Voilà tout ce qu'il sait de son pays d'origine. Un comble si l'on compte le nombre d'endroits sur la planète où Kaleb a déjà vécu ! Son père a la bougeotte, et surtout cette éternelle impression que l'herbe est plus verte ailleurs. Pas d'autre choix que de le suivre jusqu'à présent. Mais désormais, Kaleb estime qu'il n'a plus à obéir à qui que ce soit. Il a dix-neuf ans depuis le 20 mars. C'est un homme, maintenant. Sans comptes à rendre à quiconque, ni même l'obligation de rester en France, ce pays qu'il n'aime pas.

L'odeur des œufs brouillés vient lui chatouiller l'appétit. Il se lève et enfile son caleçon de la veille, se dirige vers la cuisine en traînant des pieds.

— Quand même, tu pourrais mettre un T-shirt !

— C'est pas comme si tu attendais quelqu'un, marmonne Kaleb en se servant du café.

Aussi loin qu'il s'en souvienne, il n'a jamais vu une femme prendre le petit déjeuner avec eux. Personne qu'il pourrait choquer, donc, en exhibant un torse qu'il trouve au demeurant plutôt pas mal.

— Tu t'es encore battu ? Mais qu'est-ce que t'as, en ce moment ? Je ne te reconnais pas...

Kaleb n'en sait rien. Tout ce qu'il comprend, c'est que c'est plus fort que lui. Une succession de pics hormonaux, peut-être. Avec des hauts plutôt exaltants où il se sent invincible, plein de vie... et des bas où il est au bord d'un gouffre qu'il ne voit pas mais qui l'attire, l'emplit de haine, et de colère.

— Tu as changé, Kaleb. Et pas en bien. Tu devrais...

— Je devrais quoi ? aboie le jeune homme. **Me tenir à carreau** ? Faire profil bas, comme tu dis toujours ? Pour finir comme toi ? Un loser qui traîne les mêmes galères de pays en pays ? Quelqu'un qui ferme sa gueule et obtient que dalle ? Sans moi, merci !

Franck Astier laisse tomber ses épaules. **Rien à répondre à ça.** Son fils est révolté, comme tous les jeunes de son âge. C'est une sale période, il ne peut rien faire d'autre qu'attendre que la crise passe. Pourtant, Kaleb aurait intérêt à se calmer rapidement s'il ne veut pas attirer l'attention sur lui... même si des adolescents bagarreurs, il en existe des tas. Ce n'est pas ça qui les mettra en danger. Enfin, il espère.

Kaleb a quitté la cuisine sans débarrasser ses couverts. Franck entend l'eau de la douche couler. Son fils est propre, c'est déjà bien ! Il sourit amèrement : il avait son âge quand il avait rencontré Helga. Et tout juste vingt ans quand il avait dû s'occuper du garçon. À l'époque, il savait à peine ce que cela voulait dire, « morte en couches ». Erik, le cousin de la jeune femme, lui avait annoncé la triste nouvelle. Et lui avait fait cette étrange proposition : « Prenez le bébé et la mallette. Dedans, vous trouverez de quoi refaire votre vie aux États-Unis. Ne revenez jamais en France, et surtout ne restez jamais plus de deux ans dans la même ville. Pour la sécurité de Kaleb et la vôtre. » Franck ne se sentait pas la fibre paternelle, mais l'idée de voyager lui plaisait, et puisque l'enfant était son visa pour les États-Unis, alors il avait accepté le deal proposé par l'homme aux yeux marine, les mêmes que Kaleb. Au final, la vie là-bas n'avait pas été à la hauteur de ses rêves, mais pas pire qu'elle ne l'aurait été en France. Les premières années, il avait suivi la consigne d'Erik à la lettre et déménagé tous les deux ans. Puis Franck devint moins rigoureux, s'attardant trois ans, quatre ans, dans les lieux où ils s'installaient. Il avait fini par quitter l'Amérique avec le garçon pour se rapprocher de son pays natal, qui lui manquait. Irlande, Belgique, pour finir par craquer et rentrer en France, un an auparavant. Kaleb était majeur et désormais capable de se défendre seul. Se défendre de quoi ? Au fond, il l'ignorait… puisqu'il avait même fini par oublier les raisons de la mise en garde d'Erik. Le père et le fils s'étaient donc installés à Paris. Le jeune homme parlait un français impeccable, pour l'avoir toujours pratiqué avec son père et parfait lors de leur séjour en Belgique. Mais Kaleb, qui avait jusque-là mené une vie sans histoire, ne s'acclimatait pas à la vie parisienne. Le métro bondé pour aller en cours, le stress ambiant, cette insupportable coquetterie des autres mecs… Tout semblait le heurter.

Le jeune homme vient enfin de couper le jet d'eau chaude. Il se sèche vigoureusement avec une serviette un peu rêche, et laisse échapper un long soupir. Ses mots ont dépassé sa pensée. Il s'en veut d'avoir blessé son père, mais il est bien incapable de l'admettre et d'aller s'excuser. Il se dit en haussant les épaules qu'éviter le sujet reste le meilleur moyen de tirer un trait sur l'incident. Il enfile rapidement un jean, un T-shirt blanc, son incontournable Perfecto, et traverse le couloir sans un mot. Un clin d'œil au miroir pour tester son charme, une vague grimace de douleur et il attrape ses clés, ses lunettes de soleil. Direction : le lycée.

— Allez, madame Morin, susurre-t-il avec un léger accent américain concocté sur mesure pour la quadragénaire. Soyez sympa, laissez-moi aller direct en cours, j'ai déjà eu trop de retards ce mois-ci et la conseillère risque de me saquer !

Agnès Morin a un net béguin pour Kaleb. Il faut dire que non seulement il fait plus que son âge – on lui donnerait bien dans les vingt-deux, vingt-trois ans –, mais en plus il a la beauté du diable ! La surveillante ne peut s'empêcher de le caresser du regard. Il doit faire dans les 1,90 mètre, cheveux noirs très légèrement bouclés, yeux bleus, musculature parfaite… Elle se mord la lèvre inférieure, confuse d'être troublée par un si jeune homme.

— S'il vous plaît, insiste-t-il en lui adressant un regard implorant.

En présence de Mme Morin, Kaleb se sent comme galvanisé, sûr de lui et de son pouvoir de séduction. C'est une proie facile, certes, mais elle peut lui éviter de nouveaux problèmes. Et puis, elle ne demande qu'à se laisser convaincre !

— Bon d'accord... mais c'est la dernière fois pour ce mois-ci, compris ? roucoule-t-elle.

— Promis ! jure-t-il, une main sur le cœur.

Ouf ! Il doit une fière chandelle à la surveillante. Il faudra qu'il pense à lui offrir un petit bouquet à l'occasion, pour la remercier. Il l'aime bien, en vérité. Il a le sentiment que ça ne doit pas être rose tous les jours, chez elle, et pourtant elle a cette forme de générosité qu'ont souvent les femmes. C'est aussi pour ça que, à quelques exceptions près, il s'entoure essentiellement de compagnie féminine. Une question de sensibilité, peut-être, même s'il a du mal à l'admettre.

Et puis, bien sûr, il collectionne les conquêtes. Pas pour alimenter un tableau de chasse, non. Juste parce qu'il aime passionnément les filles. Toutes les filles. Kaleb a été précoce. Et Kaleb est gourmand.

Il se retourne pour faire signe à Agnès. *Des roses blanches. Les préférées de la surveillante*, devine-t-il. L'intuition a été si fulgurante qu'il lui est impossible d'en douter. Parfait, il passera en cueillir au cimetière, le lendemain, avant les cours, sourit-il.

Kaleb entre dans la classe et salue sa prof d'anglais. Sûr de lui, irrésistible. Les filles se taisent, minaudent un peu. Euphorique, conquérant, Kaleb leur adresse un clin d'œil, sans remarquer que quelqu'un, du fond de la salle, le fusille du regard.

## 2.

L'anglais, ce n'est pas un problème. Il a vécu aux États-Unis pendant les treize premières années de sa vie. Ça lui manque, d'ailleurs. Le bruit, les odeurs, les gens, tout. Même la nourriture. Il se sentait libre, là-bas, malgré le politiquement correct, l'individualisme. Au contraire : ça lui plaisait. Chacun ses affaires.

Vivre dans le pays le plus puissant du monde lui a aussi donné une assurance à toute épreuve. Les sentiments qui l'assaillent depuis ce matin en sont d'autant plus curieux. S'il s'est cru le roi du lycée pendant quelques minutes, il a ensuite été envahi par une sorte de torpeur, de résignation, qui a entamé son moral au fil du cours, en écho à la voix monocorde de la prof déjà fatiguée. Un fugace contact visuel avec Manuel, le bouc émissaire de la classe, et il s'est senti accablé, faible, apeuré.

Comme son jumeau silencieux. Se sont ensuivis une angoisse diffuse pendant le cours de Mme Fabre, prof d'histoire que les élèves aiment malmener, puis un mépris dévorant pour ses camarades pendant le cours de maths de M. Ragon, surnommé le Dragon.

Assurance, fatigue, peur, mépris… C'est à peine si Kaleb a conscience d'être passé par autant de stades en si peu de temps. Ce qu'il sait, c'est qu'il est épuisé et crève de faim, qu'il profiterait bien de la pause pour rentrer chez lui et faire la sieste. Seul ou avec la charmante Sarah, d'ailleurs ! Et à toutes les émotions du jour, il peut désormais ajouter le désir. Il ferme les yeux et imagine la jeune fille, songe au parfum léger de ses cheveux, à ce T-shirt un peu transparent qu'elle porte aujourd'hui… Oui, sa libido le titille méchamment ! Comme il n'est pas du genre à attendre que la fille fasse le premier pas, il décide de prendre le taureau par les cornes.

— Hé, Sarah ! lance-t-il en s'approchant d'elle. Je peux te parler en privé ?

Sarah minaude un peu, pour la forme, mais quand la bombe sexuelle du lycée, sur qui toutes vos copines fantasment, vient solliciter un tête-à-tête… on ne se fait pas prier longtemps !

C'est facile de séduire, pour Kaleb. Presque une seconde nature. Un regard un peu insistant, qui déshabille et vous pénètre, des doigts qui effleurent une mèche de cheveux, la voix qui devient grave et chuchote pour que la fille s'approche, le bassin qui s'avance et magnétise les hanches fines... Tout ça, Kaleb le fait naturellement. Il sait instinctivement ce que la fille attend. Il se met au diapason du désir de l'autre, et met le sien en veilleuse, qu'il sent pourtant impétueux, impatient.

— Non mais tu te prends pour qui, espèce de connard ?

Ça, il ne l'a pas vu venir ! Comme un coup de poing invisible dans l'estomac. Enzo, la terreur du lycée, s'en prend à lui.

— De quoi tu parles, mec ? s'étonne Kaleb.

— Tu te prends pour qui avec tes grands airs et ton accent de mes deux ? Tu joues l'Américain et tu crois que tu vas emballer toutes les meufs, comme ça, et que tu vas être la star ? Non, t'as pas bien compris les règles, toi.

Il ponctue sa phrase d'un gros mollard qu'il crache à quelques centimètres des pieds de Kaleb. Le jeune homme sent aussitôt monter la colère. Il pourrait la repousser, mais il aime cette sensation.

— Ah. Et c'est toi qui comptes me les apprendre, avec ton QI de bulot ? le provoque-t-il.

— Kaleb, non ! Ne rentre pas dans son jeu, lui intime la jeune fille, apeurée.

Elle lui agrippe le bras et il prend instantanément conscience du risque qu'il court. Enzo est une petite racaille habituée à se battre, pas toujours à la loyale. Si tout le monde le craint ici, ce n'est pas sans raison. La peur de Sarah serait presque contagieuse. Kaleb hésite, plante son regard dans celui de son rival, se dégage de l'étreinte de Sarah. Enzo plonge la main dans sa poche. Les autres élèves qui, jusque-là, commentaient l'altercation, se taisent désormais. Silence pesant. Cliquetis d'un cran d'arrêt prêt à être dégainé. Ça monte, ça monte. Colère, haine. L'atmosphère devient électrique. Enzo guette le geste de trop qui l'autorisera à bondir sur l'Américain. Kaleb reste immobile. Impassible. Impossible de déchiffrer son expression. Il finit par baisser les yeux, inspire à s'en faire péter les sinus, comme pour se calmer, et tourne les talons.

Sans un mot, il traverse la cour et disparaît dans le bâtiment scolaire.

— Quel dégonflé !

Relâchement dans l'assemblée. On chuchote, on rigole, on est soulagé. Enzo savoure sa victoire. À croire que sa réputation a joué en sa faveur. Il n'aura même pas eu besoin de lui faire sa fête, à l'Américain. Dommage. Il en serait presque frustré, s'il n'y avait Sarah, comme lot de consolation. Comme gros lot, oui ! Il frime un peu, s'approche de la jeune fille médusée par la scène qui vient de se dérouler. Il est sûr de lui. Les nanas préfèrent les mecs qui en ont, et là c'est dans la poche !

— Tu viens ? demande-t-il à l'adolescente.

Tout à sa parade amoureuse, Enzo ne remarque pas que la clameur a de nouveau cessé. Ni que les pupilles de la jeune fille ont pris des proportions inquiétantes. Sarah est incapable de bouger, son visage marque l'incrédulité, la stupeur, la peur.

Kaleb vient de ressortir du bâtiment, presque nonchalamment, comme au ralenti. Il a un sourire narquois sur les lèvres. Et une chaise à la main, qu'il traîne derrière lui. Tout le monde croit comprendre ce qui va se passer mais personne n'ose réagir. Comme pour voir jusqu'où ça va aller. Certains, fascinés, lui facilitent même le passage en s'écartant de son chemin pour lui faire une haie d'honneur. Kaleb est désormais à quelques mètres d'Enzo. Dans son dos.

Les pas s'accélèrent. Prise d'élan, chaise levée à bout de bras. Enzo ne pige toujours pas ce qui se passe. Il est encore trop occupé à parader devant la jeune fille qu'il croit séduite.

*BAAM !* Les bras s'abattent. L'objet se fracasse sur la tête du caïd, qui s'écroule dans un cri. Toujours pas un bruit alentour. Tous sont comme tétanisés. Kaleb aurait pu le tuer, mais Enzo se relève déjà. Hébété, il porte la main à son crâne. Sa main est poisseuse : le cuir chevelu a été fendu.

Kaleb le toise, un sourire au coin des lèvres.

— Ben alors, Ducon, et ces règles ?

— T'es mort, fils de pute ! gronde Enzo en serrant les poings.

— T'es un rigolo, toi ! répond Kaleb, sans se départir de son imperturbable sourire en coin. Allez dégage ! crache-t-il en se retournant vers Sarah, qui recule d'un pas.

Mais le sourire de Kaleb se fige. Ses tempes se mettent à battre comme si elles allaient exploser. Pas le temps de comprendre ce qui lui arrive, comme un mauvais pressentiment qui l'envahit une seconde trop tard.

Enzo le saisit par l'épaule et le fait pivoter pour lui décocher un violent crochet du droit au visage. Ses lunettes de soleil décollent et vont heurter le bitume : il se dit qu'il est bon pour un look de panda avec deux yeux au beurre noir ! Ça fait mal. Une sacrée patate qui lui a dévissé le cou. Incapable d'articuler un mot, Kaleb tourne lentement la tête, les traits déformés par la rage. Il prend une longue inspiration, se penche en avant. Et fonce sur son adversaire qui tombe à la renverse. Kaleb bondit sur lui, agrippe sa gorge d'une main et frappe de l'autre, poing crispé, encore et encore, en hurlant. Ses cris sont plus forts que ceux de Sarah ou que les encouragements des autres mecs complètement hypnotisés. Il cogne en vociférant d'une voix rauque, lui pète des dents. Enzo ne cherche même plus à se défendre.

— Arrête, mec ! Arrête ! articule-t-il.

L'autre flippe vraiment. Kaleb peut presque renifler l'odeur de sa peur. Il relâche alors lentement sa prise, incrédule. Il est comme saoul : tête qui tourne, envie de vomir. La colère retombe et le cède à la panique. Il se redresse en titubant et regarde ses poings rouges de sang. Tout le monde s'est tu. Il fait un pas vers le groupe qui recule maintenant devant lui. Certains s'éclipsent discrètement, d'autres s'enfuient en criant. Sarah lui jette un regard horrifié, et se précipite vers Enzo pour lui porter secours.

Viennent alors la honte et l'incompréhension : pourquoi a-t-il fait ça ? Comment a-t-il pu aller si loin ? Il a l'impression de sortir d'un mauvais rêve. Lui non plus ne se reconnaît pas ces derniers temps. Ce n'est pas lui, cette bête déchaînée. Pourtant, il s'est rarement senti aussi bien que pendant cet accès de rage... comme s'il était enfin lui-même.

Mais quel genre de monstre faut-il être pour éprouver ces choses-là ?

Kaleb n'attend pas d'avoir trouvé la réponse à ses questions. Sans un mot pour s'excuser, il récupère ses affaires et file avant qu'un surveillant n'arrive. Il s'enfuit aussi sans un regard pour la fille qui a désormais peur de lui. On va sûrement l'exclure pour ce qu'il vient de faire, alors autant prendre les devants. Avec superbe, détermination. Panache. Pourtant, il se sent soudain vidé, à bout de forces. Alors Kaleb mobilise le peu d'énergie qui lui reste pour partir le plus dignement possible.

Pour que personne ne remarque la sueur qui dégouline le long de son dos, ses jambes flageolantes, ou encore les tremblements violents qui agitent tout son corps.

Chaque mouvement est une souffrance, sa tête tourne en une valse de fou. Il se sent au bord de l'évanouissement, mais se force à continuer, un pas après l'autre. Ne pas faillir. Lutter contre le corps qui se révolte, contre l'estomac qui se tord et hurle sa faim autant que son dégoût. Oublier les oreilles qui se bouchent et feutrent les bruits alentour, la salive amère qui emplit sa bouche. Fermer les yeux puisque de toute façon il voit flou, mais continuer d'avancer, malgré la fatigue extrême. Rentrer chez soi en pilotage automatique. Manger enfin, mourir peut-être.

# 3.

**D**ormir. Il veut juste dormir.

Tout ce que les placards contenaient de sucre et de gâteaux y est passé. La faim de Kaleb n'a été assouvie qu'au terme d'une orgie qui a duré une bonne vingtaine de minutes. Rassasié, il peut désormais céder à la fatigue.

Et pour dormir, une bière ou deux.

Il ne connaît rien de tel. Il a bien essayé de fumer des joints en de rares occasions, mais ce n'est pas son truc. Ça ne le tranquillise pas vraiment. Son corps est relaxé, certes, mais il est alors assailli de sensations trop contradictoires pour y prendre du plaisir.

La bière, c'est mieux. Il a pris dans le frigo tout ce qui restait du pack de son père et s'est affalé sur le canapé.

La première gorgée, qui soulage, apaise le feu intérieur. Kaleb pousse un soupir de satisfaction et engloutit la canette d'une traite. Ferme les yeux. Rote bruyamment. Et se retranche à nouveau derrière ses paupières gonflées. Elles pèsent trois tonnes. La pièce semble virevolter autour de lui, puis c'est une vague nausée qui monte, un vertige qui l'entraîne sur une piste de danse démoniaque où il perd presque conscience. Impression que son âme tressaille et s'évanouit sur une musique syncopée. Une torpeur douçâtre engourdit ses doigts, son corps est un bloc de plomb qui s'enfonce dans les coussins trop mous. Les bruits de la rue s'atténuent. Les tensions se calment. Il se laisse couler dans les vapeurs d'alcool et s'assoupit.

Dans ses rêves confus, apparaît un vieil homme à la peau noire. Sans âge. Qui lui parle, mais ne remue pas les lèvres. Il s'exprime dans une langue inconnue que Kaleb comprend parfaitement. L'homme pleure de grosses larmes qui roulent sur sa peau tannée. Il prend les mains du jeune homme dans les siennes et l'embrasse sur le front. Mais le ciel s'assombrit, devient gris, noir, chargé de poussières volcaniques, aussi dense que le pire des brouillards. Puis le vieil homme noir disparaît dans l'épaisse fumée. Un bruit d'explosion transperce alors les tympans de Kaleb, la déflagration se fraie un passage au plus profond de son être pour en atteindre le noyau et le déchirer. C'est une chose profonde, essentielle, qui est réduite en cendres. Il ne saurait dire de quoi il s'agit mais il sent que c'est fondamental, comme une part d'humanité. L'écho de la détonation cogne dans sa tête. À bien y réfléchir, ce n'était pas une simple explosion, non... Une éruption volcanique. Un volcan crache sa colère. La lave jaillit, déborde, inonde et brûle toute vie alentour. Il peut sentir la peur et la douleur du vivant carbonisé. Faune, flore. Toute cette souffrance s'engouffre en lui... c'est insupportable. Alors à son tour il pleure, il va exploser. Mais ses larmes sont de l'acide qui lui ronge les joues. Ses yeux brûlent, saignent et se dissolvent. Il n'a plus qu'une mare de sang à la place des orbites.

— T'es pas au lycée, toi ?

Kaleb sursaute violemment. Il ignore combien de temps il a dormi. Le réveil est brutal, mais il a au moins quitté ses rêves en sables mouvants. Il n'est pas sûr qu'il aurait pu en sortir de lui-même. Son cœur bat à cent à l'heure. Il a envie de vomir.

— Tu as bu, Kaleb ?

Franck considère le cadavre de bière, tombé sur la moquette, qui baigne dans une flaque claire.

— Juste une canette. Faut croire que je tiens pas l'alcool, répond Kaleb, d'une voix pâteuse.

— Pourquoi tu n'es pas au lycée ?

— Tu vas pas aimer la réponse.

— Donne-la quand même.

Sans rien dire, le jeune homme pointe du doigt son œil gauche, d'un air navré.

— Tu t'es encore battu ! Ils t'ont viré ?

— Pas encore mais vu l'état du gars, ce ne serait pas étonnant.

— Bah, le moins qu'on puisse dire, c'est que ça n'a pas l'air de te traumatiser !

— Ce qui est fait est fait.

De toute façon, Kaleb aura forcément le dernier mot. Franck sait qu'il ne sert à rien de discuter avec son fils. Il hésite à lui faire la morale, mais le combat est perdu d'avance. Alors il renonce et part s'enfermer dans sa chambre, pour regarder un DVD.

*Lâche !* Une raison de plus de mépriser son père. Le jeune homme allume son ordinateur portable et surfe un moment sur Internet, s'attarde sur Facebook. Il a huit demandes d'ajout à sa liste d'amis. Un instant, il reste scotché devant l'écran, presque malgré lui. Comme si une force extérieure lui intimait de rester aux aguets.

Soudain tous ses muscles se crispent. Son sang se concentre dans son cerveau. Une boule à l'estomac grossit et repousse ses organes jusque dans ses doigts qui palpitent. Il clique sur « confirmer » une fois, deux fois, huit fois. Parmi ses nouveaux amis, Lucille. Dix-sept ans, blonde, yeux bleus, bien faite. Il clique sur sa photo pour jeter un œil à son mur. Il ne voit rien. Sans qu'il puisse se l'expliquer, la colère est revenue. Dirigée désormais contre cette fille, sans qu'il comprenne pourquoi. *Salope ! Elle mérite de crever...*

La nausée le submerge à nouveau.

Pas le temps de s'interroger sur la violence de sa réaction. Le visage du vieil homme qu'il a vu en rêve se superpose à la photo de Lucille. Peau brune et fripée sur chair rose de vingt ans à peine. Yeux incandescents qui le transpercent et le ramènent à des sensations plus terre à terre.

Envie de gerber. Pas le temps d'aller jusqu'à la cuvette des W-C.

Incrédule, Kaleb se précipite vers l'évier de la cuisine.

Il actionne le robinet, son estomac se contracte douloureusement. Les spasmes le font tousser, la bouche s'ouvre, le cou s'aligne avec l'œsophage. Premier flot de bile mêlée à la bière amère. Dégueulasse. Il voudrait arrêter, mais le geyser brûlant n'en a pas fini de gicler. Kaleb dégobille en silence la révolte de son corps. Putain, tout ça pour un peu de bière ! Il ferme les yeux. Le vieil homme réapparaît et lui souffle que ce n'est pas la bière qui le met dans cet état. Qu'il paie d'avoir mordu dans le fruit empoisonné de la colère. Le vieillard noir a l'air déçu... Kaleb secoue la tête et ouvre les yeux. *Va te faire foutre, vieux con !*

Il n'a plus rien à vomir. Sa gorge est enflammée. Il faut qu'il sorte, qu'il prenne un peu l'air. Kaleb enfile son blouson, croise son reflet dans le couloir. Demain il sera incapable d'ouvrir l'œil gauche. Ses iris lui semblent plus clairs que d'habitude. Le contraste avec les ecchymoses, sûrement... Il ouvre la porte sans juger bon de prévenir son père. De toute façon il est majeur. Plus de comptes à rendre.

Il ne sait pas où aller. Il a envie de se perdre dans la foule, de s'oublier lui-même. Il prend le métro pour en sortir rapidement : finalement tout ce monde l'oppresse. Il déambule ainsi plusieurs heures dans les rues de Paris, pour se retrouver dans un jardin d'enfants.

Tous les bancs sont pris. Il s'assied à côté d'une jeune femme qui surveille une petite fille sur un toboggan. Elle pourrait être sa mère, sa grande sœur, la nounou. Blonde, élancée, les yeux clairs. Kaleb la trouve jolie et lui sourit. Elle lui rend la politesse, mais recule un peu. Elle est effrayée par ses paupières tuméfiées.

— Je me suis fait agresser dans le métro, explique-t-il.

— Vraiment ?

— Oui. J'aimerais bien prétendre que ces connards sont dans le même état que moi, mais je mentirais…

— Ils étaient plusieurs contre vous ?

La sollicitude de sa voisine de banc le touche. Il s'en voudrait presque de lui mentir ainsi. Presque. Mais il a besoin d'attentions, d'affection. De tendresse. Elle a l'air douce. Il aimerait pouvoir passer une main dans ses cheveux, caresser ses joues et s'endormir dans ses bras. Il est si las… Il a besoin qu'on l'enveloppe d'amour.

— Oui, ils étaient trois. Je n'ai pas pu me défendre. À peine me protéger.

— Je suis désolée pour vous.

Elle a levé la main et en effleure délicatement son visage. Il ferme les yeux. *Oui, aime-moi. Sois mon refuge. J'ai besoin de toi, ce soir...* Il pose sa tête dans la main de la jeune femme et la regarde. Elle lui sourit avec bienveillance, comme si elle avait lu dans ses pensées...

— Maman, maman ! C'est qui le monsieur ? Pourquoi il pleure ?

Il n'avait pas remarqué que la petite fille s'était approchée, ni que ses larmes coulaient. Il les essuie rapidement, gêné.

— Je m'appelle Kaleb. Et toi ?

— Moi je m'appelle Emma. J'ai cinq ans. T'as quel âge toi ?

— Emma ! gronde sa maman. Ce n'est pas poli de demander ça à des grandes personnes !

— Ce n'est rien ! J'ai vingt-deux ans...

— Ah ! t'es presque aussi vieux que ma maman !

— Emma ! rougit la jeune femme.

— Pourquoi ? Tu as quel âge ? se risque Kaleb.

— Vingt-quatre...

— Deux ans, ce n'est rien, ment-il en souriant.

Un sourire auquel elle ne sait comment résister.

— Je ne vais pas tarder à rentrer : le temps se couvre un peu... Je... je vais sûrement te paraître un peu folle... même moi j'ai du mal à croire que je suis en train de faire ça... Mais...

— Mais ? reprend-il en aimantant le regard de la jeune femme.

— Hum... si tu ne fais rien, bien sûr... est-ce que ça te dirait de te joindre à nous ? demande-t-elle.

La jeune femme a beau avoir conscience des risques qu'elle court en invitant un inconnu chez elle, c'est plus fort qu'elle. Elle ne peut pas le quitter comme ça...

— Le papa d'Emma risque de ne pas être d'accord, risque le jeune homme.

— Le papa d'Emma et moi sommes séparés... depuis longtemps.

— Alors c'est d'accord...

— Super ! s'écrie la gamine. Tu voudras bien qu'on joue à la dînette, dis ? Et puis après on pourrait manger ensemble pour de vrai ! Maman fait trop bien les pâtes !

— Emma..., soupire sa mère.

— Je resterai aussi longtemps que ta maman le souhaitera..., répond-il en caressant la jeune femme du regard.

Kaleb a toujours aimé les enfants. Impossible de tricher avec eux. Que la petite Emma l'adopte aussi vite lui fait un bien fou. Elle est pure, naïve. Kaleb a l'impression de se ressourcer au contact de la fillette.

Emma ne consent à le rendre à sa mère qu'après deux heures de babillages et autres jeux de dînette auxquels il s'est prêté de bonne grâce.

— Tu permets que j'aide ta maman à préparer le repas, ma puce ?

— Bon d'accord, accepte la petite fille.

Mathilde – c'est son prénom – n'en revient pas de la complicité de ces deux-là. Elle aussi se sent bien avec Kaleb, plus détendue qu'elle ne l'a été depuis longtemps...

Elle donne un paquet de lardons au jeune homme, pour la préparation de ses fameuses pâtes.

Mais Kaleb, soudain pris d'un spasme violent, lâche la barquette. Les morceaux de viande s'éparpillent lamentablement sur le carrelage de la cuisine.

— Je... je suis désolé... j'aurais dû te prévenir... Je suis végétarien.

Il est sous le choc de ce qu'il vient d'articuler. Ce n'est pourtant pas un énième mensonge pour séduire Mathilde, mais l'aboutissement logique d'une série d'écœurements qu'il ressent depuis quelques jours, chaque fois qu'on lui propose de la viande, et sur lesquels il a fini par mettre un mot. Là où son hôtesse voit de banals ingrédients, une image bien moins appétissante se substitue dans l'esprit de Kaleb. Il visualise les cochons emprisonnés depuis leur naissance, engraissés, empêchés dans leurs mouvements par des cages trop petites.

Il voit la lumière constante de l'usine à viande, la puanteur dans laquelle on les oblige à vivre, les maladies, la peur, la douleur... le transport des bêtes, entassées et effrayées, dans un camion les conduisant vers un lieu de mort qu'elles flairent de loin. Et la peur, encore, les insultes et les coups pour les faire entrer dans l'abattoir, l'incompréhension des animaux terrifiés. La terreur lors de l'étourdissement raté. La douleur d'être tracté par une seule patte, tête en bas. L'horreur de la lame qui s'enfonce dans la gorge, le cerveau qui panique, le corps qui s'agite, comme celui des autres, à la chaîne... Puis la mort. Indigne. Cruelle. Le terminus d'une vie sacrifiée. L'erreur d'être né animal, l'horreur d'être nié, de n'être qu'une marchandise instrumentalisée pour finir débité en petits morceaux, qui donneront bon goût à un vulgaire plat de pâtes... Voilà ce que Kaleb voit quand il regarde les lardons, éparpillés sur le sol. Voilà pourquoi il n'arrive plus à manger de ces cadavres. Et voilà comment, en le verbalisant, il a réussi à chasser la nausée et les visions d'horreurs qui défilaient dans sa tête.

— Oui, affirme-t-il avec assurance. Je suis végétarien. Désolé pour le gâchis.

— Non, ce n'est rien, lâche Mathilde. Tu as raison, on mange trop de viande, de toute façon.

Elle ne s'explique pas le flot d'images qui l'a secouée, quand il a parlé de végétarisme, mais elle se sent maintenant coupable de ses habitudes alimentaires. Honteuse aussi de les transmettre à sa fille.

— J'ai des tomates et du basilic...

— Ça ira très bien.

Mathilde est soulagée. Elle le connaît à peine, mais sait déjà qu'elle ferait n'importe quoi pour plaire au jeune homme...

# 4.

La petite s'était endormie depuis quelque temps sur le canapé, son doudou à la main. Mathilde l'a soulevée délicatement et l'a déposée dans son lit rose avant de fermer la porte sur les rêves de la fillette. On a du mal à croire que la jeune femme est déjà mère, tant elle paraît délicate, fragile presque. Ses gestes sont gracieux. Elle rougit quand Kaleb la fixe trop intensément. Elle n'a pas l'habitude de ramener des hommes chez elle. C'est peut-être le premier, depuis que le père d'Emma l'a quittée. Alors elle est un peu gauche, maladroite. Lui trouve ça charmant. Ça le fait sourire. Il a tout son temps pour l'apprivoiser. Il remplit à nouveau de vin rouge le verre de Mathilde et s'enfonce un peu plus dans le sofa.

— Oh, non ! Je vais être saoule si je bois encore !

— Ce serait si grave ?

Mathilde est parcourue d'un frisson. La voix du jeune homme lui fait l'effet d'une caresse, d'une promesse. Elle a envie de céder à la langueur, elle a envie qu'il la prenne dans ses bras, mais cela fait si longtemps... Elle a peur.

— Ce serait... mal.

— Pourquoi ?

Cet homme-là est le diable, avec ses yeux tuméfiés, son look de mauvais garçon et ce charme duquel elle ne peut se soustraire. Il est beau à couper le souffle. Et il la désire, c'est sûr.

Au fond, elle ne sait pas pourquoi ce serait mal de se laisser aller. Juste que ça pourrait être bon... Elle peut sentir la tension sexuelle entre eux. Ça la picote, fourmille en elle, l'engourdit et l'éveille à la fois. Elle tremble. Et vide son verre d'un trait.

— Je ne sais pas, susurre-t-elle. Emma...

— Emma dort.

— Je ne te connais pas.

— Et alors ?

Il s'est approché d'elle, son visage à un souffle du sien. Elle a envie de se noyer dans ses yeux. Qu'il la serre fort et ne la laisse jamais repartir. Sa gorge se noue. Son cœur va exploser.

Kaleb saisit son verre et le pose sur la table. Un coude sur le dossier, une main qui soutient sa tempe. Il ne la quitte plus des yeux. Elle est comme hypnotisée par les mouvements rapides des iris bleu marine qui plongent dans les siens. Elle se

mord les lèvres, machinalement, se les humecte.
Elle ne pense plus à rien d'autre qu'à un baiser.
Alors il approche enfin son visage du sien, par en
dessous, passe une main dans ses cheveux et l'embrasse. Doucement. Tendrement. Mathilde se laisse
aller et se détend. Lui rend son baiser. Kaleb effleure
sa peau sous son T-shirt. Elle frissonne, hésite. Emma
n'est pas loin. Devinant ses craintes, il se lève et la
prend par les mains pour la conduire au fond de
l'appartement, dans la chambre. Il allume la lampe
de chevet et se déshabille. Elle a le souffle coupé.
Il est parfait. Elle a presque honte de son propre
corps, mais un nouveau regard de Kaleb suffit à
dissiper son malaise. Mathilde se laisse déshabiller
lentement, religieusement presque, et s'abandonne
à leur plaisir mutuel.

C'est bon, c'est doux. Exactement ce dont Kaleb
avait besoin. Comme le repos d'un guerrier qui
serait son propre ennemi. Il ferme les yeux. Perd
la notion du temps. Se laisse bercer par l'onde qui
se propage en eux.

Changement de rythme et l'onde devient houle.
La jeune femme roule sur lui et s'enhardit. Elle
mène désormais le jeu. Un jeu intense dans lequel
Mathilde s'oublie complètement. Kaleb ouvre les
yeux. Mais il ne la voit pas qui danse sur lui. À la
place, un brouillard noir, une fumée, une chimère.
Bref instant de panique. Il referme les yeux, tente
de se détendre. Sa vision est sûrement troublée à

cause de ses ecchymoses. Et la sensation est tout de même délicieuse. Il se concentre pour récupérer l'image de sa douce maîtresse. Écarquille les yeux. La fumée se dissipe. L'amazone est sublime. Une chevelure rousse cascade sur les épaules pleines, les seins ronds. *Kaleb !*

— Qu'est-ce que tu es belle !

— Donne-toi !

La voix de Mathilde a changé. Comme légèrement voilée. Et ses yeux verts brillent d'une flamme qu'il ne soupçonnait pas chez elle. Se donner, oui. Tout entier, tout de lui. Se couler dans le plaisir, se laisser vider de sa substance pour la satisfaire. Il s'agite, gémit, râle... *Kaleb ! Réponds-moi !*

— Je suis à toi, délire-t-il, en proie à une fièvre qui le consume.

— Viens à moi !

— Oui...

La chevelure rousse est comme un feu qui le fascine et le dévore. Il ne peut quitter son amante des yeux : elle est son guide. Mathilde a disparu et il ne s'en inquiète plus. Celle-là est si différente ! Sensuelle, tellement excitante...

— Qui es-tu ? chuchote-t-il, de peur de la faire fuir.

— Personne... Oublie que je ne suis pas elle. Laisse-moi faire...

— J'oublie ! répète-t-il, comme dans un rêve.

Kaleb divague à nouveau, il renonce à comprendre. Il n'a jamais connu ça. Le feu qui consume les sens.

La fille rousse gagne en force. Elle n'est plus qu'énergie. Telle une bombe prête à exploser. Elle vibre et se dissout. Il faiblit. Vacille. Bascule et perd connaissance dans l'extase. Elle redevient brume sombre, une ombre qui l'enveloppe et s'insinue en lui, le fouille et se concentre dans les recoins ignorés de son âme, l'enserre et tire, tire... tire et en décolle une partie, l'arrache. Kaleb hurle.

— Kaleb ! Mais réveille-toi, bon sang !

Mathilde le secoue énergiquement. Il ouvre les yeux, perdu, désorienté. Il fait nuit et il est sous la couette. Son corps est trempé de sueur. Mathilde semble soulagée et inquiète à la fois.

— Tu as fait un cauchemar. Je n'arrivais pas à te réveiller !

— Un cauchemar ? Mais nous étions en train de faire l'amour...

— Ça, c'était il y a quelques heures ! sourit-elle. Tu as fait un cauchemar, oui, et plutôt violent.

— Mais comment est-ce possible ?

Il vient au contraire d'être arraché à un rêve si délicieux qu'il l'a cru réel ! Il en a déjà oublié l'issue funeste...

— Je ne sais pas, mais j'ai dû te réveiller : tu criais trop, j'ai eu peur que tu effraies Emma.

Décidément il ne comprend rien à toute cette histoire. Comment a-t-il pu oublier sa nuit avec Mathilde, s'endormir et rêver à une autre ?

— Je criais ?

— Oui, et ce que tu disais était plutôt flippant.

— J'ai dit quoi ?

— « Pas mon âme, Abigail ! Ne prends pas mon âme ! »

Ces mots résonnent étrangement dans la tête du jeune homme. Mais il est incapable de rassembler ses idées, de raisonner.

— Je suis désolé...

C'est tout ce qu'il peut dire. Il se sent épuisé.

Kaleb s'effondre. Mathilde le regarde plonger à nouveau dans le sommeil. Elle le regarde et elle sait qu'il partira demain, sans se retourner. Qu'il la renverra à sa vie sans amour. Qu'il n'aura pas de scrupule, parce qu'à cet âge-là on ne s'encombre d'aucun sentiment. Parce que dans son sommeil il a l'air si jeune qu'elle comprend et pardonne tous ses mensonges, accepte d'être son refuge pour une nuit. Alors elle lui caresse doucement le front, comme à un gamin un peu paumé et l'enveloppe de son amour de femme, de sa douceur de mère tandis qu'il sombre dans un rêve silencieux.

Un rêve où l'ombre s'est enfuie et l'a laissé tremblant et glacé. Avec le sentiment d'avoir été vidé de lui-même. Avec la crainte d'être perdu, et de ne jamais se retrouver. Avec l'espoir de revoir sa mystérieuse amante...

## 5.

L'homme est impressionnant. Stature imposante, muscles secs, peau halée, cheveux blancs coupés en brosse. Difficile de lui donner un âge. Le port de tête est rigide, le dos droit, la démarche militaire. Il descend agilement de l'hélicoptère et répond brièvement au salut d'un de ses soldats. Il met une main en visière au-dessus des verres fumés de ses lunettes et fait signe à son assistante, de l'autre. Il couvre la distance qui les sépare en quelques enjambées mais ne s'arrête pas pour la saluer. Il est en retard et a horreur de ça. Pas le temps de traîner. La jeune fille lui emboîte docilement le pas et trottine tant bien que mal pour le suivre dans les couloirs du laboratoire, un bunker ultrasécurisé dont chaque porte s'ouvre avec une autorisation.

Ils n'échangent pas un mot. Seul le bruit de leurs semelles et les bips d'accès résonnent dans les couloirs en enfilade. L'homme s'arrête enfin devant une porte qu'il ouvre sans frapper. Silence. Tout le monde se lève précipitamment, en un garde-à-vous approximatif.

— Bonjour, mon colonel. Avez-vous fait bon voyage ?

Pour toute réponse, il claque des doigts à l'intention de son assistante. Pas besoin d'autre explication : elle s'empresse de baisser les stores des fenêtres, referme la porte de la salle, branche son ordinateur portable au vidéoprojecteur posé sur la grande table et lance le diaporama sans dire un mot.

« OPÉRATION PRÉSERVATION »

Les lettres rouges se découpent en grand sur le mur blanc, tandis que les cinq hommes présents se calent dans leur siège, prêts à découvrir le nouveau dossier. Une fois assurée qu'ils se sont tous bien imprégnés des deux mots et de leur signification, la jeune fille passe à l'image suivante. Le colonel scrute un instant le visage qui s'affiche, marque un long silence puis, d'une voix presque métallique, annonce :

— Messieurs, je vous présente notre nouveau... protégé : Kaleb Helgusson.

En dessous de la photo, la fiche signalétique du jeune homme :

Date de naissance : 20 mars 1991.
Double nationalité : française et islandaise.
Taille : 1,89 mètre.
Cheveux : noirs.
Yeux : bleus.
Signe particulier : EDV.

L'homme qui avait salué le colonel se risque à poser une question :

— Il a dix-neuf ans ! Comment se fait-il qu'on n'ait jamais entendu parler de lui auparavant ?

— J'y viens. Vous me poserez vos questions quand j'aurai terminé la présentation, Jones.

Le ton est sec, sans appel. Mâchoires crispées, le colonel toise l'importun qui se racle la gorge, gêné de s'être fait renvoyer dans les cordes. Mais le sujet est sensible. Kaleb n'est pas un EDV comme les autres et la mission s'annonce délicate.

— Kaleb est le fils d'une EDV. Sa mère, Helga K., est morte en couches. Quelques mois après sa naissance, Kaleb, que nous avions recueilli, a été enlevé par son cousin, Erik B. Incapable de s'occuper correctement du bébé, il a fini par le confier au père, Franck Astier, auquel il a conseillé de nous fuir. Astier a alors quitté la France avec son enfant, avant que nous puissions mettre en place un dispositif de surveillance. Nous les avons perdus de vue pendant dix-huit ans. Puis, l'année dernière, des mouvements sur le compte bancaire français de Franck

Astier nous ont été signalés. Les deux hommes sont revenus et vivent désormais à Paris. Ils font l'objet d'une surveillance rapprochée, mais discrète, depuis près de neuf mois.

Photos d'une rue parisienne, d'un immeuble, d'un lycée. Les images défilent. Le colonel les connaît par cœur. Sa concentration se relâche. Il regarde ses interlocuteurs, observe son assistante, yeux mi-clos derrière des cils interminables. Un pincement au cœur le saisit. Il sait dans quelles affres le garçon sera bientôt plongé. Il en éprouve de la tristesse mêlée à une forme de résignation, qu'il chasse d'un mouvement nerveux de la main. Il doit garder la tête froide pour mener à bien sa mission. Il enchaîne :

— Les nombreux déménagements de Kaleb ont perturbé sa scolarité. Il est actuellement en terminale. Bien qu'ayant deux ans de retard, il est brillant et parfaitement bilingue. Peut-être l'ignore-t-il encore, mais il a une capacité d'apprentissage hors du commun. Débrouillard et un poil roublard, Kaleb sait s'adapter à toute situation. C'est un garçon attachant, très séducteur : il recherche exclusivement la compagnie des filles. Peut-être est-ce dû à la mort précoce de sa mère. Il ne semble pas encore curieux de connaître ses origines et n'a entamé aucune démarche dans ce sens, mais ça ne devrait pas tarder. Depuis son arrivée à Paris, il a tendance à s'attirer des ennuis et se bagarre assez souvent.

Réfractaire à l'autorité, il est en rupture avec le système scolaire et s'oppose de plus en plus souvent à son père. Les deux hommes sont trop différents pour parvenir à communiquer. Notre protégé s'est donc tourné vers Robin Moreau, quarante-deux ans, qui vit dans le même immeuble. Kaleb l'a pris pour confident. Moreau est un baba cool qui écoute du reggae et fume du cannabis. Vous voyez le genre…, ajoute-t-il, une pointe de mépris dans la voix. Bref. Si nous sommes réunis ici aujourd'hui, vous l'aurez compris, c'est parce que la métamorphose a commencé.

L'assistante du colonel passe à l'image suivante dans une parfaite synchronisation. Il s'agit maintenant d'un patchwork de photos exposant toutes le même événement. On y voit Kaleb capturé au téléobjectif dans la cour de son lycée. Le jeune homme se bat avec un autre élève qui a le visage en sang. La scène est violente. Électrochoc pour l'assemblée qui comprend aussitôt l'urgence de la situation.

— Il a envoyé sa victime à l'hôpital. Le garçon souffre de multiples fractures et d'un traumatisme crânien. Il aurait pu y passer. Kaleb ne sait pas ce qui lui arrive et ne peut donc pas se contrôler. À l'heure actuelle, il est sûrement paumé, naviguant entre le déni de ce qu'il a fait et la peur de basculer dans la folie ou l'hyperviolence. Nous ne pouvons pas prendre cet incident à la légère : Kaleb Helgusson est désormais classé « code orange ».

— Orange ? s'étonne Jones. Pas un peu trop alarmiste ? Après tout, il vient juste de se révéler, il n'en est qu'aux prémices...

— Kaleb n'est pas un EDV comme les autres. C'est une cinquième génération. Il évoluera vite et il sera potentiellement cinquante fois plus puissant que ses semblables. Nous allons être confrontés pour la première fois à un EDV de ce niveau. Mais ce n'est pas tout. À vous, Mac Kee.

Un petit bonhomme ventripotent et sans âge se lève en repoussant bruyamment la chaise dans laquelle son corps semblait encastré. Il respire fort et se tamponne le front avec un mouchoir. Il commence son explication d'une voix un peu nasillarde.

— Je me présente : professeur David Mac Kee, vulcanologue et neurobiologiste. Le 20 mars dernier, date anniversaire de notre jeune ami, le volcan islandais Eyjafjöll est entré en éruption. Il faut savoir qu'une éruption est la résultante d'une agitation volcanique intermittente, d'une durée de plus ou moins dix-huit ans. Comme si la naissance de Kaleb avait provoqué une réaction en chaîne dont l'effet boomerang vient d'avoir lieu. Les deux sont intimement liés, ça ne fait aucun doute. Nous savons, depuis des siècles que nous les observons, que les EDV sont sensibles à l'exposition aux cendres volcaniques d'Eyjafjöll. Une question de magnétisme, sans doute, qui vient décupler leurs aptitudes. Quoi qu'il en soit, cette année, le panache d'Eyjafjöll a arrosé la France et Kaleb à deux reprises : le 20 mars et le 22 avril.

— Vous comprendrez donc, Jones, qu'il n'y a rien d'alarmiste à classer un EDV de cinquième génération en code orange, quand il a de surcroît pris une double ration de poussières volcaniques, complète le colonel. Et croyez bien qu'au moindre problème, je n'hésiterai pas à le classer « code rouge ».

Le code rouge, c'est l'exfiltration. On soustrait le sujet à son environnement pour juguler le problème, éviter les catastrophes. Un EDV ne peut être laissé livré à lui-même quand il met en danger la vie d'autrui. Pour l'instant, ce n'est pas le cas de Kaleb. Le code orange indique juste que la vigilance doit être maximale, pour repérer les signes avant-coureurs de l'explosion du don.

Dans l'assemblée, personne n'ose rien dire. Jones, qui n'est plus à une intervention près, se risque toutefois à lever la main.

— Quoi encore ? râle le colonel.

— Eh bien… si j'en crois la note qui nous a été remise avant la réunion, il me semble que Helgusson risque de sentir notre présence… voire d'anticiper nos actions, non ? Pourquoi alors ne pas l'approcher directement et lui expliquer que nous sommes là pour l'aider ?

La question fait mouche. Aussitôt, des regards interrogateurs passent du colonel, gorge qui tressaille, sourcils froncés, à son assistante qui contemple ses chaussures en rougissant.

— Parce que nous ne savons pas ce qu'il va vouloir faire de ce don et que je préfère anticiper le pire. Pour ça, j'ai besoin de le connaître parfaitement, de le voir évoluer sans interagir avec lui. Quant à l'idée qu'il nous repère de loin... eh bien, j'avoue que ce n'est pas pour me déplaire ! Cela rendra l'opération d'autant plus excitante !

Le diaporama est terminé. Le colonel remercie sa jeune assistante et l'enjoint à patienter dans le couloir, pendant qu'il s'entretient avec les cinq hommes. Elle s'exécute, bien qu'un peu frustrée. Adossée à un mur blanc, son ordinateur portable contre la poitrine, elle attend, guette la sortie au compte-gouttes des experts convoqués pour la réunion. C'est l'historien qui part le premier, suivi rapidement par l'informaticien et le vulcanologue. Le psychologue ne sortira que dix minutes plus tard, l'air soucieux. Quant au cinquième homme, la jeune fille ignore son rôle dans la mission, mais il doit être important pour que le colonel s'entretienne avec lui en dernier, seul à seul.

— Cruz, merci d'avoir assisté à cette réunion. Vous avez quelque chose pour moi, je présume ?

Le teint doré, les cheveux noirs impeccablement peignés, un costume sombre de marque, Esteban Cruz a tout du gendre idéal. Il esquisse un sourire et acquiesce à la question du colonel. Sans un mot, il tend un bras vers le sol et agrippe la poignée d'une lourde mallette, qu'il soulève aisément et pose sur la table, devant lui. Cruz en extrait une longue boîte noire, qu'il ouvre avec précaution, comme un écrin, pour en présenter le contenu à son interlocuteur.

Le manche noir présage d'une excellente prise en main, la lame, longue et affûtée, étincelle malgré la pénombre. Le colonel saisit la dague presque délicatement, teste le fil en la caressant de son pouce, en goûte le chuintement en connaisseur. Puis, changement d'attitude : le visage du colonel se durcit, ses lèvres se pincent jusqu'à disparaître. Il se met en position de combat et commence à frapper l'air de son arme, de plus en plus vite, de toutes ses forces. Il la met à l'épreuve dans l'attaque d'un ennemi imaginaire.

— Parfait, lâche-t-il enfin. Comme toujours, Cruz.

— Je savais qu'elle vous plairait... Code orange, donc ?

Le colonel, poing crispé sur son arme, découvre alors ses dents dans un rictus à glacer le sang.

— Plus pour très longtemps, Cruz. La chasse sera bientôt ouverte... et je réserve une petite surprise à ma proie.

## 6.

La porte s'ouvre sans qu'aucun bruit de verrou puisse lui faire douter d'être le bienvenu. C'est ce que Kaleb aime chez son ami. Tout, dans le joyeux foutoir composé de masques africains, de tableaux à la Warhol, de posters de Bob Marley et de lumières orangées, inspire la chaleur et respire la tolérance. Robin Moreau, dreadlocks et jean troué, l'accueille d'un sourire qui lui fend la face en deux.

— Salut, Robin.

— Hé ! Kaleb ! Entre, man ! Ça fait bien deux semaines que je ne t'ai pas vu ! Ça va ?

Le jeune homme ne sait pas quoi répondre. Pour toute réponse, il enlève ses lunettes noires et dévoile ses yeux meurtris. Pas vraiment envie d'expliquer, juste celle de s'enfoncer dans le canapé trop mou de son voisin, d'écouter du reggae et d'oublier le monde extérieur.

— Tu veux manger quelque chose ? T'as maigri, toi ! J'ai des cookies si tu veux.

— Ouais, je veux bien. J'ai la dalle.

Robin Moreau apporte le paquet à son jeune ami, ainsi qu'une bouteille de jus de fruits. Il l'a toujours bien aimé, ce gosse. Même s'il n'a plus rien d'un gamin. Kaleb a perdu ses joues d'enfant. Ses traits sont marqués, ses os saillants. Il fait maintenant une bonne tête de plus que lui et a la carrure d'un homme. Pourtant, aujourd'hui, il ressemble à un petit garçon au cœur lourd.

— Qu'est-ce qui t'arrive, man ? T'as encore des problèmes avec ton vieux ?

— ...

— Tu sais, il fait ce qu'il peut, faut pas le juger.

Kaleb engloutit quatre biscuits et un verre de jus avant de répondre. Il ne sait pas par où commencer. Il ignore même s'il doit se confier à Robin. Mais à qui d'autre le pourrait-il ?

— Non, ce n'est pas ça...

Décidément, Kaleb n'y arrive pas. C'est peut-être de l'orgueil mal placé, mais un homme, ça ne se laisse pas aller comme ça à raconter sa vie à la moindre contrariété. Pourtant, il se sent perdu. Il a peur.

Un long soupir vient lui comprimer la poitrine et lui fait monter les larmes aux yeux. Robin s'assied à côté de lui.

— Écoute, je ne veux pas te forcer, mais tu peux tout me dire, tu sais...

— Je... je ne comprends pas ce qui m'arrive, Robin. Je crois que je deviens fou, avoue le jeune homme très vite.

— Fou, carrément ? sourit son ami. Pourquoi tu dis ça ?

Mais Kaleb n'a pas le cœur à sourire. Alors il lâche tout et raconte les bagarres, la colère qui ne le quitte plus, toutes ces émotions contradictoires qui l'assaillent en continu, le dégoût pour la viande, cette fille rousse dont il a rêvé...

— J'ai l'impression d'être à fleur de peau, borderline. Je me fais peur à moi-même... je sens que je pourrais aller très loin... Trop loin.

— T'as toujours été un gars sensible... et à ton âge on est encore plus électrique. C'est les hormones qui font ça. Faut pas t'inquiéter, mon pote.

— Mais c'est pire que de la sensibilité... c'est...

Kaleb se rend compte qu'il n'a pas pris le temps de réfléchir à ce qui lui arrive jusqu'à présent. Qu'il est incapable de mettre des mots sur ce qu'il ressent. Comme si, finalement, c'était à un autre que tout cela arrivait. Comme si...

— C'est comme si je savais tout ce que ressentent les autres, poursuit-il, et que ça me contaminait. Comme un rêve qui aurait l'air réel ! Sauf que la plupart du temps, j'ai plutôt l'impression de faire un cauchemar.

— Je vois, répond son ami en lui tapotant le dos. Mais si tu veux mon avis, t'as juste un peu trop d'empathie, man.

— Trop de quoi ?

— D'empathie ! Ça veut dire que tu peux percevoir les émotions des autres. On est tous plus ou moins empathes. Par exemple, quand tu vas au cinéma et que tu restes en apnée pendant une scène qui se passe sous l'eau, c'est de l'empathie ! Pareil quand une scène triste te met les larmes aux yeux, ou même quand tu bâilles après avoir vu quelqu'un le faire. Chez toi, ça semble exacerbé puisque apparemment tu ne te contentes pas de comprendre l'émotion des autres, tu la fais tienne. T'es un empathe, man, c'est cool !

— Ça n'a rien de cool, crois-moi. C'est vraiment une plaie. Qu'est-ce que je dois faire pour que ça disparaisse ?

— Je ne suis pas sûr que tu puisses, mais bon, je ne suis pas un spécialiste non plus ! Peut-être que si tu trouvais ce qui a déclenché ça, tu pourrais t'en débarrasser ?

— Je n'en ai aucune idée...

L'empathie, pourquoi pas. Kaleb serait prêt à accepter n'importe quelle explication pourvu qu'elle réfute la thèse de la folie. Après tout, il ne sait rien de sa famille maternelle et la perspective d'avoir hérité d'une tare psychologique l'inquiète beaucoup. Alors peut-être est-il effectivement trop perméable aux émotions des gens ? Seulement, il n'en voit pas la cause.

— Ça ne peut pas être une peine de cœur ? Une dispute de trop avec ton père ? L'emménagement à Paris, tout simplement ?

— Non, je ne pense pas.

— Tu as le sentiment qu'on ne fait pas assez attention à toi, ces derniers temps ?

— Non plus.

— Bah je ne sais pas, man, je sèche. Peut-être que c'est à cause de la pleine lune et que t'es un « empathe-garou » ?

— T'es con ! rigole le jeune homme.

— Au moins j'ai réussi à t'arracher un sourire ! Mais tu sais, ce n'est peut-être pas si bête. C'est vrai que la pleine lune influence les comportements des hommes. Elle fait accoucher les femmes enceintes, et remplit les commissariats !

— C'est même pas la pleine lune, en ce moment, Robin. Tu délires !

— Non, mais ce que je veux dire, c'est qu'il y a peut-être un élément déclencheur du même type.

— Genre j'ai été irradié par une attaque nucléaire dirigée uniquement sur moi ?

— Et pourquoi pas ? Tu sais, les gouvernements nous cachent beaucoup de choses, plaisante-t-il. Sérieusement, tout se détraque sur Terre, avec les saloperies qu'on balance dans l'atmosphère. Tiens, prends l'exemple de ce volcan islandais, Eyjafjöll !

T'es peut-être allergique aux poussières qu'il nous a gentiment balancées sur la tronche ?

— Et je serais le seul à en souffrir ?

— Bah, peut-être pas, man. T'en sais rien. T'as qu'à faire des recherches sur Internet, tu verras bien... Parce que moi je n'ai pas d'autre idée !

— Mouais, bof... Bon, c'est pas tout ça mais je vais pas traîner sinon mon père va encore criser.

— Ok, file. Mais si ça ne va pas, tu sais où j'habite...

Franck n'a pas jugé bon de sortir de sa chambre pour saluer son fils. Peut-être ne l'a-t-il pas entendu rentrer, bien que Kaleb ne soit pas un modèle de discrétion. Un peu déçu, le jeune homme décide de se documenter sur cette curieuse aptitude : l'empathie. Les définitions qu'il glane sur Internet ne lui apprennent rien de plus que ce qu'en a dit Robin. Sans grande conviction, il se résout à taper les mots-clés « empathe + volcan » dans son moteur de recherche. Rien de très concluant. Le seul lien qui réponde parfaitement à ses critères le renvoie à un site ésotérique aux couleurs criardes. *Encore des allumés...* Kaleb balaie la page d'accueil du regard, clique sur quelques onglets... doigt au-dessus de la souris, curseur sur le bouton de fermeture de la fenêtre... un lien en bas à droite de la page retient soudain son attention. Un lien qui contraste avec le design du site Web. Une police sobre, des lettres noires. Et un titre mystérieux. Sur lequel il finit par cliquer. C'est écrit en anglais. Il préfère.

FORUM EDV
Espace d'échange
Bienvenue aux enfants du volcan

Malgré les bruits qui proviennent de la chambre de son père, indiquant qu'il ne va pas tarder à débarquer, Kaleb prend le temps de jeter un coup d'œil au site. La visite est rapide. Le forum se divise en deux parties : l'une est titrée « Réservé aux EDV », l'autre destinée à situer ses semblables sur une mappemonde. Impossible d'y accéder. Il faut être inscrit sur le forum.

Qu'à cela ne tienne :

Login : Blake
Password : empathe

Il a tout juste le temps de survoler la carte et de constater que le forum compte à tout casser une dizaine de membres et qu'aucun d'entre eux ne semble vivre en France... Son père vient de faire irruption dans le salon, et comme Kaleb n'a aucune envie de partager sa découverte avec lui, il s'empresse de refermer la fenêtre pour ouvrir sa page Facebook.

Franck jette un regard blasé à son fils.

— Encore sur ce fichu réseau social. Ce n'est pas ça, la vraie vie, tu sais ?

Kaleb ne prend pas la peine de répondre. Il se contente de soupirer.

— T'étais où ?

— Chez Robin.

— C'est pas lui qui va t'apprendre ce que tu dois savoir, tu ferais mieux de retourner au lycée.

— Je suis viré.

— Eh bien va t'excuser et demander qu'on te reprenne !

— Qu'est-ce qu'on mange, ce soir ?

— C'est ça, change de conversation...

Kaleb a la rage. La colère le reprend, l'envahit. S'il est vraiment empathe, les sentiments de son père à son égard ne doivent pas être des plus bienveillants, à moins que... ce ne soient pas ceux de Franck. Incrédule, le jeune homme se retourne vers l'ordinateur. C'est alors qu'un phénomène étrange se produit, comme si quelqu'un l'appelait. Sur l'écran, la photo de Lucille, la fille qu'il trouvait mignonne l'autre jour. Sur son mur, elle invite ses amis à la rejoindre chez elle, ce soir, pour une fête improvisée, ses parents étant absents. Plutôt tentant. Pourtant, comme l'autre fois, Kaleb est assailli par une sorte de haine dirigée contre elle.

Comme une envie de lui faire du mal... beaucoup de mal.

Il n'a jamais ressenti ça vis-à-vis d'une fille. Il ne comprend pas, mais c'est plus fort que lui, des idées plus brutales les unes que les autres forcent son esprit, des scènes atroces se succèdent où les cris de la jeune fille excitent son imagination. Les battements de son cœur s'accélèrent, il tremble comme un junkie en manque. Il devient fou, c'est sûr...

Il a envie de crier, d'appeler son père à l'aide tant il a l'impression de se noyer dans une vague de violence. Kaleb est submergé, il va faire une connerie. Il faut qu'il fuie cette fille comme la peste ! Mais d'un coup il se rappelle les théories de Robin sur l'empathie. S'il a vraiment ce talent, ces émotions ne sont pas les siennes, mais celles d'un des contacts de la jeune fille... Et dans ce cas, elle est en danger. *Elle aura ce qu'elle mérite, cette garce !* Et il faut la protéger. *Je la veux, je vais lui faire payer.* Il doit se ressaisir. *Non, c'est trop bon...*

STOP ! D'un coup, les tendances contraires cessent de s'affronter. L'une a gagné au profit de l'autre et lui arrache un sourire indéchiffrable.

— Laisse tomber, je vais manger dehors, finit par lâcher Kaleb.

— Et avec quel argent ? s'étonne Franck.

— Avec le mien, rassure-toi.

Visage fermé, yeux dans le vague, le jeune homme tape quelques mots sur le mur Facebook de Lucille, note son adresse, et s'en va sans dire un mot à son père.

Franck ne saurait dire s'il est déçu ou soulagé que Kaleb s'absente ce soir. Il se sent tellement dépassé et sous tension en présence de son fils... Le regard dont il l'a gratifié avant de partir l'a glacé. Un regard dur, de psychopathe. Franck chasse vigoureusement cette impression de son esprit. Faut pas exagérer. On parle de Kaleb, là. Et malgré tout, son fils, il l'adore. Machinalement, Franck s'approche de l'ordinateur pour l'éteindre, et lit ce que son fils a écrit à une jolie blonde :

Hi sweetie ! Ce soir tu seras à moi... K.

Bien sûr, il ne saisit pas toute la portée de cette phrase.

# 7.

Kaleb ne se souvient pas de ce qu'il a répondu à Lucille. Il est complètement obnubilé par cette histoire, hanté par une idée fixe, une idée fixe qui tourne en boucle dans son esprit aux abonnés absents.

Il consulte son Smartphone – deux heures viennent de s'écouler – et contemple les reliefs de son repas, incrédule. Kaleb n'a aucun souvenir : il ne se rappelle pas être entré dans cette brasserie de quartier, et encore moins avoir passé commande et mangé. Il a tout fait en automate. Il se frotte les yeux, comme après une nuit blanche, quand on est un peu déphasé. Le serveur, qui le prend sûrement pour un junkie, ne le lâche pas des yeux, au cas où l'envie le prendrait de partir sans régler l'addition. Par provoc', Kaleb lui fait signe et commande un café que le type lui apporte d'un air peu amène, en même temps que la note.

— Ça fera 19 euros.

— Vous acceptez les cartes volées ?

Le serveur pince les lèvres et reste planté à côté du jeune homme, comme pour mieux le pousser vers la sortie. Décidément, se dit Kaleb, les gens manquent cruellement d'humour ! Il prend néanmoins le temps de déguster son expresso, en espérant que cela lui donnera un coup de fouet, avant de se résoudre à payer son repas et partir.

L'air frais du début de soirée finit de le tirer de sa torpeur. Il inspire à pleins poumons, et tant pis pour la pollution. Comme il est encore un peu tôt pour arriver à la soirée organisée par Lucille, Kaleb décide de ne pas prendre le métro et de marcher jusque chez elle. Il se détend à chaque pas : malgré la foule de gens qu'il croise sur les trottoirs, il ne ressent aucune émotion parasite. C'est comme une trêve, une oasis dans le désert. Une rémission totale, qui sait ? Son allure ralentit, il s'autorise à croiser les regards, à sourire, même. Son empathie semble s'être envolée.

Mais sa joie est de courte durée. Car même si sa crise de « sensiblerie » n'était que ponctuelle, il n'en a pas moins envoyé un mec à l'hôpital ni été blacklisté de son lycée. Il a trop honte de lui pour envisager y retourner. De toute façon, il a le monde et toute la science possible à portée de clic. Pas besoin de s'abrutir dans des salles poussiéreuses avec des élèves qu'il méprise. Non, lui est appelé à faire autre chose que d'entrer dans le rang, il en est convaincu. Et tant pis s'il passe pour un mégalo, il se sent fait pour de grandes choses, investi d'une mission, presque, qui serait ancrée dans ses gènes. Bien qu'il ignore encore laquelle.

En attendant, il va falloir qu'il s'élance et vole de ses propres ailes… Pas si simple. Non qu'il doute être capable de se débrouiller seul, de gagner de l'argent. Mais encore faut-il oser franchir le pas. Quitter son père et, sac au dos, découvrir le monde. Il en a toujours rêvé. Maintenant que c'est à sa portée, il hésite.

Sans même s'en apercevoir, Kaleb a pressé le pas. Il marche désormais à vive allure, front plissé, cœur battant la chamade. Une femme le bouscule sur le trottoir. Il s'arrête et l'attrape par le bras, visage à dix centimètres, yeux écarquillés, pomme d'Adam qui tressaute. La femme panique en croisant son regard tuméfié et bredouille un vague « Excusez-moi » avant de se dégager et vite changer de trottoir. *Décidément, toutes les mêmes !* Kaleb est en colère contre les femmes, sans parvenir à s'expliquer pourquoi. Il repère une petite rue dans laquelle s'engouffrer et s'éloigne de l'immeuble qu'il vient de longer et dans lequel – mais il l'ignore – des assiettes ont commencé à voler et à ponctuer les éclats d'un couple qui se dispute, au deuxième étage.

Déception. Angoisse. Cette espèce de malédiction ne l'a donc pas quitté. Car s'il ne saurait dire où il a puisé cette soudaine colère, Kaleb a compris qu'elle n'était pas sienne. Il commence à détecter ce qui ne lui appartient pas, c'est déjà ça... bien qu'il ne sache pas encore s'en préserver. Il n'a pas le temps de réfléchir à un moyen de le faire qu'une autre émotion vient le parasiter. Il se sent soudain extrêmement vulnérable. Et seul. Que lui arrive-t-il ?

Pas de répit pour chercher une réponse. Un coup de poing invisible s'abat sur son diaphragme et le projette, souffle coupé, contre le mur décrépi d'une école. Il est pris dans un étau de douleur, entre son dos fracassé sur le béton et la suffocation provoquée par l'attaque. Terrifié, il sent sa gorge se serrer sous une étreinte inconnue. Il ne peut pas bouger. Juste subir les coups qui se mettent à pleuvoir sur son visage. Ou plutôt à l'intérieur de son corps, car il n'y a personne d'autre que lui dans cette rue. Mais alentour, il ne fait aucun doute que deux hommes sont en train de se battre. Et qu'il est connecté à celui qui se fait tabasser. Toujours maintenu contre le mur, Kaleb a le goût du son sang dans la bouche, sent sa peau se fendre au niveau de l'arcade, ses pommettes éclater sous les coups brutaux. Il faut qu'il se tire de là. Vite. Il essaie de crier, d'appeler à l'aide, mais n'exprime qu'un sanglot rauque, en écho au désespoir du type auquel il s'est branché.

La colère. Il lui faut trouver la colère de l'agresseur. Se caler dessus et changer de camp, vite, pour ne pas y laisser sa peau. Oui, la colère. Un sentiment facile à appeler car c'est si bon… Il évoque le souvenir de sa dernière fureur, lorsque, accroupi au-dessus d'Enzo, il lui refaisait le portrait. Jouissif… Et il aime encore. Oui, c'est ça. Il sent la peur le quitter. Il vient de trouver l'autre type et s'approprie doucement son sentiment de puissance, l'envie de détruire son adversaire.

La douleur s'envole enfin. Kaleb se tâte le visage et constate qu'il est intact. Mais le feu qui a pris naissance dans son estomac enfle dangereusement. Commence à le consumer. Il a la rage, lui aussi, et plus rien ne le retient. Ses poings palpitent, il devine la capitulation de l'ennemi : il est passé de l'autre côté.

Tant mieux. Kaleb doit absolument se maintenir sous tension jusqu'à ce qu'il ait dépassé l'épicentre de la bagarre. Ça ne lui demande pas un gros effort. La violence est une maîtresse facile, prompte à se donner.

Des bruits étouffés sur sa droite. À une trentaine de mètres : les deux hommes qui se battent. L'un d'eux est en très mauvaise posture. Kaleb esquisse un sourire froid et détourne la tête, puis bifurque et continue son chemin comme si de rien n'était.

Ce début de soirée s'avère riche d'enseignements. Non seulement Kaleb sait identifier les émotions étrangères qui l'envahissent, mais il peut désormais choisir sa « source ». Un progrès en soi. Même s'il est bien obligé de constater que pour l'instant, les seules émotions qui le submergent sont négatives. La peur, la colère, et des envies encore moins avouables. Peut-être parce que le mal est toujours plus fort que le bien ; parce que la haine est le sentiment le plus pur qui soit, le plus durable… quand l'amour est souvent conditionnel et susceptible de s'éteindre ? Ce que Kaleb retient aussi de ces deux incidents, c'est qu'il est, pour l'instant, incapable de lutter contre l'invasion de pulsions destructrices. La colère qu'il a invoquée pour se sortir de ce mauvais pas n'est pas repartie. Il la sent toujours là, qui guette une occasion d'exploser, de le dévorer.

Dans ce contexte, il s'interroge sur le bien-fondé d'une visite à Lucille. Il craint de ne pas pouvoir l'aider. Pourtant, il se trouve désormais tout près de son appartement et peut déjà sentir la menace qui plane sur elle. Le mec qui semble lui en vouloir est déjà arrivé, il le sait, le sent. Un garçon qui la convoite, la méprise…

Et si Kaleb était incapable de faire la part des choses, une fois sur place ? Et s'alliait à ce taré ? Non. Impossible. Le jeune homme se sait bagarreur et à fleur de peau, mais il aime trop les filles pour lever la main sur elles. Kaleb veut croire que ce don étrange ne l'a pas changé. Qu'il a toujours un « bon fond ».

Lorsque Lucille ouvre la porte, toutes ses craintes s'envolent, comme par magie. Elle est jolie, vive, enjouée. Elle colle ses joues contre son visage pour le saluer, ses lèvres roses et brillantes tout près des siennes.

— Toi, tu es Kaleb ! Encore plus mignon que sur la photo !

— Si on aime les pandas ! plaisante-t-il en désignant ses yeux au beurre noir.

— Ou les bad boys, lui chuchote-t-elle à l'oreille avant de lui lancer un clin d'œil.

Délicieuse. Elle sent bon, sa peau est douce. Oui, le message qu'il a laissé sur son mur Facebook lui revient. Il la veut. Mais pas comme ce détraqué qui gravite dans son entourage...

Lucille a maintenant disparu derrière un groupe de filles qui gloussent en le regardant. D'un petit mouvement de tête, il les conquiert toutes avant de s'avancer vers elles et... de collecter leurs numéros de téléphone. Une main sur les reins de l'une, un regard appuyé à l'autre, et Lucille reparaît comme par enchantement... La jalousie, ça marche toujours !

— Ne me dis pas que tu m'es déjà infidèle ! minaude-t-elle en le conduisant un peu à l'écart.

— Pour t'être infidèle il faudrait qu'on soit ensemble et ce n'est pas encore le cas, que je sache, répond-il en haussant un sourcil.

— Pas encore..., murmure-t-elle.

Lucille s'est adossée contre le mur, bassin tendu vers celui de Kaleb. Pour l'instant, il ne la touche pas. Il préfère laisser monter le désir, mains de part et d'autre de la tête de la jeune fille. Il approche lentement son visage du sien, mêle leur souffle, et d'un air grave effleure ses lèvres. C'est elle qui prend l'initiative de se plaquer contre lui. Il en profite pour caresser son corps souple et lui donner un baiser beaucoup moins chaste. Ses sensations sont décuplées. Animé de leur désir à tous deux, il est terriblement excité, branché sur elle... il veut aller plus loin.

— Ma chambre est juste là, montre-t-elle entre deux baisers.

A-t-elle lu dans ses pensées ? Ou bien lui a-t-il insufflé cette envie ? Il n'en sait rien. Peu importe. Il sent juste que le désir devient insupportable. Que la chambre est encore trop loin. Que son avis à elle ne compte pas. Ce qui est important : qu'elle soit sienne, maintenant, de gré ou de force. Ses caresses se font plus brutales, plus exigeantes, mais Lucille prend ça pour la montée en puissance du désir, impérieuse. L'image du corps de la jeune fille, griffé, violenté, s'instille à nouveau en Kaleb.

Il la repousse brutalement.

— On a tout notre temps, Lucille. J'ai soif, je vais prendre une bière.

— T'es sûr ? demande-t-elle, chancelante.

Mais il ne prend pas la peine de répondre. Il faut qu'il s'éloigne d'elle rapidement. Pour son bien. Mais plus il s'éloigne, plus la pulsion devient forte. Il doit se rapprocher du salopard qui veut du mal à la jeune fille. Pourtant, impossible de dire de qui il s'agit.

Peut-être ce mec-là, qui lui tourne le dos. Ou cet autre, qui le fixe méchamment.

D'autres émotions se mêlent aux envies malsaines qui l'ont envahi. Jalousie, rancœur, mépris, basses manœuvres… Kaleb perçoit à quel point Lucille a peu d'amis véritables parmi ses invités. Rien de beau ne vient le toucher, lui apporter un peu de grâce. Au contraire, toujours plus de mesquineries, de coups bas, de méchanceté gratuite. C'est donc ça l'humanité… Découragé par ce qu'il ressent, Kaleb se demande à quoi bon vouloir aider un membre de cette espèce dégénérée. *Mais en renonçant, je ne vaudrais pas mieux qu'eux !* Non, il ne se sent pas le droit d'abandonner Lucille à ce type. Si vraiment il n'est pas fou, si vraiment il a le don d'empathie, autant que cela serve à aider les gens bien. Et Lucille est une gentille fille, il en a l'intime conviction.

Alors il se concentre, et décide de tenter le tout pour le tout, de scanner chacun des invités. Il finira bien par tomber sur son client. Tiens, le mec qui lui tournait le dos auparavant s'approche de lui à présent. Frustration. Kaleb ressent la frustration d'être seul, mais aucune envie de meurtre. L'autre, là-bas, est complètement inhibé, à la limite de la phobie sociale. L'émotion est forte, contagieuse. Kaleb se sent soudain oppressé. Tête qui tourne, bruits étouffés, nausée. Les trois mecs qui viennent de passer sont complètement saouls, leurs émotions confuses. L'un d'eux frise le malaise. Kaleb a perdu le contrôle. Il n'arrive plus à se concentrer : des dizaines de sensations contradictoires se fraient un passage en lui.

Il faut qu'il sorte ou son cœur va exploser. Il va crever. Tant pis pour Lucille qu'il a presque oubliée dans sa panique. Il dévale les escaliers et se précipite dehors, en titubant. Vomit son repas à 19 euros. Et s'enfuit en courant, loin de la fureur de ses semblables.

# 8.

La musique aux accents fatigués étire ses notes métalliques jusque sous l'oreiller où il a enfoui sa tête. Elle s'immisce dans le rêve de Kaleb et se transforme en chants traditionnels islandais, pour le plonger dans un décor lunaire où une terre en fusion le dispute au ciel indigo. Un volcan s'est éveillé et va semer la mort et le chaos tout autour de lui. Kaleb assiste au triste spectacle de son éruption, fasciné. Son sang bouillonne comme une lave épaisse qui déborde et dégouline de ses orbites, il n'a plus grand-chose d'humain. Sa température corporelle monte en flèche, il est en nage. Son cœur bat au rythme de la musique guerrière. Une danseuse-squelette virevolte dans les larmes incandescentes du cratère en colère. *La danseuse...* Il comprend alors que tout cela n'est qu'un rêve. *Putain de danseuse !* Envie de l'écraser de son poing. Il est sept heures. Et cette foutue boîte à musique l'a encore réveillé. Il faudrait qu'il pense à couper l'alarme ou il va vraiment finir par briser l'objet. Mais, comme chaque jour, il se contente de refermer le couvercle avec précaution.

Kaleb hésite. Il s'est couché tard, ivre mort sans avoir bu une goutte d'alcool. Il retournerait bien dans ce rêve étrange, qui lui a pourtant laissé un goût amer et a trempé ses draps de sueur. Son estomac se tord bruyamment : la faim a raison de ses réticences à se lever. Il salue rapidement son père, lui demande des œufs brouillés et se sert un café.

Il se sent mal. C'est comme une gueule de bois, mais en pire. Parce qu'il ne s'agit pas de sensations physiques, mais plutôt du dégoût qu'il s'inspire à lui-même. Il a laissé tomber Lucille, s'est enfui en ne pensant qu'à lui, l'a plantée là, l'a livrée en pâture à un fou dangereux. Angoissé, Kaleb allume son portable. Un bip lui indique qu'il a reçu un message de la jeune fille, peu de temps après son départ.

T ou ?

Il était loin, très loin, à ce moment-là. Préférant éteindre son mobile pour avoir la paix, n'être pollué par personne. Oublier la malédiction qui le frappe.

Pourtant, la simple évocation de Lucille suffit à faire renaître le désir. Il a envie de la voir, de la toucher... de la protéger.

Non. Si c'est pour la protéger, pas la peine. Il ne sera pas son garde du corps et n'a aucune envie de s'embarrasser d'un boulet, alors qu'il est à l'aube d'une nouvelle vie. D'ici quelques jours, il annoncera à son père son souhait de prendre son indépendance. Ce n'est pas pour jouer les super-héros. Elle n'a qu'à se débrouiller toute seule ! Et puis, des jolies filles, il y en a des tonnes. D'ailleurs, il a pensé à prendre quelques numéros la veille...

Sans autre scrupule, Kaleb efface le message de cette fille qui fait déjà partie du passé, et en supprime le numéro du répertoire de son Smartphone.

— Ça va ? T'as pas l'air dans ton assiette, fiston.

— Ouais... J'ai pas beaucoup dormi, c'est tout.

— Tu es rentré tard ?

— ...

Kaleb perçoit l'inquiétude de son père et se dit qu'il peut en tirer profit.

— En fait, je ne me sens pas bien ces derniers temps...

Franck Astier dépose les œufs dans l'assiette de son fils et s'assied face à lui.

— Et tu sais pourquoi ?

— Ouais... Je me pose des questions sur maman.

— Ah.

Franck s'est raidi. Il a peur de décevoir son fils. Kaleb le sent, très étonné des craintes de son père.

— Tu sais, papa, je crois que rien de ce que tu pourrais me raconter ne me fera plus de mal que de ne rien savoir...

Heureusement que Franck est assis. Sinon il serait tombé de sa chaise. Ça fait des siècles que son fils n'a amorcé une discussion avec lui ni ne l'a appelé papa. Il s'efforce de ne rien montrer, mais ça l'émeut.

— Je la connaissais peu. On n'est sortis ensemble que quelques mois...

— Oui, je sais. Et je comprends que rien de tout ça n'a été facile. Je suis conscient de ce que tu as fait pour moi.

— C'est normal, tu es mon fils.

Car si Franck n'avait nullement désiré cet enfant, il l'aimait pourtant profondément.

— Je t'aime, papa, lâche Kaleb en baissant les yeux. Mais j'ai besoin de savoir si j'ai des choses en commun avec elle.

— Oui, tu lui ressembles. Tu as ses cheveux et sa carnation. Les mêmes sourcils arqués qui lui donnaient un charme fou...

— Et son caractère ? Elle était comment ?

— Elle était douce. Très intelligente aussi. Mais je te l'ai déjà dit cent fois.

— T'es sûr de n'avoir rien oublié ? Elle n'était pas bizarre ou un peu…

— Un peu quoi, fils ?

— Folle.

— Non, pas folle du tout ! rigole Franck. Peut-être originale…

Mais le rire sonne faux et ne trompe pas Kaleb. Sous le rire, une inquiétude… et le remords d'avoir parlé d'originalité.

— Originale comment ?

— J'en sais rien, Kaleb. Originale dans le sens « atypique », exotique. Elle était islandaise, moi français. Je ne comprenais pas tout ce qu'elle disait ou faisait… c'est ce qu'on appelle le choc des cultures, voilà.

Mensonge. Ce n'était pas tout.

— Elle était… sensible ?

— Comme toutes les femmes ! Écoute, fils, je ne peux rien te dire de plus, crois-moi.

— Mais elle avait de la famille quand même ? Personne n'a jamais cherché à me connaître ?

— Non. Et elle ne m'a jamais parlé de sa famille.

Mensonge. Peur.

— Mais pourquoi toi tu n'as jamais essayé de les retrouver ? T'as pu me récupérer comme ça, sans que personne te demande des comptes ?

— Bah non, tu vois. Et puis je n'aime pas en parler. Je ne sais pas ce que tu attends de moi mais je ne peux pas t'aider. Désolé.

Et avant même que Franck n'en prenne la décision, Kaleb sait qu'il va quitter l'appartement en prétextant un rendez-vous quelques minutes plus tard. Son père en sait plus sur Helga qu'il ne le prétend, mais ne lui dira rien. Il a peur. Mais de quoi ? Et s'il l'avait enlevé à la famille de sa mère ? Cela expliquerait leur fuite à l'étranger et leurs nombreux déménagements...

Il ne sait pas encore comment, mais Kaleb finira par en avoir le cœur net. Le jeune homme termine ses œufs et attaque un énorme morceau de fromage. C'est fou ce qu'il a faim en ce moment. Et encore plus chaque fois que son don se manifeste. Son « don ». Le terme le met autant mal à l'aise que la notion d'empathie. Il a encore du mal à admettre que de telles choses puissent exister, mais il est bien forcé de constater ce qui se passe en lui...

D'ailleurs, durant la discussion avec son père, une idée a germé dans son esprit. Idée qui pourrait bien servir ses intérêts...

Il finit d'engloutir son petit déjeuner pantagruélique et file sous la douche sans même prendre la peine de desservir la table. Il en ressort une demi-heure plus tard et c'est un Kaleb euphorique que Robin voit débarquer chez lui.

— T'as toujours une mine affreuse, toi. Mais au moins t'as le sourire. Ça va mieux ?

— Ouais, ça va...

— Et tes problèmes d'empathie, ça s'arrange ?

— C'est du passé, ment Kaleb.

— Ah ouais ? Vraiment ?

Robin est plus surpris qu'il ne le montre. Pire, il ne le croit pas. Kaleb n'aurait pas pensé que son ami le connaissait aussi bien.

— Pas vraiment, non... mais j'apprends à faire avec.

— OK. Cool pour toi. Et tu fais comment ?

— Je n'ai pas envie d'en parler. Et puis j'aime pas ton air suspicieux.

Surpris par le ton sec de Kaleb, Robin a un tic nerveux.

— Désolé man, je voulais pas te mettre mal à l'aise. Tu permets que je me roule un joint ?

— Tu sais que je n'aime pas ça...

— Oui, mais promis, je le fume vite fait dans la cuisine, histoire de me détendre un peu, et je reviens.

En effet, Robin ne met pas très longtemps et revient dans un bien meilleur état d'esprit. Bien qu'il soit plus difficile pour Kaleb de déchiffrer ses émotions, forcément brouillées par le cannabis.

— Bon alors, man, qu'est-ce qui t'amène ?

Kaleb hésite à lui parler de l'idée qu'il a eue au petit déjeuner. Il décide qu'il vaut mieux la jouer fine.

— Bah, la routine. Je m'ennuyais un peu, alors je me suis dit : et si j'allais rendre visite à mon pote

Robin, il aura sûrement des idées de trucs sympas à faire…

— Ouais, man, mais tu sais, en journée, je dois répondre au téléphone…

Robin est téléconseiller à domicile. Il répond aux appels des clients de son employeur, depuis son salon. Pour lui, c'est un excellent compromis entre l'obligation de gagner sa vie et sa difficulté à s'intégrer dans une entreprise. Kaleb a du mal à comprendre qu'on puisse préférer se terrer chez soi plutôt que de découvrir le monde, surtout quand on prêche le *carpe diem* à tout va… mais chacun ses choix. Le jeune homme se lève et arpente nonchalamment le salon encombré, caressant une amphore poussiéreuse par-ci, lisant un titre de livre par-là, ou scrutant l'unique objet de valeur de cet appartement : un ordinateur dernier cri relié à de nombreux appareils externes que Kaleb est bien incapable d'identifier.

— Eh ! Pas touche à mon bébé !

Robin devient nerveux dès qu'on s'approche de l'appareil. Kaleb le soupçonne de s'adonner au piratage informatique avec son engin ultraperfectionné. Il sourit et continue sa balade pour tomber « par hasard » sur le jeu de cartes posé sur une commode chinoise.

— Une petite partie ?

— Une partie de quoi ? répond Robin, agacé mais soulagé que son ami ait délaissé sa machine.

— Belote ?

— Bof.

Robin est décidément très prévisible.

— Tu sais jouer à quoi, toi ? lâche Kaleb.

— Bridge, poker...

— Le bridge, c'est pour les vieux. Apprends-moi le poker !

— Je te l'ai dit, man, j'ai pas trop le temps là, je peux recevoir un appel n'importe quand.

— C'est pas grave, je t'attendrai ! S'il te plaît ! Tu ne vas pas laisser ton pote mourir d'ennui quand même !

Robin ne sent pas trop cette histoire... mais le cannabis brouille son sens critique.

Il finit par se laisser convaincre.

En une dizaine de parties à peine, Kaleb a saisi toutes les subtilités du jeu. Et surtout, il gagne systématiquement.

— La vache, t'es super doué, man !

— Bon, allez, je vais te laisser bosser, concède Kaleb. Je m'en vais.

Il pourrait rester encore un peu. Robin n'a pas eu d'appel de toute la matinée.

— T'es sûr ? Parce que au point où on en est...

— Ouais, ouais... j'ai un truc à faire.

— Quel truc ?

— Tu te prends pour mon père, Robin ?

Non. Mais Robin Moreau a un sale pressentiment. Et la sensation de s'être fait manipuler, sur ce coup-là.

Et il n'a pas tort. Kaleb avait compris, pendant le petit déjeuner, que capter les émotions de ses interlocuteurs pouvait lui permettre d'anticiper leurs décisions. Il a donc décidé de mettre ses talents à profit pour gagner de l'argent. L'idée de jouer au poker s'est imposée tout naturellement, et Robin lui a gentiment appris les règles. Kaleb a désormais toutes les cartes en main...

# 9.

Kaleb avait rejoint le Cercle de jeu en fin d'après-midi. Le ticket d'entrée coûtait trente euros, somme qu'il jugea raisonnable. Il avait eu du mal à croire qu'il était là, parmi des joueurs avertis. Calé confortablement dans son siège, il avait contemplé un moment le ciel parisien qui semblait l'envelopper derrière la vaste verrière du dernier étage.

Ils étaient huit à tenter leur chance autour de la table de poker. Sept hommes et une femme. Après quelques erreurs d'appréciation, Kaleb avait su se mettre en phase avec chacun des joueurs. De leur côté, ils étaient loin de se douter que ce très jeune participant lisait en eux comme dans un livre ouvert. Tout ce qu'ils voyaient, c'était un jeune gars venu chercher de l'argent facile et quelques sensations fortes. Un mec qui avait la chance du débutant et commençait à amasser un joli pactole. Comme Kaleb apprenait vite, il avait compris qu'il devait aussi perdre, de temps en temps, pour ne pas éveiller les soupçons autour de lui. Mais il n'aimait pas ça, et ne pouvait s'empêcher de grimacer dans une moue que la femme en face de lui trouvait charmante.

Récolter en quelques heures ce que Robin ou son père mettraient deux semaines à gagner en travaillant a quelque chose de grisant pour Kaleb. Il essaie de faire profil bas pour ne pas s'attirer les foudres des perdants, mais il exulte désormais. Nouvelle donne. Sensation de puissance. De triomphe, même. Un peu disproportionné peut-être... D'autant qu'il doit aussi veiller à ce que les autres ne prennent pas ça pour un signe les invitant à se « coucher » ! Il tente, en vain, de se composer un visage plus fermé. Pire, il se sent d'humeur revancharde et veut voir les autres capituler. Comme s'il était temps pour lui de prendre ce qui lui revient de droit, et de le faire malgré les gens autour, s'il le faut.

Sans vraiment savoir pourquoi, Kaleb éclate d'un petit rire mauvais. La joueuse d'en face sursaute. *Tu vas avoir ce que tu mérites...*

Pour qui se prend-elle, cette mijaurée ? Il a bien envie de lui donner une leçon... Alerte ! Cette fois-ci, Kaleb comprend immédiatement ce qui est en train de se passer. *Ce n'est pas à moi. Ce ne sont pas mes émotions !* Sûrement quelqu'un du Cercle, ou du quartier. Pas de quoi fouetter un chat, donc. Mais il doit rester concentré sur le jeu s'il veut garder la main. *Ressaisis-toi.*

D'ailleurs n'est-il pas en train de perdre ? Il a lâché la fréquence des autres joueurs et éprouve un mal fou à la récupérer. Bordel, mais ce joueur qui le parasite ne peut-il pas aller régler ses problèmes ailleurs ?

Kaleb se demande où le type se trouve. Il le sent très éloigné, pourtant la colère du joueur enfle en lui comme s'il était tout proche. À ce stade, une seule solution : le trouver et le foutre dehors, parce que cet imbécile va finir par lui faire perdre tout ce qu'il a gagné. Le jeune homme passe son tour pour les parties suivantes et se réfugie aux toilettes pour se laisser aller aux sensations de l'autre, ce qui, du moins l'espère-t-il, le guidera jusqu'à lui.

Le type semble autant grisé par sa colère que Kaleb par ses victoires. Sûrement pour ça qu'ils sont entrés en connexion. Grisé, mais avec une jubilation malsaine. Ce mec prépare un sale coup et se repasse en boucle le film de ce qu'il s'apprête à faire. Kaleb regrette de ne pas être extralucide pour assister à la projection personnelle de ce taré ! Hélas, il n'a que les émotions du type pour le situer... De la jubilation, donc, mais aussi une forme d'exigence, une envie de vengeance teintée de sadisme. Exactement les mêmes émotions que celui qui en avait après Lucille. Pourtant il est fortement improbable qu'il soit ici, lui aussi. À moins que…

Non, c'est impossible ! Kaleb essaie de chasser cette idée folle, mais qui revient quand même, comme une évidence qu'il ne sert à rien de repousser. Serait-il envisageable qu'à partir du moment où il a été « connecté » à quelqu'un, il puisse le sentir, où qu'il soit ? Kaleb a beau chercher, il ne trouve pas d'autre explication.

Mais dans ce cas… si le mec est aussi satisfait de ce qu'il s'apprête à faire… cela signifie qu'il est sur le point de s'en prendre à Lucille !

Pâle comme la mort, Kaleb comprend que la jeune fille est vraiment en danger, et qu'il est le seul à pouvoir la sauver. Il s'élance aussitôt hors du bâtiment et hèle un taxi. Le chauffeur se prend toute l'angoisse de Kaleb en plein cœur, et écrase l'accélérateur sans que le jeune homme ait à l'en convaincre.

La course paraît interminable à Kaleb, qui n'a d'autre endroit où chercher Lucille que chez elle. Il s'en veut d'avoir rejeté la jeune fille, est terrifié à l'idée d'arriver trop tard. Viol, violence, vengeance. Voilà ce que veut ce salaud.

La rue dans laquelle habite Lucille est longue, en sens unique. Et le taxi finit coincé derrière le camion des éboueurs.

— Ce n'est pas une heure pour faire ça, se plaint le chauffeur, excédé.

Il klaxonne nerveusement pour activer la marche du camion, et donne le *la* d'un concert de bruits stridents qui vrillent les tympans de Kaleb. Mais ça ne sert à rien. Ils sont bloqués au numéro 2. Lucille habite au 224. Ne pouvant plus supporter que sa progression soit ralentie, Kaleb tend un billet au chauffeur et court comme un dératé sur le trottoir, manque faire tomber une vieille dame et être lui-même renversé par un scooter en traversant une rue. Mais il s'en moque. Car depuis quelques minutes il s'est aussi connecté à Lucille, et il sait qu'il ne lui a été fait aucun mal pour l'instant. Il perçoit qu'elle a peur. Le type s'est donc introduit chez elle. Il n'y a pas de temps à perdre. Kaleb arrive à bout de souffle, compose le code de la porte d'entrée et, dans sa hâte, inverse deux chiffres.

— Putain !

Nouvel essai. Cette fois, c'est la bonne combinaison. Il s'engouffre dans le hall et gravit les marches quatre à quatre, jusqu'à l'appartement de la jeune fille. La porte est fermée, mais mal enclenchée. Pas un bruit ne filtre. Kaleb hésite quelques secondes et décide de sonner, afin de permettre au type de « redescendre » en le ramenant à la réalité. Mais il n'en a pas le temps.

Un cri suraigu a déchiré le silence. Lucille !

Le temps n'est plus à la réflexion, Kaleb, saisi par l'effroi de la jeune fille, se précipite épaule en avant contre la porte qui cède sans difficulté. Un rapide coup d'œil dans le salon, la cuisine. Mais c'est dans la chambre de Lucille que l'autre veut commettre son méfait. Kaleb déboule comme un fou, et se jette sur l'agresseur en l'attrapant par son pull.

Surpris, l'homme laisse échapper un cri.

C'était donc lui ! Un des trois types bourrés qui l'avaient bousculé la veille. Kaleb n'avait pas pu le repérer sûrement à cause de son ébriété.

— Pas de bol, mon gars, on a quand même eu le temps de se connecter !

— Quoi ? Mais t'es qui, connard ? !

— Ton pire cauchemar.

Joignant le geste à la parole, Kaleb lui assène un coup de poing magistral. Mais le type est bâti comme un rugbyman. Autant dire qu'il n'est pas facile à assommer.

— T'aurais jamais dû faire ça, gronde-t-il en se frottant la mâchoire. Mais comme je suis sympa, je vais t'accorder une chance de partir, et de me laisser régler un vieux compte avec la petite.

— Je serais toi, je me barrerais !

— Alors tant pis pour toi.

Le mec se jette sur lui. S'ensuit un corps-à-corps improbable où, galvanisé par sa colère et celle de son adversaire, Kaleb est comme enragé. Il devient aussi tordu que le mec, anticipe ses attaques et, tendu comme un ressort, laisse enfin exploser sa fureur. Son visage se déforme, tous ses muscles se crispent.

— Aaaaaaaaaaah !

Le cri qu'il vient de pousser a quelque chose de diabolique. Comme si la bête en lui venait de s'exprimer. Kaleb ne raisonne plus, la digue de sa conscience vient de céder sous le flot de sa rage. Il va détruire ce salopard ! L'angoisse et la colère accumulées ces derniers jours se déchaînent désormais et rythment la tempête qui s'abat sur sa victime. Coups de pied, coups de poing. Le mec est à terre, terrorisé. Malgré sa carrure et sa force, il ne peut lutter contre le démon qui s'en prend à lui.

Et soudain Kaleb renonce à la violence physique. Son esprit s'engouffre dans la tête de l'autre et pénètre son esprit pour le torturer en jouant de ses terreurs les plus enfouies, le faire supplier d'être épargné.

— Arrête ! Arrête ! Au secours ! À l'aide !

Le type est agité de spasmes. Il ne comprend plus rien. Son cerveau lui envoie des dizaines d'informations contradictoires, comme s'il devenait fou ou qu'on lui électrocutait le cortex. Comme si Kaleb allait lui infliger ce qu'il redoute le plus, mais de l'intérieur.

— Pas le feu, non, pitié ! Lâche cette allumette !

Le gars n'a jamais eu aussi peur de sa vie. Ses yeux ne voient pas ce qui se passe autour de lui, mais sont rivés à ceux de Kaleb qui lui livre un spectacle digne des enfers. *Ta pire peur... c'est de brûler... de te faire dévorer par les flammes, oui... regarde la flamme qui s'approche...* Kaleb s'est engouffré dans son imaginaire et en devient le pyromane.

— C'est fou, ça, tu faisais le malin, tout à l'heure, quand tu t'attaquais à une fille qui fait la moitié de ton poids, rigole-t-il méchamment.

L'autre est tétanisé, à sa merci. Accroupi sur lui, Kaleb, qui laisse le dialogue intérieur se poursuivre, pose un pouce sur chaque œil de sa victime en lui refermant les paupières. Et appuie. De plus en plus fort. Convaincu de vivre autre chose, en proie à une peur qui l'emporte loin de la réalité, le type ne se rend compte de rien...

Assez tentant d'appuyer jusqu'à la rupture. Kaleb imagine la sensation du globe qui cède sous les doigts, s'interroge sur le bruit que ça ferait.

— Tu vas morfler, connard.

— Kaleb, non ! Ne fais pas ça !

Sensation de déjà-vu. C'est encore une fille qui le ramène à la réalité en le parasitant avec ses émotions guimauve.

Un instant de relâchement, un égarement.

Suffisant pour que le mec se réveille du cauchemar, hébété, déphasé. Effrayé. Et qu'il parvienne à se dégager et s'enfuir sans demander son reste.

Déçu, Kaleb reste alors prostré dans la chambre de Lucille. Sans un regard pour elle. Sans un mot.

La jeune fille tremble comme une feuille. Elle prend conscience de ce que l'autre voulait lui faire.

Et comprend que Kaleb l'a sauvée. Alors elle s'approche de lui doucement et pose la main sur son épaule.

Il sursaute violemment et la repousse.

— Kaleb... Ce... ce n'est pas ce que tu crois... C'est Tommy, le meilleur ami de mon ex. Il voulait sortir avec moi, mais je l'avais repoussé... je m'étais moquée de lui devant ses potes. Je ne pensais pas qu'il l'avait mal pris, c'est pour ça que je l'ai invité, hier... Il m'a téléphoné tout à l'heure pour me dire qu'il avait perdu sa carte de métro chez moi et qu'il devait passer la récupérer... je l'ai cru. Oh, mon Dieu ! s'effondre-t-elle. J'ai eu si peur ! Si tu n'étais pas arrivé il aurait...

— Chut...

Kaleb est sorti de sa transe. Il se lève lentement, la regarde d'un air qu'elle ne parvient pas à déchiffrer et qui contredit la douceur de ses mots.

— Ne t'inquiète pas, je suis là. Et tu es à moi, ce soir, dit-il en la prenant dans ses bras.

# 10.

Oui, Lucille a été sienne, cette nuit-là. Mais il n'en retire aucune gloire. Pire, il a honte. Honte parce qu'il a été minable sur toute la ligne. Il déteste tout ce qu'il lui a fait. Tirer avantage de sa fragilité, pour commencer. Ne pas être clair sur ses intentions, ensuite. Leur nuit fut une suite de trahisons, et ça, il ne le digère pas. Il a toujours été charmeur, séducteur même, et ça fait partie du jeu pour arriver à ses fins, un marché de dupes sans conséquence où chacun trouve son compte. Mais cette fois, il est allé trop loin, alors qu'elle ne méritait pas ça. D'ailleurs, quelle fille mérite qu'on la traite ainsi ?

Non, Kaleb n'est pas fier. La colère était encore là quand il a serré Lucille dans ses bras. Comme une maîtresse invisible dictant chacun de ses mots, tous plus doux les uns que les autres. Des mots dégoulinants de bonnes intentions, écœurants d'hypocrisie, qu'elle avait besoin d'entendre et qui lui ont donné les pleins pouvoirs sur elle. Une proie facile. Une gentille fille un peu naïve, prête à tomber amoureuse du premier ténébreux qui passe. Il l'a laissée s'épancher, après la bagarre. L'a rassurée de mille mensonges. Tout ça pour la posséder. À aucun moment le feu que ce gars, Tommy, avait allumé en lui ne s'est éteint. Kaleb n'en avait d'ailleurs pas envie. Cet embrasement était plus enivrant que tout ce qu'il avait connu jusque-là. Et quand l'empreinte malveillante de Tommy s'était estompée, Kaleb avait dû se rendre à l'évidence : si le Mal s'immisçait si facilement dans son esprit, c'est parce qu'il aimait le recevoir et lui céder. Parce que lui-même était mauvais.

Il s'était pourtant réveillé auprès de Lucille convaincu d'en être tombé amoureux. Il l'avait contemplée dans son sommeil, vulnérable. Il l'avait trouvée touchante, fragile... belle. Elle lui donnait des envies de replonger sous la couette, de la chatouiller, la faire rire, l'aimer. Il saurait être doux cette fois, tendre même.

Semblant reconnaître le sourire de son petit copain derrière le rideau de ses paupières, Lucille avait étiré ses lèvres à son tour.

— Bonjour...

Elle avait la voix rauque des lendemains de nuit blanche.

— Salut, répondit-il.

L'instant de grâce était à ce moment-là. Certainement pas avant, quand leurs corps avaient été livrés au tumulte de la passion. Mais déjà, il s'échappait.

Le bruit d'une porte qu'on poussait, de pas lourds sur le plancher, avaient tiré définitivement la jeune fille de son lit.

— Merde ! Mes parents ! Rhabille-toi, vite !

Trop tard. Le père de Lucille faisait irruption dans la chambre, surprenant les deux amoureux dans une vaine tentative de se couvrir. Il explosa.

— Qu'est-ce que c'est que ce bordel ! Pourquoi la porte est cassée ? Et qu'est-ce qu'il fait là, celui-là ? Je vous préviens, jeune homme, vous allez me donner le numéro de vos parents et payer pour les dégâts !

— Alors déjà, vous me parlez autrement. Je ne suis pas votre larbin, rétorqua Kaleb. Ensuite, je ne rembourserai rien du tout, étant donné que je ne suis pas responsable de ce « bordel », comme vous dites.

— Ah non ? Et c'est qui ? Ma fille, peut-être ? Lucille, c'est toi qui as fait ça ?

La jeune fille semblait pétrifiée. Morte de honte d'avoir été surprise dans cette posture et incapable de tenir tête à son père, elle se contentait de baisser les yeux en gardant le silence.

Ainsi donc elle le lâchait…

— Je vois, répondit Kaleb en se rhabillant. Tu joues les salopes dès qu'un mec traîne dans le coin, mais quand il s'agit d'assumer, il n'y a plus personne. C'est bon, je me tire, tu me dégoûtes !

Il avait pourtant bien senti la détresse de Lucille, la peur qu'elle avait de son père, la nécessité de se tenir à carreau. Mais il avait été piqué dans son orgueil, et n'avait su résister à la tentation de s'approprier la colère du père, quitte à blesser sa petite amie.

Alors non, depuis qu'il a quitté l'appartement, Kaleb n'est pas fier de lui. Il erre dans les rues de Paris et ressasse son amertume. Il a bien tenté d'appeler Robin à l'aide, mais ce n'est qu'au répondeur qu'il a pu se confier, laissant en trois fois un message trop long pour être enregistré en entier. Le poker, la bagarre avec Tommy... La rage qui l'animait à ce moment-là, et la peur de Lucille qui l'avait déstabilisé et empêché de commettre l'irréparable, il avait tout raconté. Il avait expliqué leur nuit, ses remords, et son départ précipité, quand il avait humilié cette pauvre fille. Tout. Il avait tout dit, à l'exception des hallucinations qui avaient recommencé. Car la fille aux épaules rondes et blanches et à la chevelure incandescente lui avait à nouveau rendu visite. Elle avait été présente pendant leurs ébats, mais s'était surtout manifestée dans un rêve dont la signification échappait à Kaleb.

Dans ce rêve, la rousse était une sorcière, une meurtrière. Condamnée au bûcher, elle ne brûlait pas mais semblait au contraire se nourrir des flammes, gagner en puissance grâce au feu. Lorsque de la fournaise il ne restait qu'un tas de braises fatiguées, elle éclatait d'un rire démoniaque et commençait à aspirer la vie des hommes présents autour du bûcher. Ils tombaient comme des mouches et, à chaque vie qu'elle volait, ses cheveux flamboyaient davantage. Une fois tous les hommes morts à ses pieds, elle était lentement descendue du bûcher, s'était dirigée vers Kaleb et lui avait caressé le visage d'une paume fiévreuse.

— *Ne m'oblige pas à te dévorer aussi, Kaleb.*

Le contact brûlant de sa main avait suffi à le réveiller.

Mais ça, il ne l'a pas raconté à Robin.

Pas plus qu'il ne lui a avoué que la rage est encore là, tapie au fond de lui, qu'elle enfle de minute en minute, menaçant de l'étouffer, de le posséder entièrement s'il ne la jugule pas. Que son cœur bat trop vite, que son adrénaline est montée en flèche et qu'il ressent l'appel du sang...

Cela fait à peine cinq minutes que Franck Astier est rentré chez lui quand on tambourine à sa porte.

— J'arrive ! J'arrive !

Sur le palier, Robin Moreau, la mine déconfite.

— Ça ne va pas de frapper comme ça ? Vous êtes malade ou quoi ?

— Désolé, mec. C'est juste que j'arrive pas à joindre votre fils et je me demandais s'il n'était pas malade.

— Il n'est pas là.

— Ah bon ? Vous savez où il est ?

— Non. Mais je lui dirai que vous êtes passé.

— Il ne vous a pas dit où il allait ? insiste-t-il.

— Je viens de vous dire que je ne savais pas où il était. Vous lui voulez quoi, à la fin ?

— Rien de spécial, bafouille Moreau. C'est juste qu'il m'a laissé un message ce matin et que je pensais qu'il voulait qu'on se voie…

— OK, mais mon fils ne me tient pas au courant de ses faits et gestes. Alors ce n'est pas que je veux être impoli, mais je rentre du boulot, là, et j'aimerais bien aller prendre une douche tranquille.

— Ouais bien sûr, man, je comprends, je vous laisse. Mais si vous voyez Kaleb…

— Oui, j'ai compris, au revoir !

Franck ne le sent pas, ce voisin. Qu'est-ce qu'un quadragénaire peut bien faire avec un jeune de vingt ans ? Cet intérêt lui semble plus louche que jamais. L'espace d'un instant, il a peur pour Kaleb mais se rassérène vite : son fils est tout à fait à même de se défendre si l'autre a le malheur d'avoir un geste déplacé.

Robin Moreau s'en veut d'avoir fait irruption comme ça chez le père de Kaleb. Mais vu le message que le jeune homme lui a laissé, il a de quoi être inquiet. Kaleb semblait en pleine confusion, comme en bad trip. Toutes ces histoires d'empathie lui montent à la tête, et il va finir par faire une grosse connerie s'il se laisse consumer comme ça par la rage. Il finira par tuer quelqu'un... À moins qu'il ne retourne toute cette violence contre lui. Le message de ce matin transpirait en effet davantage la culpabilité que la haine.

Pour la dixième fois depuis qu'il a écouté ce message, Robin compose le numéro de Kaleb. Cette fois-ci, il ne bascule pas sur le répondeur. Kaleb a rallumé son téléphone.

Le jeune homme ne prend l'appel qu'à la quatrième sonnerie. Ce qui paraît interminable à Robin.

— Putain, man, mais où t'es passé ? Je suis mort d'inquiétude !

— ...

— Dis-moi au moins comment tu vas ?

— Ça va.

— Tu dis beaucoup de conneries dans ce message, tu en as conscience ?

— Si tu le dis...

— Mais oui je le dis. Tu n'es ni fou, ni mauvais...

— C'est ce que tu crois.

— Mais non, c'est vrai ! Regarde, tu as lâché une super partie de poker pour aller sauver ta petite amie ! Tu as cassé la gueule de son agresseur et tu as su t'arrêter à temps ! C'est plutôt le comportement d'un gars bien, tout ça !

— …
— Eh, Kaleb ! Tu m'écoutes ?
— OK, je ne le dirai plus.
— C'est bien, tu me rassures ! Je…
Mais Kaleb vient de raccrocher.

Non, il ne parlera plus de ses doutes à Robin. D'ailleurs il les a balayés depuis quelques minutes. Plus de remords, plus de culpabilité. Plus rien. Seulement sa fureur, et l'urgence.

Depuis une petite heure qu'il le suit, Kaleb est resté à bonne distance. À mesure que la fréquentation du trottoir diminue, il se rapproche de sa cible, avec l'habileté et la souplesse d'un prédateur. Alors qu'il n'est plus qu'à quelques centimètres, il sent l'excitation monter en lui. Il a déjà ressenti la peur de ses adversaires à deux reprises et s'en est repu, a appris à l'utiliser pour devenir plus fort. Il a l'impression d'être un chien qui aurait goûté de la chair humaine. Il lui en faut plus. Alors il abat doucement sa main sur l'épaule de sa proie, sourire en coin, regard d'acier. L'homme se retourne, surpris.

— Salut, Tommy, je crois qu'on n'a pas terminé notre petite conversation…

# DEUXIÈME PARTIE

# 1.

**F**ranck Astier a pris une semaine de congés. Pourtant, il s'est réveillé à six heures, comme tous les matins. Douche, café, petit déjeuner. Toujours la même routine, à la différence que Kaleb n'est pas avec lui pour déguster ses habituels œufs brouillés. La tête dans une main, Franck touille machinalement son café, sans grande conviction. Son fils l'inquiète beaucoup. C'est pour ça qu'il a pris quelques jours, et tant pis si ça n'arrange pas son patron. La priorité a toujours été Kaleb.

Le bruit de la cuillère contre la tasse l'agace. Il la retire d'un geste nerveux, la lèche et grimace. Le café a un goût de merde. Le filtre a dû encore se retourner. Tant pis. Il a la flemme d'en faire un autre, et puis ça lui fera moins de caféine dans le sang. Pas un luxe, vu la qualité de son sommeil ces derniers temps.

Son fils a l'âge où on veut tester ses limites, s'affranchir de ses parents et de la société. Mais jusqu'où est prêt à aller Kaleb ? Franck craint qu'il ne se drogue, au vu de son comportement ces derniers mois... Il est désemparé : il ne sait même pas comment aborder le sujet. Son fils devient un étranger. Un étranger qui lui fait peur, parfois. L'autre jour, Kaleb lui a parlé de sa mère, de sensibilité, de folie. Il se demande bien pourquoi. A-t-il l'impression de couler ? Était-ce un appel à l'aide ? Encore une fois, Franck se sent en dessous de tout. Pourtant c'est le devoir d'un père de tendre la main à son fils. D'un père et d'une mère...

Il ne ment pas quand il dit à Kaleb qu'il a peu connu Helga. Leur rencontre fut au final très classique. Des amis communs, un bar et des regards qui se croisent, s'évitent, se cherchent. Il vivait au jour le jour. Pas prévu de la quitter ni de rester avec elle. Il l'aimait bien, avec ses cheveux sombres et sa peau presque translucide. Elle avait un visage parfaitement rond, un air mutin et un charmant sourire... Contrairement aux filles qu'il avait connues jusque-là, Helga était très à l'aise avec son corps, sa nudité. Il n'a jamais vu quelqu'un se balader aussi souvent toute nue ! Elle le trouvait un peu timoré et se moquait de lui, doucement. Il sait qu'elle l'aimait bien. Elle disait même qu'il était pur, un vrai gentil. Qu'avec lui elle se sentait en paix. Sereine. Parce qu'il n'avait pas d'arrière-pensée. Il avait toujours trouvé ça étrange, les réflexions qu'elle lui faisait. Souvent il lui demandait de répéter, de peur de n'avoir pas bien compris... Il faut dire qu'elle avait un accent islandais à couper au couteau ! Mais c'est une musique qu'il aimait. Elle lui racontait parfois des histoires, dans sa langue, ou même en français. Des histoires merveilleuses ou effrayantes, des contes de son pays. Elle aimait sa terre, passionnément. L'Islande lui manquait beaucoup, même si elle avait volé un morceau de son ciel ombragé pour le garder dans son regard aux nuances changeantes. Peu avant leur rupture, elle semblait tourmentée. Elle était pourtant plus belle que jamais, plus ronde, rayonnante. Il comprit plus tard qu'elle était déjà enceinte. Ils s'étaient séparés pour une bêtise, comme cela arrive souvent à cet âge. Il ne se souvenait plus du motif de la dispute. Seulement de sa colère à lui, qui s'était pourtant évaporée en quelques secondes. De sa déception, à elle. Comme si elle le découvrait et le voyait sous un nouveau jour. Elle était alors entrée dans une rage folle, répétant inlassablement « Pas de colère quand je suis là, jamais ! », cassant tout dans l'appartement de son amant et lui reprochant de l'avoir mise dans cet état. Il avait essayé alors de la calmer, de trouver les mots, de lui expliquer qu'il n'était pas « si en colère » que ça... Elle avait eu l'air de le croire. S'était calmée, avait touché son ventre à deux mains – mais il n'avait pas compris le sens de ce geste – et avait déclaré d'un ton glacial : «Je croyais que c'était toi...» Le visage de Helga avait alors abrité mille tempêtes, passant de l'incrédulité à la peur, qui finit par céder au chagrin. Les yeux mouillés, elle avait alors donné un baiser à son amant, puis était partie.

Un dernier baiser.

Il ne l'avait jamais revue.

Un an plus tard, jour pour jour, il avait appris que Helga était morte et qu'il avait un fils. Le destin avait choisi un messager plutôt agité qui avait bien failli défoncer sa porte d'impatience. Agité mais bâti comme une armoire normande. Aussi blond que Helga était brune, le bonhomme devait mesurer au moins deux mètres et s'était présenté comme son cousin. Il ne lui avait inspiré que moyennement confiance, mais quelque chose dans son regard d'un noir intense, un noir qui contrastait incroyablement avec sa blondeur, l'avait convaincu de le laisser entrer. Erik vous captait, vous fascinait rien qu'en vous dévisageant. Il tenait un paquet contre lui et une mallette. En regardant de plus près, Franck vit que le paquet remuait mollement dans l'amas de tissu qui l'enveloppait. Avant même qu'Erik ne le lui explique, il avait compris que l'enfant était son fils. Comme si les mots révélaient désormais superflus, comme si les deux hommes avaient déjà eu une longue conversation.

— C'est...

Franck n'avait pas pu poser la question, elle était restée coincée dans sa gorge serrée. Il sentait déjà les larmes monter.

— Oui. Vous êtes tout ce qui lui reste.

— Mais je ne peux pas... je ne saurai pas...

— Vous n'avez pas le choix.

Les yeux de l'homme se firent plus sombres encore. Franck ne pouvait s'en détacher. Il tendit comme un automate les bras en direction du bébé.

— Je n'ai pas le choix.

Le reste demeurait très flou. Il se souvenait vaguement des raisons évoquées par le cousin de Helga. Une théorie du complot qui lui avait paru délirante et effrayante à la fois. Il se trouvait en état de choc, ce jour-là. Probablement parce qu'il venait d'apprendre le décès de son ex-petite amie. Qu'elle était morte en couches en laissant un orphelin. Oui, c'est sûrement à cause du choc qu'il avait éprouvé cette sensation bizarre de ne plus s'appartenir, d'être en transe, simple spectateur de sa propre vie. Dans ses souvenirs, et dans les rêves où il revivait cette curieuse conversation, Erik lui parlait sans bouger les lèvres. S'adressait directement à sa mémoire, un peu comme un informaticien programme un ordinateur.

— Prenez le bébé et la mallette. Dedans, vous trouverez de quoi refaire votre vie aux États-Unis. Ne revenez jamais en France, et surtout ne restez pas plus de deux ans dans la même ville. Pour la sécurité de Kaleb et la vôtre.

— Pour la sécurité de Kaleb et la mienne.

— Merci.

Il avait fallu de longues minutes à Franck pour reprendre ses esprits et s'apercevoir que l'homme était parti. Les pleurs du bébé l'avaient sorti de sa torpeur. Il ne connaissait rien aux enfants à l'époque, mais sut instinctivement s'occuper de son fils. Il lui donna le biberon, fit ses valises dans la foulée, et tourna le dos à son pays et sa famille pendant presque vingt ans.

Kaleb avait été un gosse génial. Malgré les galères, les nombreux déménagements. Il s'adaptait partout, s'intégrait et savait se faire aimer de tous. Et de toutes. Un parfait petit caméléon qui ferait des ravages avec les filles, plus tard. Franck avait mis sa vie entre parenthèses. Il n'avait jamais réussi à se sentir à nouveau seul maître à bord, le capitaine de sa vie. L'impression laissée par Erik avait été très tenace. Mais au fur et à mesure qu'il en rêvait moins, il avait pu s'en libérer. La peur sourde d'être poursuivi revenait parfois le hanter, mais à présent il savait la dompter.

Pourtant, les questions de Kaleb l'avaient ravivée.

Et si Erik n'était pas le cousin de Helga ? Peut-être était-ce un psychopathe qui avait enlevé l'enfant à sa famille avant de se rendre compte de son incapacité à s'en occuper... au point de le lui confier quelques mois plus tard ? Non, ça ne tenait pas debout. Erik avait le même accent que la mère de Kaleb. Il était islandais, c'est sûr. Aussi certain que Kaleb était bien son fils : les deux avaient le même grain de beauté sous l'œil gauche ainsi qu'une belle mâchoire carrée. Et pourquoi Erik aurait-il menti ? Non, ridicule. Pourtant, une petite voix lui soufflait que ce n'était pas impossible. D'ailleurs, n'était-il pas tombé récemment sur un journal qui relatait des enlèvements d'enfants ? Les coupables écopaient de peines de prison des plus sévères. Si Kaleb avait été kidnappé... Franck était complice. À ce titre, Dieu sait ce qu'il risquait ! La perspective lui faisait froid dans le dos. Au point de donner à Franck de nouveaux cauchemars, d'où la mauvaise qualité de son sommeil.

La démarche traînante de son fils l'extirpe de ses pensées. Kaleb est encore dans le couloir, ce qui laisse à Franck le temps de se reprendre. Il doit être là pour son gamin. Ce n'est qu'un gosse un peu déphasé qui cherche des repères dans sa nouvelle vie. Et il ne s'agit pas de n'importe quel gosse. C'est Kaleb. Le vif, le brillant petit garçon a grandi un peu trop vite, c'est tout. Il est paumé comme bon nombre d'ados mais il n'en demeure pas moins l'enfant sensible et attachant qu'il a toujours connu, constamment prêt à rendre service ou à tendre une oreille compatissante à ses voisins. Ouais. Franck va se reprendre et voler à son secours !

— Salut, p'pa.

— Salut, fils.

L'estomac de Kaleb se tord bruyamment.

— Je meurs de faim.

— C'est normal. Tu as dormi presque trois jours.

— T'es sérieux ?

— Très. J'ai même appelé un médecin. J'ai eu peur que tu ne sois dans le coma ou un truc du genre…

Difficile de prononcer le mot « drogue » à l'heure du petit déjeuner. Franck préfère s'entourer de précautions verbales.

— C'est fou, ça ! Trois jours, tu es sûr ?

— Kaleb… serais-tu malade ?

— Pas que je sache.

— Pourtant, tes yeux…

— Qu'est-ce qu'ils ont, mes yeux ?

Franck fait signe à son fils de vérifier par lui-même. Le jeune homme se lève péniblement et se contemple dans le miroir. Son reflet offre une version de lui fatiguée, amaigrie. Une barbe naissante ombrage ses joues, ses ecchymoses ont presque disparu. En regardant ses yeux, Kaleb comprend ce qui préoccupe son père. Le blanc est injecté de sang et un vaisseau a dû éclater dans l'œil droit, en partie baigné de rouge vif. Ses pupilles extrêmement dilatées ne laissent que peu de place aux iris qui ont pris un aspect gris clair.

— Ah ouais, quand même ! Il a dit quoi, le médecin ?

— Qu'a priori tu n'étais pas malade... Il m'a conseillé de te laisser dormir. Kaleb, qu'est-ce qui t'a mis dans cet état ?

— J'en sais rien.

Bien sûr, Franck n'est pas dupe du mensonge de son fils. Kaleb refuse de s'ouvrir à lui, de lui expliquer ce qui lui arrive. Alors Franck, qui a consacré sa vie à préserver son fils d'un hypothétique danger, se sent floué, rejeté, et passe de l'inquiétude à une colère sourde, qu'il n'ose s'avouer à lui-même.

— Papa, je t'en prie, ne t'énerve pas, ça ne servirait à rien. Surtout, reste calme avec moi... je suis trop fatigué, je ne pourrais pas supporter...

— Supporter quoi ? Pourquoi tu t'interromps ?

Et comment Kaleb sait-il pour cette colère qu'il croyait avoir tuée dans l'œuf ? Franck se remémore les paroles de Helga, le jour de leur rupture : *Pas de colère quand je suis là, jamais !* Oui, Kaleb ressemble beaucoup à sa mère...

— S'il te plaît, fais-moi confiance, papa. Arrête, c'est tout. Je suis fatigué, j'ai besoin d'un refuge... Et j'ai faim.

Il se sent épuisé, et sa voix a pris une tonalité que son père ne lui connaissait pas. Kaleb en est convaincu : un autre accès de rage le tuera. Ou bien le condamnera à passer définitivement de l'autre côté. Et ça, il ne le veut pas.

Franck comprend la lassitude de son fils et n'insiste pas. Il lui parlera plus tard, rien ne presse.

— Œufs brouillés ?

— Oui, quatre. Avec des tonnes de fromage.

— Ça roule.

— Papa ?

— Oui ?

— ... Merci.

Kaleb doit se réveiller de ce cauchemar. Pendant que son père prépare les œufs, il va se rafraîchir dans la salle de bains, à grands jets d'eau glacée sur le visage. Sa peau semble comme anesthésiée. Tout comme sa mémoire. Impossible de se rappeler ce qui l'a mis dans cet état d'épuisement.

Il se passe la tête entière sous l'eau. Apnée. *Souviens-toi, putain !*

Des bribes de sa vengeance lui éclaboussent alors la conscience, le faisant sursauter violemment et se cogner la tête contre le robinet.

— Aïe !

Il se frotte le crâne mais se force à rester ainsi, cou endolori et visage dégoulinant, au bord de la suffocation. Et il appelle à lui les images mentales. D'abord, il voit le visage tordu de terreur de Tommy, traits déformés et grotesques comme dans un film muet. Flash sur la peur du mec et le plaisir qu'il en a retiré. La bande-son, ensuite, avec des cris rauques de bête blessée. Enfin le souvenir du sang poisseux, qui colle aux poings. Et lui qui frappe, toujours plus fort, qui hurle sa rage et jouit de faire souffrir. Et cette jouissance qui le conduit plus loin encore, dans l'esprit même de sa proie, au cœur de ses peurs qu'il monte comme des chevaux sauvages, qu'il excite et dresse contre Tommy, sans scrupule, sans pitié... des chevaux qui le piétinent, des chevaux devenus fous qu'il conduit au bord du précipice...

Il aurait pu le tuer. À l'heure qu'il est, Tommy serait mort si le corps de Kaleb ne s'était pas révolté. Au moment de sauter dans le vide avec Tommy, il avait été pris de sueurs froides et d'un vertige qui l'avaient immédiatement ramené à la réalité. Nausée incontrôlable et fulgurante. Kaleb n'avait pas eu le temps de détourner la tête et avait copieusement arrosé sa victime inconsciente d'un jet chaud et granuleux. Son don se développait trop vite : il avait du mal à suivre. *J'ai besoin de plus de carburant,* s'était-il dit simplement, sans autre considération pour le corps gisant à ses pieds. Kaleb n'avait compris que de longues minutes plus tard ce qu'il avait fait subir à l'autre. Alors les larmes étaient venues creuser un sillon salé sur les joues du jeune homme.

Doucement, d'abord, puis par vagues, les sanglots arrivent, noient ses yeux dans un océan de honte.

Oui, Kaleb se souvient à présent de ce qu'il a fait à ce garçon. Les larmes affluent à nouveau, se mélangeant à l'eau glacée qu'il a laissée couler, comme pour se punir.

— C'est prêt !

Kaleb ferme le robinet et attrape une serviette en aveugle, puis se frictionne énergiquement la tête, le visage, les paupières. Il se dirige avec lenteur vers la cuisine, corps tremblant, jambes qui flageolent, sensation de perte de contrôle... Kaleb se croit au bord de l'évanouissement. Un miracle qu'il ait pu rentrer chez lui. Il ne se souvient pas du trajet retour, juste de la fatigue extrême et du dégoût de lui-même.

Plus que deux mètres à parcourir. Kaleb doit pourtant faire une pause, bras contre le mur du couloir, tête qui tangue. Il prend une grande inspiration qui ressemble plus à un râle qu'à autre chose et, bien qu'il ait les yeux ouverts, se retrouve plongé dans le noir quelques secondes. Sensation d'être sur le point de s'écrouler, de crever. C'est son père, alerté par la démarche inhabituelle de Kaleb, qui vole à son secours et lui donne le bras pour le conduire jusqu'à la table, comme un petit vieux en bout de course.

— Mange, c'est normal que tu sois faible : tu n'as rien dans le ventre.

— Je ne sais pas si je peux... j'ai mal au cœur.

— Force-toi.

Dès la première bouchée, son estomac crie de plus belle. Oui, il a faim. La nausée semble se dissiper. Dévorer. Tout. Il lui faut plus que quelques œufs au fromage pour récupérer. Kaleb dévalise le frigo, sous les yeux effarés de son père.

## 2.

K aleb débranche son portable et regarde l'indicateur d'autonomie. La batterie est rechargée. Il allume l'appareil. Un bip, deux bips. Un paquet de bips. Des messages de Robin qu'il n'a aucune envie d'écouter et quelques SMS de Lucille, qui a visiblement du mal à l'oublier...

Pardon pr l'autre jour. Jtm
Rpl moi. Besoin parler

Lucille... Kaleb est mitigé. Malgré leur altercation chez ses parents, il l'aime bien. Elle ne méritait pas qu'il lui parle comme il l'a fait. Le jeune homme se dit qu'il est indigne de l'attention qu'elle lui porte, elle si pleine de vie, si naïve. Il ne pourra que la faire souffrir. Ce serait lui rendre service que de ne pas lui répondre, mais il ne peut

s'y résoudre. Passé la honte et la colère, il reste
en lui tellement de chagrin... Il aimerait pouvoir
s'épancher dans les bras de la jeune fille, l'embrasser
jusqu'à l'asphyxie, lui faire l'amour et tout oublier,
jusqu'à sa propre existence.

Franck voit bien que son fils est malheureux.
Kaleb est prostré sur le canapé et contemple son
téléphone. Il aimerait l'aider mais ne sait plus trouver les mots justes pour accéder au cœur de son
fils. Un fils qui n'a plus rien d'un enfant. C'est un
homme qui est assis dans le salon, un homme aux
muscles saillants, avec une barbe naissante et une
ride soucieuse qui lui barre le front, entre les sourcils. Et les hommes ne sont pas doués pour parler
entre eux. Ils se sentent toujours un peu gauches,
comme si exposer leurs fêlures avait quelque chose
d'obscène.

Alors Franck reste immobile quelques minutes,
à l'embrasure de la porte, avant de se décider à
rejoindre Kaleb. Il s'assied à côté de lui, sans dire
un mot, et se contente de l'attraper par l'épaule
et de lui frotter vigoureusement le bras. Le jeune
homme lui rend un sourire misérable, reconnaissant et gêné à la fois. Nul besoin de parler avec
son père. Kaleb comprend ses inquiétudes et perçoit
son amour, fort, très fort. Et cet amour est magique.
Il le sent qui le pénètre et lui berce le cœur, c'est
un sentiment sublime qui panse sa douleur, fait
couler un sang vigoureux dans ses veines et le

réchauffe doucement. Il se sent beau, dans les yeux de son père. Kaleb ne bouge pas. Pourtant, tout bouillonne à l'intérieur de lui. Il se nourrit, se gave de l'amour paternel et se régénère, reprend confiance. La source semble inépuisable : la force lui revient. En quelques minutes, il s'est rechargé.

— C'est qui ?

Franck a rompu le silence. Il désigne le Smartphone que Kaleb n'a pas lâché.

— Personne… Robin.

Le jeune homme n'a aucune envie d'étaler sa vie amoureuse devant son père.

— Ah. Il est passé te voir, il y a quelques jours. Il avait l'air inquiet pour toi…

— J'irai lui rendre visite tout à l'heure.

— Il est bizarre, ce type, non ?

— Et alors ? Il a le droit de vivre comme ça lui chante !

— Non, je ne parle pas de ça, mon fils. Je le trouve juste un peu trop attaché à toi…

— Ah oui ? C'est si surprenant qu'on puisse m'apprécier ?

— Ce n'est pas ce que j'ai voulu dire…

— Laisse tomber.

Kaleb se lève brusquement du fauteuil, sans tenir compte du long soupir que son père vient de pousser. Décidément, ils n'arrivent vraiment pas à communiquer. Le jeune homme préfère quitter le salon plutôt que de s'énerver à nouveau. Il comprend qu'il doit désormais fuir toute émotion négative, sous peine d'être forcé de la retourner contre quelqu'un d'autre... ou de se détruire lui-même.

Kaleb se réfugie dans sa chambre et se demande s'il ne devrait pas y demeurer cloîtré, vivre en ermite, sans aucun contact avec l'extérieur, pour éviter d'être contaminé par les émotions des autres. Pourtant, certaines sont délicieuses et lui font du bien. Comme l'amour. S'il pouvait apprendre à ne capter que celles-ci, et à les utiliser pour soulager les maux autour de lui, ce serait formidable. *Saint Kaleb, priez pour nous !* Le jeune homme ignorait être capable de tels élans philanthropiques, mais après tout, pourquoi pas ? C'est toujours mieux que de faire le mal où qu'il aille... Les visages d'Enzo et de Tommy s'invitent soudain dans son esprit. Il les chasse en secouant la tête et, avant d'être à nouveau parasité par des souvenirs douloureux, il se décide à appuyer sur la touche « appel » de son téléphone.

À l'autre bout du fil, Lucille, la voix tremblante.

— Kaleb ! J'ai eu peur que tu ne rappelles pas !

— À croire que je ne peux plus me passer de toi, bébé.

Il l'entend sourire. Elle hésite un peu avant de répondre :

— La police est venue m'interroger hier au sujet de Tommy... Il a disparu.

Kaleb n'a plus du tout le cœur à flirter. Un jet d'angoisse vient de se déverser dans son estomac.

— Disparu ?

— Oui, personne ne sait où il se trouve et comme il était à ma fête... Les flics sont venus m'interroger.

— Qu'est-ce que tu leur as dit ?

Kaleb se fait violence pour contrôler son intonation.

— Rien. Je n'ai parlé que de la fête.

— C'est mieux. Ils n'ont pas besoin de savoir le reste.

Le flot d'angoisse se retire. Kaleb respire mieux.

— Tu m'as manqué, tu sais. Je suis tellement désolée pour l'autre fois, mais mon père...

— T'inquiète pas, j'ai compris. Moi aussi je suis désolé. Je n'avais pas à te parler comme ça... mais j'étais déçu. Je croyais qu'on était ensemble.

— Mais on *est* ensemble, Kaleb ! Enfin... si tu veux toujours de moi.

— Tu crois que je t'aurais rappelée sinon ?

Dans sa chambre de jeune fille, Lucille rosit de plaisir.

— J'aimerais qu'on se voie.

— Moi aussi.

Les mots que prononce Kaleb sortent sans effort, sans qu'il ait à réfléchir. Il fait ce qu'il faut. Il est présent sans être vraiment là, branché aux attentes de la jeune fille. Ces mots vont droit au cœur de Lucille, sans qu'il les pense vraiment. Il dit ce qu'elle veut entendre et récupère un peu de la joie qu'il provoque en elle. Mais par téléphone ce n'est pas très facile.

— Je connais un hôtel, pas cher, à deux pas de chez moi. On sera tranquilles, lui propose-t-il.

Il la sent qui hésite. L'hôtel... Pas très romantique.

— S'il te plaît, Lucille, je veux être avec toi. Juste avec toi, sans personne pour nous déranger...

— D'accord.

— Parfait, je t'envoie l'adresse par SMS. On dit ce soir, dix-neuf heures ? Si tu veux, on ira au restaurant, avant...

Toutes les filles aiment qu'on les traite en princesses. Ce n'est pas bien grave si Kaleb se trahit un peu. Il vaut mieux tricher avec ses sentiments et ceux de Lucille, pour se charger de bonnes ondes, plutôt que de se laisser aller à des pulsions certes plus séduisantes, mais plus dangereuses aussi. Alors Kaleb jouera la comédie de l'amour aussi longtemps qu'il le faudra, jusqu'à ce qu'il soit sûr de ne plus risquer de passer de l'autre côté.

Il se douche à la hâte et enfile des vêtements sombres. Rien de tel pour mettre ses yeux bleus en valeur. Il grimace en se disant que sans les vaisseaux pétés ce serait mieux, mais il n'y peut pas grand-chose.

— Je vais faire un tour !

— Tu es vraiment sûr que tu es en état ? demande son père, inquiet.

— Oui, j'ai besoin d'air.

— Tu ne t'es même pas rasé !

— Il paraît que les filles trouvent ça sexy, répond-il en adressant un clin d'œil à Franck.

Il descend tranquillement les marches de l'immeuble. Hésite quelques secondes devant la porte de Robin, et décide qu'il le verra une autre fois. Mais à peine a-t-il tourné les talons qu'il entend la porte de son ami s'ouvrir.

— Kaleb ! Man ! T'allais partir sans me saluer ! Tu n'as pas eu mes messages ?

— Hello, Robin. Je n'ai pas trop le temps, là !

— Ah ? Dis-moi au moins comment tu vas. J'étais super inquiet et ton père… on ne peut pas dire qu'il soit du genre bavard. Une vraie tombe !

— Laisse mon père en dehors de ça, Robin.

— OK, man ! Ce que tu es susceptible en ce moment !

Puis, se radoucissant :

— Si tu as des problèmes, n'oublie pas qu'on est amis, d'accord ?

— Je n'oublierai pas, promis.

Sans autre formalité, Kaleb lui tourne le dos et disparaît quelques étages plus bas. Le jeune homme a changé, ces derniers temps. Ça ne va pas, c'est sûr. Jamais il ne lui a parlé aussi sèchement, ni n'a été aussi distant, glacial même.

Perplexe, Robin Moreau ne sait que faire. Il lance un regard vers les étages supérieurs, mais renonce à aller sonner chez Franck Astier. Non, ce n'est pas des remontrances de son père que Kaleb a besoin…

# 3.

Le colonel rentre de son jogging à six heures. Il est debout depuis quatre heures trente et, comme tous les jours depuis quarante ans, s'est pesé au saut du lit : poids stable, huit pour cent de masse graisseuse. Parfait. Il a de quoi rendre jaloux les hommes de son âge. À soixante ans, il en paraît quarante. Il est d'ailleurs beaucoup plus en forme que bien des quadragénaires. Ce matin, il a couru plus d'une heure, une charge de vingt kilos sur le dos. Et c'est encore au pas de course qu'il se dirige vers la salle de musculation où il soulève de la fonte pendant quarante-cinq minutes.

À l'issue de la séance, il ignore les grondements de son estomac : sa routine n'est pas terminée et il l'accomplit toujours à jeun. Pousser le corps dans ses retranchements pour dépasser ses propres limites est l'un de ses nombreux principes de vie. « Un esprit affûté dans un corps discipliné. »

Le colonel prend une douche rapide, puis s'enferme dans le sauna mis à sa disposition. Pas question cependant de s'allonger sur un banc en bois. Il se contente de s'asseoir, dos droit, au dernier étage pour transpirer le plus possible, et arrose copieusement les pierres brûlantes. La chaleur sèche vient lui mordre les yeux, mais les fermer serait un aveu de faiblesse. Et le colonel abhorre l'idée que son corps le trahisse. Il garde obstinément ses paupières ouvertes sur la douleur. Le plus longtemps possible, jusqu'à ce que la moindre larme soit asséchée. Chaque victoire sur lui-même le rend plus fort.

Jamais il ne déroge à la discipline qu'il s'est imposée, ni à son régime, tout aussi strict. En quittant la salle de sport, il avale une omelette de blancs d'œufs et un jus de pamplemousse. Tout, dans sa vie, est compté, minuté. Tout a du sens, un but. Le colonel ne fait jamais rien par hasard ou juste pour le plaisir. Le plaisir, il ne peut pas se le permettre. Trop dangereux. Le plaisir amorce une forme de relâchement : on baisse la garde quelques instants et tout peut basculer. Il en a déjà fait l'expérience. Il ne commettra pas deux fois la même erreur.

Car il entend bien rester maître de son destin et de celui de ses hommes. Il se doit donc d'être infaillible, et si une certaine ascèse en est le prix à payer, il immolera sans états d'âme ses intérêts personnels sur l'autel de sa mission. Sa tâche est immense et sa cause noble. Lui seul peut empêcher le chaos. Il s'agit d'un lourd fardeau, et le colonel a tout sacrifié à sa vocation. Il l'a embrassée comme on entre en religion, sans laisser de place au doute, sans se retourner. Oui, il a laissé beaucoup de choses derrière lui, plus que quiconque ici…

Il se caresse le ventre, juste au-dessus du nombril, songeur. Une sonnerie stridente l'extirpe de sa rêverie. Il peste : le colonel déteste se laisser aller à toute forme de regret, ou de nostalgie. Il bondit de son siège.

— Qu'est-ce que c'est ?

— Colonel, excusez-moi, mais il y a du nouveau. Ça concerne Kaleb.

La voix de son assistante se fraie péniblement un chemin de l'autre côté de l'interphone. L'homme ne prend pas la peine de répondre. Il ramasse sa serviette, l'enroule autour de sa taille et sort en trombe du sauna. La jeune fille, qui se tenait juste à côté de la porte, sursaute devant le géant aux cheveux blancs et à l'air sévère. Ses yeux sont naturellement attirés par la cicatrice qui lui barre la moitié du ventre. C'est plus fort qu'elle, elle esquisse un geste en direction de la boursouflure mais, avant même qu'elle ne se ravise, il lui bloque le bras d'une poigne ferme.

— Ressaisissez-vous, soldat !

— Pa… Pardon, colonel.

Elle se frotte l'avant-bras et lui adresse un regard mortifié qu'elle ne peut tenir longtemps. Impossible de le fixer quand il ne porte pas ses lunettes.

— Kaleb, donc ?

— Ou… oui, bafouille-t-elle en lui tendant une coupure de journal.

---

**UN JEUNE PASSÉ À TABAC ET RETROUVÉ INANIMÉ DANS UN QUARTIER DU XIᵉ ARR. DE PARIS**

Tommy L., âgé d'une vingtaine d'années, a été victime d'une mystérieuse agression dans la nuit de jeudi à vendredi. Il souffre d'un traumatisme crânien sévère ainsi que de multiples contusions au visage, et risque de perdre un œil. Actuellement hospitalisé dans un état critique, il n'a pas encore pu être entendu par les enquêteurs.

---

Les mâchoires du colonel tressautent, ce qui n'est jamais bon signe.

— Sommes-nous sûrs que c'est son œuvre ?

— Oui. Les deux avaient déjà eu une altercation, quelques jours auparavant.

— À quel sujet ?

— Une fille, semble-t-il.

— Je vois.

— En fait…, ajoute la jeune fille, c'est plus compliqué que ça n'en a l'air. Le type avait tenté de violer la petite amie de Kaleb. Il a voulu la venger.

— L'agression s'est produite le même jour que la tentative de viol ?

— Non… mais…

— Il n'y a pas de mais. Helgusson a goûté au fruit empoisonné et il aime ça. Il a traqué le mec pour s'en payer une tranche.

— Il ne l'a pas tué !

— Sûrement parce qu'il a été interrompu. Et puis je ne présumerais pas de l'état cérébral de ce Tommy. Notre protégé a franchi la ligne. On le passe en alerte rouge.

La jeune fille n'a pas le temps de répondre. Le colonel a déjà disparu dans la cabine de douche. Il sait bien que sa jeune assistante est déçue, mais elle doit apprendre à composer avec ses frustrations. Lui aussi est un peu dépité que le jeu se termine aussi rapidement. Mais il chasse ses doutes sous l'eau glacée et se frotte vigoureusement le torse d'un gant de crin.

— Colonel, plaide-t-elle depuis le vestiaire, on ne peut pas le condamner sans preuve ! C'est contraire à nos principes.

— J'ai dit « alerte rouge », rétorque-t-il sèchement en fermant les robinets. Si on n'agit pas immédiatement, il va très vite devenir incontrôlable.

— Mais il n'en est qu'aux balbutiements et rien ne nous prouve qu'il va faire le mauvais choix !

Le colonel sort de la douche et plante ses yeux dans ceux de la jeune fille. Impossible de détourner le regard, cette fois. Elle a l'impression qu'il la transperce.

— Je sais qu'il est beau garçon, mais c'est bien la dernière personne dont il faut tomber amoureuse.

L'assistante rougit des pieds à la tête. De colère. Elle a été piquée dans son orgueil. Le colonel réprime un léger sourire et enfonce le clou.

— Les midinettes au cœur d'artichaut, un type comme Kaleb n'en fait qu'une bouchée…

— Je ne suis pas amoureuse de Helgusson, proteste-t-elle. Je sais quel danger il représente pour la société, et je trouve déplorable qu'un tel don s'exprime chez ce genre d'individu ! Mais parce que, justement, nous sommes du bon côté, je pense qu'il faut être sûrs de nous à cent pour cent avant de lancer une exfiltration qui aura des conséquences sur notre cible autant que sur son entourage.

C'est bien la première fois que son assistante lui tient tête. Elle évoque un des principes de base censés préserver leur armée d'éventuelles bavures. Et si la jeune fille craint qu'il ne soit trop tôt pour récupérer Kaleb, d'autres membres du Conseil seront sûrement de cet avis. Le colonel regrette de s'être emporté et d'avoir parlé d'alerte rouge. Mais il a pour principe de ne jamais revenir sur ses décisions. Rien qui puisse lui faire perdre la face. Si elle veut qu'il change d'avis, elle devra lui fournir un argument recevable.

— Quelle alternative avons-nous ? demande-t-il calmement.

— Je... je ne sais pas...

— Alors la discussion est close. Je souhaite pouvoir m'habiller, maintenant.

La jeune fille comprend qu'il est temps de prendre congé. Elle tourne les talons et entend la serviette-éponge tomber au sol.

Elle pousse un long soupir. Kaleb Helgusson n'a que dix-neuf ans ! Le colonel n'a-t-il donc aucun cœur ? Elle parcourt la distance qui la sépare de la porte au ralenti, dans l'espoir un peu fou de trouver une idée avant de quitter les lieux. Les mots de son supérieur résonnent douloureusement dans sa tête. Il l'a traitée de midinette. Une façon de la rabaisser et de lui faire comprendre qu'elle n'est qu'une subordonnée. Pourtant, elle a déjà fait ses preuves à plusieurs reprises et s'avère être tout sauf une écervelée, une midinette. Une midinette...

Mais oui ! La voilà, la solution !

— Colonel !

La jeune fille se tient face à la porte, n'osant se retourner.

— Quoi encore ?

— J'ai peut-être une idée.

— J'écoute.

— Mettons-le à l'épreuve.

— Comment ?

— Il a une petite amie. Voyons si effectivement il n'en fait qu'une bouchée... Si vraiment Kaleb porte l'empreinte du Mal, il ne sera pas très difficile de le pousser dans ce sens.

— Vous mesurez la portée de votre proposition ? Si nous faisons le test et qu'il échoue, la fille y restera.

Oui, c'est une éventualité à prendre en compte. La jeune assistante se tait un instant, semblant peser le pour et le contre. Au terme de sa réflexion, et n'entendant plus de bruit de vêtements qu'on enfile, elle se retourne lentement, et le regarde droit dans les yeux, sans ciller.

— Ne répétez-vous pas à qui veut l'entendre que l'individu n'est rien en comparaison de la collectivité ? Qu'il faut savoir sacrifier un pion pour attraper un plus gros gibier ?

— Exact, admet-il.

— Alors ? demande-t-elle, tendue.

— C'est OK. On reste en code orange et vous organisez le test.

L'assistante lui adresse un sourire soulagé et quitte la pièce sans un mot.

La porte une fois refermée, le colonel laisse éclater un rire à glacer le sang. Un test ! Quoi de plus excitant ?

# 4.

Lucille se réveilla seule dans la chambre d'hôtel. Elle s'étira comme un chat dans les draps un peu rêches, bâilla en se remémorant la soirée. Et, du haut de ses dix-sept ans, décréta que la vie était belle. Son copain avait déposé un baiser léger sur son front avant de lui murmurer :

— Dors, ma belle... je vais faire un petit tour et je reviens !

La jeune fille avait replongé avec délices dans les bras de Morphée. Ça devait être ça, le bonheur. Elle se leva le cœur léger et farfouilla un long moment dans son sac à main à la recherche de sa trousse à maquillage. Elle posa son nécessaire sur le petit lavabo et entra en frissonnant dans la douche au carrelage glacé. L'eau lui dégoulina sur le dos, puis le ventre, caressant son corps aux endroits où Kaleb avait posé les mains, les lèvres...

Certaines zones étaient très sensibles, presque endolories. C'était donc ça, être une femme et appartenir à un homme ? Des copains, elle en avait déjà eu, plus ou moins expérimentés, rapides, doués… Mais jamais aucun ne l'avait possédée comme Kaleb. Elle comprenait désormais qu'on puisse avoir quelqu'un « dans la peau ». Elle ressentait le besoin de le séduire, de lui faire plaisir. D'être aux petits soins pour son homme.

Lucille était définitivement et irrémédiablement amoureuse. Pourtant, lorsqu'ils s'étaient retrouvés devant l'hôtel, ce n'était pas gagné…

— Qu'est-ce que tu as raconté aux flics ?

Il avait surgi derrière elle et les mots glissés dans son oreille d'un ton autoritaire l'avaient fait sursauter violemment, son cœur manquant un battement avant de se contracter douloureusement. De peur, de joie ? Elle-même ne savait pas.

— Rien… j'ai rien dit. Juste que Tommy était venu à ma fête et que je ne l'avais pas revu depuis.

— C'est tout ?

— Ils m'ont demandé s'il avait eu des problèmes avec quelqu'un… J'ai répondu que non… Dis, c'est toi qui as fait ça ?

— Qu'est-ce que ça peut faire ?

— Les policiers ont raconté que son agresseur s'est acharné sur lui…

— Et alors, avait-il répliqué dans un sourire angélique, je croyais que tu aimais les bad boys ?

Lucille lui avait rendu son sourire, presque malgré elle. L'accent américain et la barbe naissante de Kaleb peut-être... Comment ne pas être sous le charme ?

Il lui avait proposé d'aller au restaurant, en parfait gentleman, mais en passant devant une pizzeria lui avait susurré une proposition plus que tentante, en lui mordillant l'oreille.

— Ou alors... on pourrait manger une pizza dans notre chambre... et envisager un dessert plus... alléchant.

« Notre chambre ». Ils avaient *leur* chambre d'hôtel ! Comme ces couples illégitimes qui ne peuvent vivre sans se toucher. Comme des adultes libres et consentants. Il lui avait laissé le choix. Son cœur battait à tout rompre et son ventre fourmillait de désir pour son bel amant.

— OK pour la pizza... et le reste, avait-elle répondu en tremblant.

Lucille avait eu la sensation de flotter du trottoir jusqu'à *leur chambre*. Évidemment, il était très rapidement passé au dessert. Elle ne s'était jamais sentie aussi désirée, aussi vivante. Ils avaient fait l'amour une première fois. Kaleb était passionné, volcanique, son corps brûlant lui avait fait oublier tous ses freins, ses inhibitions. Elle s'était laissé faire, avait perdu la tête dans l'orage sensuel qui l'avait enfin conduite loin de Paris, loin de sa vie et loin d'elle-même...

Puis ils avaient mangé. Un peu. En se dévorant des yeux, en buvant les paroles de l'autre. C'était la première fois qu'un garçon l'écoutait vraiment, s'intéressait à elle. Ça lui fit monter les larmes aux yeux, l'espace d'un instant. Elle repensa à tous ceux qui l'avaient traitée comme une moins que rien, un vulgaire objet. Elle se remémora jusqu'au traumatisme de son enfance, épisode si douloureux qu'elle n'en avait jamais parlé à personne, même pas à sa mère. Souvenir qu'elle croyait avoir réussi à reléguer dans les oubliettes de sa mémoire. Oui, ce qui s'était passé quand elle avait sept ans était démeuré son secret, son tabou. Sa croix. Depuis, elle était convaincue de mériter qu'on la traite en traînée. D'ailleurs elle en rajoutait une couche en se maquillant un peu trop, en forçant sur les vêtements sexy. Mais ce n'était pas pour allumer les garçons, juste pour se rassurer et cacher qu'au fond elle était restée une fillette apeurée. Bien sûr, personne ne se donnait jamais la peine d'aller gratter sous la couche de paillettes. Ça arrangeait les mecs de la prendre pour une idiote un peu facile. Peut-être que ça l'arrangeait aussi, après tout, puisqu'on est censé avoir ce que l'on mérite et qu'à ses propres yeux elle ne valait pas grand-chose. L'adolescente s'était résignée à son sort. Il y avait des gens, comme ça, qui n'avaient pas de chance. Depuis toujours elle avait la poisse avec les garçons. Le dernier en date : Tommy, bien sûr... Mais pour la première fois, quelqu'un était venu à son secours. Comme dans les comédies romantiques qu'elle aimait tant ! Un garçon l'avait sauvée et lui prêtait attention. C'était presque trop.

Kaleb n'avait cessé de la couver des yeux. Son regard légèrement assombri, il avait posé un doigt sur sa joue avant qu'une larme ne se mette à rouler et avait murmuré :

— Je ne veux pas que tu sois triste. Pas avec moi... Quoi que tu aies vécu avant, c'est du passé, d'accord ? On est ensemble maintenant.

La larme coula pourtant. D'émotion, de joie. Sous ses airs de voyou, Kaleb avait une vraie sensibilité, et il avait assez confiance en elle pour le lui montrer. Confiance en elle ! Parce qu'ils étaient « ensemble », dans *leur* chambre, qu'elle était unique pour lui, tout comme il occupait désormais une place particulière dans son cœur.

Comme si ça ne suffisait pas, il fit une moue si comique qu'elle éclata de rire. Kaleb rit de bon cœur à son tour : on aurait dit deux gamins. Derrière ses paupières mi-closes, elle remarqua qu'il avait d'adorables fossettes, et de fines rigoles qui s'échappaient de ses yeux pour rejoindre ses lèvres. Il était si beau !

Le cœur léger, la jeune fille, transportée par une vague de bonheur, s'était jetée dans les bras de son amoureux.

Les deux jeunes gens s'étaient embrassés longuement et avaient refait l'amour, encore et encore...

Elle avait fini par s'endormir, tard dans la nuit, repue de lui et confiante. Mais ses rêves n'avaient pas été aussi doux que la soirée. Elle avait revécu les viols. Celui de l'enfance et celui auquel elle avait échappé quelques jours auparavant. Encore et encore. Viol de son corps, de son esprit, de son âme. Sensation d'en subir un autre, d'un genre différent, indescriptible. Un viol de son être profond, de sa candeur, de ce qu'il y avait de beau en elle. Lucille avait beau se débattre, elle ne parvenait pas à sortir de ce cauchemar, s'y enlisait comme un insecte qui s'empêtre dans une toile d'araignée. Dans son rêve, l'araignée avait les yeux de Kaleb et lui dévorait le cerveau.

Elle avait poussé un cri suraigu qui l'avait réveillée.

Kaleb était penché au-dessus d'elle et la regardait d'un air soucieux. Doucement, il l'avait prise dans ses bras et lui avait caressé les cheveux.

— Là… doucement… je suis là.

Hébétée, elle s'était blottie contre lui et avait fini par se rendormir, rassérénée.

Oui, cette nuit avait été la plus belle de sa jeune existence. Lucille se dévisage un instant dans le miroir, nue, sans fard. Elle bombe la poitrine en déplorant qu'elle ne soit pas plus généreuse et rentre un peu le ventre, puis s'habille à la hâte. Elle est pressée de le retrouver. En se maquillant, elle se dit que sa vie est sur le point de changer.

Plus qu'une intuition, une intime conviction. Grâce à Kaleb, à son amour, elle se métamorphosera en une version améliorée d'elle-même. Oui, plus rien ne sera pareil car désormais ils forment un couple.

Un dernier coup d'œil au petit miroir de la salle d'eau, un peu de parfum. Elle est prête. Lucille se demande où Kaleb peut bien se trouver et essaie de chasser toute crainte de son esprit : non, ce n'est pas le genre à prétendre qu'il reviendra pour disparaître. Elle le connaît bien, depuis cette nuit. Il est sûrement allé chercher des croissants, ou l'attend en lisant à la réception.

Elle prend l'ascenseur et se dirige d'un pas assuré vers le hall d'entrée de l'hôtel. Et s'il était parti sans payer ? Angoissée, la jeune fille se souvient qu'elle n'a pas d'argent sur elle...

En quelques secondes, ses craintes s'envolent. Elle aurait reconnu les cheveux d'ébène et la carrure du jeune homme n'importe où. Kaleb se tient là, assis face à l'écran de l'ordinateur en libre service. Elle s'approche sur la pointe des pieds et met ses mains sur les yeux de son amoureux.

— Tu as bien dormi ? s'enquiert-il.

— Peu..., plaisante-t-elle, mutine. Mais bien, oui. Très bien, même ! Et toi ?

— Peu.

— Tu fais quoi ?

— Des recherches.

Décontenancée par les réponses laconiques du jeune homme, Lucille ne sait trop quoi faire ou dire pour l'arracher à la contemplation de l'écran. Elle fait mine de regarder le site sur lequel il surfe.

— Écoute, Lucille... j'ai un truc à faire, là. Tu ne veux pas qu'on se voie plus tard ?

— Ah... Si tu veux, mais j'espérais que...

— Super ! Je t'appelle.

Lucille a du mal à cacher sa déception. Elle avait pensé qu'ils ne se quitteraient pas de la journée. Elle veut insister, mais il a déjà tourné le dos. La jeune fille se mord nerveusement les lèvres, et quitte l'hôtel le cœur serré, en s'efforçant de relativiser la réaction de celui qu'elle a dans la peau.

# 5.

Kaleb se gratte le menton d'un air soucieux et grimace. Il faudrait qu'il songe à raser cette barbe insupportable. Perdu dans ses recherches, il n'a pas entendu Lucille s'éloigner. De toute façon, il n'a plus la tête à batifoler. Depuis un bon quart d'heure, il traque la moindre piste qui pourrait le connecter à sa mère... en vain. Il ne connaît rien de l'Islande. Ça ne lui avait jamais paru primordial de s'y intéresser. Aujourd'hui, il songe sérieusement à apprendre la langue et à partir sur la terre de ses ancêtres. Tout ce qu'il a lu au sujet de ce peuple lui plaît. Les Islandais sont des gens fiers, forts, proches de la nature et soucieux de préserver leur culture, leurs traditions. La terre, tout en contrastes, célèbre quotidiennement le mariage du feu et de la glace, et s'étire, craque, explose dans une profusion de couleurs. L'Islande revêt un caractère de Terre promise. C'était la terre de sa mère, c'est là que se trouvent ses racines. Il se sent le devoir de rejoindre ce pays magique.

Kaleb ouvre son webmail. Il a un nouveau message. Provenance : le forum EDV. Fébrile, il se connecte aussitôt au forum. Sa connexion coïncide avec le départ d'un membre : Survivor. Et l'arrivée d'un autre : Vulcan. Kaleb clique sur la messagerie interne.

De : Vulcan
Objet : Contact.
Message : Quel est ton don ?

Kaleb vérifie la fiche de profil de son interlocuteur. Il n'a rien renseigné, à part son pays : l'Irlande. Comme Vulcan est en ligne, Kaleb décide de lui répondre directement, via le tchat.

Kaleb : What's yours ?

Vulcan met quelques minutes à taper son message.

Vulcan : Si tu vis vraiment en France, tu parles français.
Kaleb : Why ?
Vulcan : Pour vérifier que tu n'as pas menti sur ta fiche. Et parce que le français est moins parlé que l'anglais.
Kaleb : Quel intérêt ?
Vulcan : Moins de risque d'être lu et compris.
Kaleb : OK. T'es en mode parano ?

Vulcan : En mode prudent. Quel est ton don ?

Kaleb : Empathie ?

Vulcan : Beaucoup le prétendent sur ce forum. Mais beaucoup sont des mythos.

Kaleb : Je ne crois pas vraiment à ces conneries.

Vulcan : Qu'est-ce que tu fais là, alors ?

Kaleb : Bonne question. Pourquoi « enfants du volcan » ?

Vulcan : Parce que l'éruption de Eyjafjöll a accéléré la révélation des dons. Tu es sûr que tu n'es pas un mytho ou un taré ?

Kaleb : Est-on jamais sûr ? Et toi ?

Vulcan : Sûr de rien non plus.

Kaleb : Ton don ?

Vulcan : Tu as eu des visions ?

Kaleb : Visions de quoi ?

Vulcan : À toi de me dire...

Kaleb : Pas de visions. Ton don ?

Vulcan : Je te le dirai quand je serai sûr que tu n'es pas un des leurs. Pas confiance.

Kaleb : Un des leurs ?

Vulcan : C'est moi qui pose les questions. N'essaie pas de me piéger. Je connais leurs méthodes...

Kaleb soupire : il est tombé sur un fou, ça ne fait pas de doute. Il se déconnecte du forum mais a le temps de lire le dernier message de son mystérieux interlocuteur.

Vulcan : Si tu es bien un EDV, méfie-toi aussi, tu seras traqué.

Un bruit dans son dos fait sursauter Kaleb. Une femme de chambre vient de brancher son aspirateur.

Cette discussion le laisse perplexe... Et dire qu'il a envoyé balader la pauvre Lucille pour lire les délires d'un malade ! Il se collerait des baffes.

Il l'aime bien, Lucille. Ce n'est pas le grand frisson, mais elle est douce, confiante. Exactement ce qu'il lui fallait. Elle possède aussi ce grain de folie qu'il recherche chez une fille. Quand il lui a donné rendez-vous, ses intentions étaient loin d'être nobles. Il voulait vérifier qu'elle n'avait pas parlé à la police. Et peut-être se rassurer aussi. Tester son pouvoir de séduction, passer un bon moment. Certes, que du très égoïste, mais du très bon. Et après tout, elle est consentante.

Mais au-delà de ça, elle l'a touché.

Quelque chose en elle lui a donné envie de la protéger. Elle a cette fragilité et cette confiance aveugle que seules les filles qui savent se donner complètement possèdent. Elle s'est offerte en pâture au démon, pour oublier les siens. Car ce n'est pas une sainte, non plus. Ce qui lui plaît chez Kaleb, c'est ce qu'il représente... Il n'est pas dupe. Sortir avec lui a le goût délicieux de la transgression : papa est maintenant si mécontent et maman tellement choquée de la voir traîner encore avec ce garçon au blouson de cuir !

Lucille aime aussi sa force brute, la violence qu'il a laissée exploser, l'autre jour, devant elle. Ça l'excite. Elle a besoin d'un mec, un vrai, qui la prenne en main et lui dise quoi faire. Elle veut se soumettre à ses désirs, à sa volonté... Lucille aime flirter avec le danger. Et ce genre de fille possède un radar qui détecte les garçons borderline aussi sûrement qu'un poisson fonce sur l'appât qu'on lui tend.

Il a compris aussi, la nuit dernière, que si elle joue tant avec le feu, c'est parce qu'elle s'est déjà brûlée. Et que, malgré la douleur, elle a aimé la danse de la flamme dans son cœur. Elle est faite de ce bois qui ne s'embrase qu'au gré de mauvaises rencontres. La victime idéale de tous les salauds qui passent. Le type de fille qui finit mal, dont on piétine régulièrement le cœur pourtant gros comme ça.

Pour l'instant elle a la fraîcheur et la naïveté de sa jeunesse. Un adorable chien fou qui cherche désespérément un maître. Et tant pis pour les claques, si elle reçoit quelques caresses en retour. Alors, en dépit de l'affection sincère qu'il a pour elle, Kaleb ne peut voir en Lucille son égale. Elle ne sera rien de plus qu'une distraction, un charmant animal de compagnie sur qui tester ses nouveaux talents, un peu comme ces gamins un peu gauches qui croient caresser leur chat quand ils ne lui donnent que des tapes maladroites. Kaleb a besoin d'exercer son don. Entrer en elle, la rassurer, trouver sa fréquence, jouer sur la même note et changer de ton, imperceptiblement, pour la pousser à se confier toujours plus, à exposer ses pires craintes, ses failles... Pour la contraindre à lui donner son amour, et qu'il se ressource en l'aspirant jusqu'à la lie.

Oui, Lucille représente une bénédiction pour Kaleb.

Le jeune homme a quitté le navigateur de l'ordinateur, mais reste comme hypnotisé par le rayonnement de l'écran.

— *Tu es le feu, mais c'est ton âme que tu consumes en brûlant les autres...*

— *J'ai besoin de leur chaleur. Je dois me nourrir.*

— *Tu te leurres, Kaleb. C'est toi que tu dévores. Regarde...*

Le vieil homme à la peau noire vient de réapparaître à Kaleb, sans que ce dernier, en transe, trouve ça étrange. Il se tient face à lui, au-delà de l'écran d'ordinateur et de la réalité matérielle. Il est *en lui*, image incrustée profondément dans ses rétines. Kaleb ne se demande pas qui il est. Il le connaît depuis toujours, c'est un guide. Son guide. L'homme a la peau sombre et froissée comme un parchemin vieux de mille ans. Impossible de deviner les traits de sa jeunesse derrière l'amas de rides. Pourtant son visage lui est familier. Kaleb se détend, relâche la garde. Il se contemple un instant dans les yeux du patriarche aux pupilles comme des miroirs. Mais en scrutant son reflet miniature, Kaleb ne voit qu'un monstre difforme, l'incarnation du Mal. La bouche du vieillard s'ouvre alors en une béance pestilentielle, ses yeux deviennent des trous noirs contenant toutes les âmes des damnés, sa voix se mue en un chant démoniaque qui entraîne Kaleb au cœur de l'enfer. Le jeune homme est aspiré par l'esprit du vieil homme, qui le digère vivant.

Des flashs du sort qu'il a réservé à Tommy frappent le cœur de Kaleb et flagellent sa conscience, lui faisant revivre chaque instant de l'horreur qu'il lui a infligée. Il veut hurler mais sa bouche ne peut que cracher une purée poisseuse et acide qui mousse sur son visage et le ronge. Sa peau fume, le supplice devient insupportable. Il porte ses mains jusqu'à ses yeux mais il découvre qu'elles sont en ébullition, gondolent et cloquent. Le feu s'attise à l'intérieur de lui, et commence à frire ses yeux. Il accueille sa cécité d'un hurlement muet et vomit des torrents de lave en fusion.

— *C'est assez ?* demande le vieillard.

— *Pitié, arrêtez ça ! Pitié, j'en peux plus, je vais crever,* sanglote le jeune homme, brisé par la douleur.

Le sort est levé. Plus de cris, plus de douleur. À peine le souvenir de la terreur. Et Kaleb, effondré, attendant humblement que le vieillard le relève.

— *Lutte contre le monstre, Kaleb, ou il te détruira et brûlera tout sur son passage. Tu es le chaos. Deviens l'ordre.*

— *Je ne sais pas comment !*

— *L'amour, Kaleb...*

— *Ça ne me suffit pas. Ce que je fais… c'est plus fort que moi.*

— *L'amour. Tu verras.*


— Monsieur, vous allez bien ?

La femme de chambre lui secoue énergiquement le bras. Kaleb sursaute violemment.

— Oui… je… je me suis endormi.

— Ne restez pas là, s'il vous plaît, je dois nettoyer sous la table.

— Pardon…

Kaleb reprend ses esprits et se lève péniblement de la chaise. En partant, il entend la femme spéculer sur les exploits nocturnes du débauché qui s'est endormi devant un ordinateur.

Il sourit amèrement en se remémorant la panique qui l'a saisi la nuit dernière, lorsqu'il a réussi à s'introduire dans le rêve de sa petite amie, pour le corrompre à la faire hurler de terreur. Après cela, il n'a plus osé s'endormir. Et voilà qu'il s'assoupit dans le hall de l'hôtel… pour avoir à son tour la pire des hallucinations qui soient.

Bien qu'il ne regrette pas de lui avoir menti au sujet d'éventuelles visions, il ne peut s'empêcher de se demander si Vulcan en a, lui aussi. Après tout, peut-être le gars n'est-il pas si fou qu'il semble en avoir l'air…

# 6.

Ça ne peut plus durer ainsi. Franck Astier se dit qu'il doit réagir, faire preuve de fermeté. C'est son rôle de père. Il attend patiemment que son fils sorte de la salle de bains où il se prélasse depuis plus d'une heure. La vie n'est pas composée que de plaisirs : on ne peut pas n'en faire qu'à sa tête. Il est temps que Kaleb le comprenne.

Franck attend, crispé devant une tasse de café qu'il n'a pas touchée, estomac serré, lèvres pincées. Il est loin d'imaginer les tourments qui agitent son fils.

Kaleb s'est immergé dans un cocon humide et chaud, corps plongé dans l'eau mousseuse jusque sous les narines. Rien d'autre que son nez n'est en contact avec l'extérieur. Il ferme obstinément les yeux et se contente des bruits feutrés qui lui parviennent sous l'eau. Pour rentrer jusque chez lui, il a dû emprunter des détours, s'astreindre à trois heures de marche, au moins. Il n'a pas voulu courir le risque d'emprunter le métro et de se prendre la détresse des passagers en pleine figure.

Pendant que l'eau remplissait la baignoire, il s'est débarrassé de la barbe qui lui mangeait les joues. Mais cela suffira-il à lui rendre son visage d'autrefois ? Celui de l'innocence, quand il n'était qu'un garçon certes sensible aux états d'âme de ses proches, mais qu'il n'était surtout pas encore devenu cette erreur de la nature. Kaleb n'en doute plus. Quelque chose ne tourne pas rond chez lui. Peut-être devient-il fou ? Peut-être cette histoire de don est-elle vraie ? Tout ça lui paraît de plus en plus crédible. Depuis l'éruption du volcan Eyjafjöll, sa vie a basculé. Il a amorcé une mutation qu'il lui est impossible d'inverser.

Il a observé son reflet un instant. Sa peau est de nouveau glabre. Comme avant. Mais ses yeux ont une expression nouvelle. Ils brillent d'une lueur étrange, fébrile et lasse à la fois. En quelques semaines, Kaleb est devenu un jeune homme aux traits émaciés, à la beauté inquiétante. Il essaie de s'approprier ce nouveau visage, avec la crainte qu'il ne change encore. Finis, le narcissisme primaire et les caprices de beau gosse.

Kaleb désire juste redevenir maître de son destin et vivre en paix.

Il reste longtemps dans l'eau accueillante. La réchauffant de temps en temps d'un jet brûlant.

N'en sortant qu'une fois ses mains plus fripées que celles du vieux Noir, qu'une fois débarrassé de ses pensées parasites, aussi pur qu'un nouveau-né.

La détermination de Franck est parvenue jusqu'au jeune homme et lorsqu'il rejoint enfin son père, Kaleb sait exactement ce qu'il va lui dire.

Sur la table de la cuisine, bien en évidence, une lettre. Kaleb y jette un coup d'œil, de loin.

— C'est le lycée. Tu es exclu définitivement.

— Je m'y attendais.

— J'ai aussi reçu un appel du proviseur qui m'a expliqué ce qui s'est passé, ce jour-là. Tu as vraiment de la chance que le père de l'élève n'ait pas porté plainte. Sinon c'était la prison assurée. Tu t'en rends compte ?

Kaleb ne répond rien. Il se sent assez minable comme ça, sans que son père éprouve le besoin d'en rajouter une couche.

— Qu'est-ce que tu veux faire de ta vie, Kaleb ? Tu vas continuer à la foutre en l'air longtemps ?

— Non.

— Alors quoi ? Tu vas t'inscrire dans un autre lycée, peut-être ?

— Tu sais bien que non.

— Très bien. Alors dans ce cas, tu fais les petites annonces et tu cherches un travail !

Franck a haussé le ton. Joignant le geste à la parole, il balance un journal sur la table, en direction de Kaleb.

— Non.

— Non ? Mais tu crois que tu as le choix ? Que je vais t'héberger gratuitement pendant que tu te la coules douce ? Il y a des factures à payer ici.

Rien de ce que lui propose Franck n'est acceptable. Kaleb est allé trop loin pour faire marche arrière. Sa vie a emprunté un chemin que son père n'entreverra jamais. Des foules de questions se bousculent dans la tête du jeune homme : au sujet de sa mère, des origines de son don, des mises en garde de Vulcan, de l'identité de l'homme noir qui prend le contrôle de son esprit...

Il doit à tout prix comprendre ce qui lui arrive. Remonter à la source, partir en Islande et retrouver sa famille. Le voyage a déjà commencé, il est temps qu'il quitte définitivement l'appartement étroit de son père et la vie étriquée qui va avec. Kaleb n'est plus un enfant et sa décision déchirera sûrement le cœur de Franck, mais il doit impérativement s'émanciper.

— C'est ta vie. Je n'en veux pas.

— Mais tu n'as pas le choix, fils ! Tant que tu vivras sous mon toit...

— Je vais partir, papa.

Franck s'était pourtant juré de ne pas prononcer ces mots faciles qu'on crache sous le coup de l'émotion, qu'on brandit comme un argument imparable quand on ne fait qu'aveu de faiblesse. « Tant que tu vivras sous mon toit... » Il n'est pourtant pas ce genre de père. Il voulait donner un électrochoc à son fils, afin qu'il se ressaisisse, mais pas le pousser vers la sortie par une grotesque provocation. C'est pourtant ce qu'il vient de faire.

— Kaleb, ce n'est pas ce que j'ai voulu dire.

— Je sais. Mais c'est ce que moi je voulais te répondre...

Dépassé par la tournure que prend la conversation, Franck Astier pose sa tête entre ses mains.

— Pour aller où ?

— En Islande.

Bien sûr. L'enfant baladé de ville en ville a besoin de retrouver ses racines. Que peut-il répondre à ça ?

— Ce genre de voyage coûte cher, tu sais.

— Je me donne un mois pour réunir la somme. Tu veux bien m'héberger jusque-là ou je dois chercher une autre solution ?

— Non... Tu peux rester. Et tu peux changer d'avis aussi... rien n'est gravé dans le marbre.

Mais tous deux savent pertinemment que Kaleb ne reviendra pas sur sa décision. Le jeune homme prend congé de son père et descend quelques étages pour rendre visite à Robin. Il a négligé son ami, ces derniers temps. Kaleb sait aussi qu'il ne le reverra sans doute plus, après son départ pour l'Islande. Alors autant en profiter encore un peu...

Le jeune homme devine immédiatement que Robin est stone. L'homme l'accueille d'un grand sourire et titube jusqu'au sofa, où il s'écroule lourdement. Kaleb n'a pas souvenir de l'avoir déjà vu si défoncé.

— Qu'est-ce que t'as pris, putain ?

— Oh... une pincée de ci... un zeste de ça..., rigole le quadragénaire.

— Ça ne va pas, non ? !

Impossible de capter quoi que ce soit. Le cerveau de Robin baigne dans une bouillie béate.

— Mais si, man ! Ça roule impec. Qu'est-ce qui t'amène ?

— J'ai décidé de partir.

— Décidé de partir !

L'homme lui fait écho en éclatant de rire.

— Partir où ? s'enquiert-il.

— Je vais quitter la France, bientôt.

Robin redescend un peu de son trip, interloqué.

— T'es sérieux, man ?

— Ouais.

— Mais pourquoi ?

— Longue histoire...

— C'est à cause de ta petite copine... elle t'a brisé le cœur ?

— Non.

— Ah, tant mieux. Parce que moi je t'aime bien, man. Et ce genre de fille... on sait ce que ça vaut. Zéro fiabilité... mais pour te coller et te servir de boulet le reste de ta vie, elles sont fortes. Toutes des garces. Ça me rappelle...

— Non, Lucille n'est pas une garce.

— Ah oui, Lucille ! Bah, méfie-toi quand même qu'elle ne cherche pas à venir avec toi. Garde ton indépendance, man. Ta liberté, c'est ce que tu as de plus précieux.

— Je sais.

— Toi, il te faut un tout autre genre de nana...

Robin glisse un peu plus dans son siège, les yeux dans le vague. Il n'y a pas grand-chose à en tirer. Kaleb se sert un verre d'eau et regarde son pote. Il n'est pas si différent de son père. Lui non plus ne quittera jamais sa zone de confort. Mais à la différence de Franck, Robin le comprend et l'encourage à voler de ses propres ailes.

Soudain le jeune homme pense à Lucille. C'est vrai qu'il va la laisser derrière lui. Mais c'est elle qui aura le cœur brisé. Pourtant, si elle est honnête, elle s'avouera qu'ils n'étaient pas faits pour rester ensemble. Kaleb soupire en espérant qu'elle comprendra. Il lui enverra un SMS rapidement pour ne pas entretenir de faux espoirs. Il ne peut pas s'encombrer d'une petite amie pendant son voyage.

Fin de l'histoire et adieu.

D'ailleurs, lorsqu'il se laisse aller à rêver d'une fille, ce n'est jamais le visage de Lucille qui lui apparaît, mais celui de la mystérieuse créature aux cheveux de feu qui hante son imaginaire : Abigail. Délicieuse tortionnaire qui lui manque quand elle ne s'invite pas dans son lit. La fantomatique Abigail. Sa drogue à lui...

Peut-être n'est-elle que le fruit de son cerveau dérangé, mais quitte à basculer dans la folie, autant convoler avec la plus excitante des hallucinations.

# 7.

Lucille n'a pas répondu à son message. Peut-être mieux comme ça. La méthode n'est pas des plus courageuses, mais elle a le mérite de lui épargner les pleurs et le chantage. Il doit apprendre à se préserver du chagrin d'autrui.

C'est donc la conscience tranquille que Kaleb se dirige vers le cybercafé. Puisqu'il a pris la décision de partir, il n'a pas à mêler son père à sa quête, de près ou de loin.

Ne sachant par où commencer, Kaleb s'oriente à tout hasard vers les sites dédiés à la recherche de personnes disparues. Il dépose quelques messages ici et là, en évoquant le peu qu'il sait de sa mère et de ses conditions de naissance. Une bouteille à la mer. Sans grand espoir. Puis, par dépit plus que par réelle envie, il se connecte de nouveau au forum EDV. Cette fois-ci, Survivor ne s'enfuit pas en le voyant rejoindre le tchat. Mais c'est Vulcan qui le contacte.

Vulcan : Salut. Je ne pensais pas te revoir sur le forum.
Kaleb : Salut. Tu parlais de « traque » l'autre jour. C'est quoi ce délire ?

Vulcan semble peser le pour et le contre avant de répondre.

Vulcan : Qui me dit que tu n'es pas un des leurs ?
Kaleb : De qui tu parles ?
Vulcan : Je ne te fais pas confiance.
Kaleb : Pourquoi ? De quoi as-tu peur ?
Vulcan : Tu prétends être un empathe… Prouve-le-moi.

Kaleb éclate de rire. C'est bien la demande la plus dingue que Vulcan pouvait lui faire.

Kaleb : Comment ?
Vulcan : Tu as un Smartphone ?
Kaleb : Oui.
Vulcan : Alors voici ce que tu vas faire : tu vas entrer dans la station de métro la plus proche, en te filmant. Tu monteras dans la troisième rame et t'assiéras en face de la personne la plus âgée que tu trouveras et, sans dire un mot ni grimacer, tu devras déclencher un fou rire chez elle. Quand tu auras terminé, mets le fichier sur Internet et recontacte-moi.

Le jeune homme s'exécute tout se demandant qui est le plus frappé des deux. Déclencher un fou rire ? Il ne sait pas faire ça ! Pourtant, il quitte sur-le-champ le cybercafé, caméra braquée sur son visage. Il s'engouffre dans les boyaux de Mont-parnasse, ligne 13, direction station Gaîté pour le clin d'œil. Il monte dans le métro et repère une coquette à chapeau bleu qui doit bien avoir dans les soixante-dix ans. Dos voûté, mains tachetées agrippées à son petit sac en cuir. Elle perd un peu l'équilibre dans sa course au siège vacant mais la gagne, comme une victoire arrachée à elle-même. Le jeune homme s'assied en face d'elle et fait abs-traction des soucieux et autres mécontents pour ne se concentrer que sur la vieille dame aux yeux bais-sés. Comment faire ? D'abord il s'approprie sa mélancolie et plonge au cœur de ses souvenirs, du temps où elle avait l'humeur légère et le rire facile. Il creuse, fouille et trouve la pépite : le souvenir d'un éclat de rire qui peut l'émouvoir cinquante ans après. La mamie esquisse un léger sourire, pom-mettes rosissant sous le maquillage un peu trop appuyé. Kaleb pousse alors un peu plus. Le sourire de la vieille au chapeau s'étire encore, d'abord dis-cret, puis de plus en plus marqué. Elle laisse cette fois échapper un petit hoquet, qu'elle s'empresse d'étouffer pour ne pas attirer l'attention. Kaleb, gagné par l'euphorie de sa voisine, a du mal à garder son sérieux. Il pousse encore un peu. Une irrépressible hilarité s'empare enfin de la femme qui ne peut retenir un grand éclat de rire. Renonçant à chasser une sensation aussi délicieuse, elle s'y abandonne sans scrupule, ne se souciant guère de passer pour une démente. Kaleb éclate de rire à son tour à gorge déployée. Les deux ne peuvent plus se regarder dans les yeux sans repartir pour un tour, comme s'ils étaient de vieux amis. La contagion gagne quelques usagers qui font des efforts surhumains pour ne pas se laisser aller aussi bruyamment. Mais comment résister à l'envie de rire ?

C'est des larmes de joie au coin des yeux qu'il quitte la rame, à la station suivante. Pendant cet instant de grâce, il a fait oublier à une veille dame sa solitude, ses rhumatismes, le spectre de la mort. Son cœur se serre de bonheur. Il a donc aussi la possibilité de « faire le bien » !

De retour au cybercafé, il uploade le fichier vidéo et attend la réaction de son correspondant paranoïaque.

Vulcan : Pas mal, en effet. Tu es au stade trois. C'est suffisant pour que je te fasse confiance, je suppose.
Kaleb : Un stade ! Il y en a plusieurs ?

Vulcan lui apprend qu'il existe trois niveaux de maîtrise de l'empathie.

Vulcan : C'est comme ça pour tous les dons. Chez l'empathe, le premier niveau se divise en cinq stades :
Au *stade un*, il ressent les émotions des personnes qui l'entourent. Au départ, il capte surtout les sentiments

forts comme la colère ou la joie. Peu à peu, son radar devient plus sensible.

Il atteint alors le *stade deux* et parvient à capter, à distance, les émotions de personnes qu'il a déjà croisées.

Au *stade trois*, l'empathe apprend à manipuler les émotions en contact direct. C'est ce que tu as fait avec la vieille dame, dans le métro.

Au *stade quatre*, il lui devient possible de manipuler une cible à distance.

Enfin, au *stade cinq*, l'empathe peut s'immiscer dans le rêve de quelqu'un et le modifier.

Kaleb : Et après ?

Vulcan : Patience ! As-tu déjà expérimenté les stades quatre et cinq ?

Kaleb : Non.

Kaleb ne se sent pas prêt à tout raconter sans contrepartie. D'ailleurs, rien ne lui prouve non plus qu'il peut faire confiance à Vulcan.

Loquace, son interlocuteur poursuit son explication.

Vulcan : Un empathe de deuxième niveau développe une faculté d'apprentissage accrue, par « imprégnation ». C'est-à-dire qu'il peut s'approprier le savoir-faire et les connaissances de quelqu'un, juste en le côtoyant. Il a aussi la capacité de ressentir les émotions liées à un lieu ou un objet ; pour cela il lui suffit de toucher quelque chose appartenant à sa cible, ou de fréquenter un même lieu qu'elle pour capter ses émotions et son état d'esprit.

Le troisième niveau est extrêmement rare pour un empathe. Seuls deux ou trois individus l'ont atteint jusqu'à présent. À ce niveau, l'empathe devient extrêmement dangereux puisqu'il peut aspirer l'âme d'un individu et littéralement court-circuiter son cerveau, ce qui cause des dommages irrémédiables chez sa cible.

Enfin, on chuchote qu'il existerait un niveau supérieur, où il serait question d'égrégore et de fusion avec l'Univers.

Kaleb : Un égrégore ?

Vulcan : Oui, c'est la création d'une entité psychique manipulable, à partir des émotions d'un groupe d'individus.

Kaleb : Un peu comme un homme de main fantôme ?

Vulcan : Oui.

Ou une maîtresse éthérée... Kaleb se demande soudain si les apparitions de la créature rousse ne sont pas de ce registre. Mais non, impossible. Son don n'est pas développé à ce point. Pas qu'il le sache, en tout cas.

Vulcan : Mais ce niveau supérieur n'est qu'une rumeur... Je ne crois pas qu'un tel don puisse exister, et c'est tant mieux.

Kaleb : Pourquoi ?

Vulcan : Parce que ça implique que l'empathe pourrait manipuler des foules entières. C'est trop de pouvoir pour un seul individu. De toute façon, si le stade ultime est la fusion avec l'Univers, cela signifierait une dissolution de l'empathe dans ce Grand Tout. Et qui dit dissolution...

Kaleb : ... dit mort.

Kaleb est donc un empathe du premier niveau. Selon Vulcan, seulement dix pour cent des empathes passent au deuxième. En général, les « générations spontanées » restent coincées aux premiers stades, tandis que les enfants d'empathes ou d'autres EDV sont plus puissants et peuvent évoluer. Si sa mère était comme lui, il y a fort à parier que Kaleb fait partie des dix pour cent.

Kaleb : Et le troisième niveau, celui où on vole les âmes... ça représente quel pourcentage ?
Vulcan : Oublie. Il vaut mieux ne pas le souhaiter.
Kaleb : Pourquoi ?
Vulcan : Parce que pour s'approprier l'âme des autres... il faut avoir perdu la sienne !

Fin du tchat, Vulcan a coupé sa connexion.

## 8.

En quelques semaines seulement, le jeune homme a atteint le seuil du deuxième niveau. Qui sait jusqu'où il ira ? Kaleb sort de la pénombre du cybercafé comme on renaît. Il a le monde à portée de main... ou plutôt de pensée. Un rayon de soleil vient lui cogner les rétines à travers ses pupilles un peu trop dilatées. Il grimace et met ses lunettes noires. Pour la première fois depuis le début des événements, Kaleb se sent fort, irrésistible, invulnérable. Il marche tête haute, sourire aux lèvres et lorgne sans vergogne sur les courbes des demoiselles qu'il croise. Il est puissant, conquérant. Rien ne l'arrêtera dans son ascension.

Ce regain d'optimisme est peut-être dû au sentiment de ne plus être seul. Il sait désormais qu'il existe des gens comme lui à travers le monde. Et pour le jeune homme qui n'a d'autre famille qu'un père trop différent pour le comprendre, c'est presque inespéré. Cette histoire lui permet, d'une certaine façon, de se rapprocher de sa mère. Car il en a désormais l'intime conviction : Helga avait forcément un don. Des aptitudes extraordinaires doivent se transmettre chez les siens depuis des générations. Plus que jamais il éprouve l'envie, le devoir de les retrouver. Kaleb se demande quelles peuvent bien être les facultés des autres EDV et comment ils les utilisent. Vulcan ne lui a pas encore parlé de son don. Peut-être n'en a-t-il pas ? Il ne s'agit peut-être que d'une sorte de savant fou, que ses recherches aventureuses ont conduit jusque-là. Cela expliquerait l'étendue de ses connaissances sur le sujet. La prochaine fois, Kaleb l'interrogera sur l'origine de ces capacités hors du commun et leur mystérieux rapport avec une éruption volcanique. Il insistera aussi pour le faire parler de lui. Puisque la manipulation mentale fait partie de ses talents, ce sera sûrement un jeu d'enfant.

En revanche, Kaleb ne souhaite pas prêter le flanc aux théories fumeuses de son nouvel ami. Vulcan n'est qu'un trouillard, doublé d'un parano de première. Car si Kaleb était traqué, comme Vulcan le prétend, il l'aurait forcément senti.

Pister Kaleb, de près comme de loin, requiert d'avoir la Science. De posséder une réelle maîtrise de l'Art. Celui de la chasse. Oui, se dit le colonel, s'il n'en est pas à son premier EDV, Kaleb demeure sans nul doute son plus beau gibier. Dans la force de l'âge et puissant. Une puissance qui ne cessera de s'accroître jusqu'à la fin. Enivrée par ses nouveaux talents, se croyant à l'abri dans son habitat naturel, la bête en lui ne verra pas venir le danger. Le colonel a une longueur d'avance. Il aurait pu la conserver et cueillir sa proie par surprise mais, depuis que son assistante a suggéré de tendre un piège au jeune homme, il caresse à nouveau l'idée de faire durer le plaisir, en attendant de le mettre hors d'état de nuire...

Tout est en place. La mâchoire glaciale de son plan machiavélique s'apprête à se refermer sur le garçon avec une précision d'horloger. Kaleb ne verra rien venir. Ironie du sort : c'est même lui qui sonnera le départ de la chasse. Une proie qui donne le signal de l'attaque à ses rabatteurs... Le colonel étire ses lèvres en un rictus carnassier. Ses soldats sauront poursuivre le gamin, le traquer, lui barrer chacun des chemins qu'il tentera d'emprunter. Comme des chiens bien dressés et morts de faim, ils lui interdiront tout répit, le moindre repos, le poussant à la faute, à la blessure, le conduisant aux portes de la folie.

Kaleb sera privé de repère, de refuge, n'aura aucun allié. De temps à autre, le colonel lui concédera un regain d'espoir, lui permettra de jouer quelque atout, l'autorisera à imaginer encore une fin heureuse. Il jouera avec ses nerfs et son stress en virtuose pour accélérer sa chute.

Puis, quand la bête sera aux abois, acculée, au bord de la noyade, de l'asphyxie, complètement épuisée et sanguinolente... alors le colonel se dévoilera. Chasseur émérite, fin stratège face à qui sa proie enlisée ne peut plus rien ou trop peu. Peut-être la bête sera-t-elle encore assez vaillante pour mener une dernière bataille. Bataille pour sa vie à l'issue courue d'avance, baroud d'honneur en hommage à son traqueur, son bourreau.

Peut-être Kaleb lui donnera-t-il alors le frisson ultime. Peut-être le colonel a-t-il enfin identifié son passeur, celui qui lui permettra d'accomplir son destin. Destin auquel il se prépare depuis des siècles, depuis toujours, depuis plus de vingt ans, ce fameux jour où il a compris l'ampleur de sa mission...

Le colonel en tremble d'excitation. Il salive. Quiconque l'observerait de loin, assis en tailleur dans la pièce vide, ne devinerait rien de la violence des sentiments qui l'agitent. Pourtant, il n'est que puissance et détermination, concentration extrême. Oui, le colonel attend son heure en affichant un air impassible.

Mais quiconque l'observerait de plus près, faisant face à cette boîte noire ouverte devant lui, aurait prié pour ne plus jamais rencontrer un tel regard. Un regard vif et vide à la fois. Focus absolu sur l'objet de désir. Yeux de fou, de serpent qui attend son heure pour mordre la gorge de son adversaire.

À l'intérieur de la boîte, deux choses. La photo de Kaleb. Une photo de lui avant que ses dons ne se révèlent, quand la bête était encore tapie sous une couche d'innocence. Regard doux et mèches brunes. Le jeune homme respirait la santé, la vie. Il avait la tête d'un bon garçon un peu malicieux. Le colonel tend la main vers le visage de papier et effleure une joue d'un doigt tremblant. Sa main reste un instant suspendue en l'air, puis amorce une descente sur le second objet. De nouveau une caresse, sans que le geste faiblisse, cette fois. Une caresse aussi froide que l'objet lui-même. Paume recouvrant la lame, pulpe des doigts flirtant avec son tranchant. Le colonel se coupe légèrement et baptise la dague de sa substance. Désormais elle sera l'instrument de sa volonté, un prolongement de lui-même. Il la saisit doucement, regarde les deux filets rouges dégouliner le long de l'acier, approche la lame maculée de son visage et lui donne un coup de langue. L'organe mou enveloppe l'objet de sa chair épaisse. Il goûte son arme une première fois et sourit, puis lape frénétiquement l'objet : le sang cède la place à une salive visqueuse. La lame brille d'un nouvel éclat. Soudain elle embroche la photo, entre les deux yeux de Kaleb. Délicatement, presque religieusement, le colonel détache alors le morceau de papier et le pose à même le sol. Puis il s'agenouille au-dessus du portrait, agrippe la dague à deux mains et frappe encore. Et encore. Et toujours. Pendant trois minutes, quatre minutes, pour toujours. La pointe de la lame balafre, écorche, détruit le visage du jeune homme. Le colonel poursuit jusqu'à ce qu'il n'en subsiste rien, sinon un tas de papier déchiqueté...

Ici, les premiers émois amoureux de deux adolescents ; là encore, l'agacement de deux automobilistes prêts à en venir aux mains... Kaleb hume les humeurs de ses concitoyens comme d'autres reniflent le temps qu'il fait. Quitte à posséder le don de l'empathie, autant l'apprivoiser, se frotter à la palette des émotions humaines pour apprendre à s'en servir ou s'en protéger. Kaleb se sent fort aujourd'hui, apte à tout encaisser. Il désire tout connaître. À quelques mètres, deux femmes assises en terrasse. Chagrin et compassion. Il s'approche. L'une d'entre elles, au bord des larmes, raconte les disputes et les menaces de son mari.

— Il m'a dit que si je le quittais, il garderait les enfants.

— Il ne peut pas faire ça !

— Si. Il lui suffit de les emmener en Russie avec lui... et je ne les reverrai jamais.

— Mais il y a une loi, contre ça !

— Et il faudrait des années pour la faire appliquer. D'ici là, il aurait tout le loisir de raconter des horreurs sur moi à nos enfants. Et ça, je ne le supporterais pas. Je préférerais encore qu'ils me croient morte.

Passé la stupeur et le chagrin qu'il s'est approprié, Kaleb a une sorte de fulgurance. Et si...

Et si cet étrange cousin qui l'avait confié à son père était le complice de Helga ? Et si tout cela n'avait été qu'une stratégie pour le protéger, lui, Kaleb ? Le jeune homme se rappelle les mises en garde de Vulcan : « Si tu es bien un EDV, méfie-toi aussi, tu seras traqué. » Il ignore depuis quand cette traque a commencé, mais si Helga était une EDV, alors il y a fort à parier qu'elle ait cherché à éloigner son bébé de tout ça. Le cœur de Kaleb se serre. Et si elle était toujours en vie ? Et si... Et si ce mystérieux interlocuteur, sur le forum... Non, ce n'est pas possible. La probabilité qu'elle soit morte de toute façon reste forte. Pourtant, le jeune homme ne peut s'empêcher d'espérer.

Il reconsidère les informations de Vulcan sous un nouvel angle. Jusqu'à présent, il avait cru au délire d'un esprit fébrile. Mais s'il existe des personnes capables de développer des aptitudes incroyables, pourquoi n'y aurait-il pas des cinglés pour vouloir les capturer ? L'idée lui fait froid dans le dos. Lui aussi se surprend à espérer que sa mère soit morte, plutôt que tombée entre les mains de leurs ennemis. Que ferait-il à sa place ? Il a beau posséder le don d'empathie, il ne peut s'imaginer dans la peau d'une jeune mère. Pourtant, si lui-même est en danger, il doit songer à ses proches. Que risquent-ils à son contact ?

Pour la première fois de sa vie, Kaleb doit donc se demander à qui il tient vraiment, et ce à quoi il est prêt à renoncer pour protéger ceux qu'il aime.

D'abord, il y a son père. Bien sûr, Kaleb a dû renoncer à l'image d'un père fort et tout-puissant, à la voix de stentor et la carrure d'un rugbyman, pour se contenter de la silhouette plus modeste et de la voix douce de Franck. Et s'il identifie souvent la gentillesse de son père à de la faiblesse, au point de le mépriser parfois, Kaleb ne l'en aime pas moins. Il lui est reconnaissant de tout ce qu'il a sacrifié pour lui. Et même de ses défaillances, qui lui ont permis de se construire en opposition à tout ça, et l'ont rendu fort. Son père a renoncé à la France, à sa famille, à tout espoir de refaire sa vie en élevant son fils. Jamais il ne lui a reproché quoi que ce soit. Kaleb pourra toujours compter sur lui. Il est grand temps que la réciproque soit vraie. Et si sa présence met vraiment son père en danger, alors Kaleb n'hésitera pas à hâter son départ.

La taille de son entourage direct est plus que réduite. Kaleb ne voit personne d'autre à part son père. Il y a bien Robin, mais sont-ils assez proches pour que leur amitié expose son voisin rasta ? Kaleb laisse échapper un petit rire. Contrairement à son pote, il n'a pas besoin de drogues pour partir dans des délires paranoïaques ! Cela dit, sous ses airs baba cool, Moreau est d'une solide constitution et pas si pacifique que ça. Il a beau vouloir cacher ses intolérances sous des dehors un peu mous, Kaleb n'en a jamais été dupe. Bien qu'il ne le comprenne que maintenant. Robin saura donc se défendre en cas de pépin.

Reste Lucille. Même s'ils ont officiellement rompu, elle peut servir de moyen de pression. Victime-née, elle serait bien incapable de se défendre contre quoi que ce soit. La seule chose à laquelle elle sait s'accrocher avec l'énergie du désespoir, c'est leur relation. D'ailleurs, il est étonnant qu'elle n'ait pas encore tenté de le reconquérir ! Il s'attendait à recevoir des SMS fleuves suite au sien, le suppliant de la reprendre. Mais rien. Peut-être est-elle moins pitoyable qu'il ne le pensait ? Non, ça ne colle pas. Et si…

Cette fois-ci, l'hypothèse qui lui vient est encore plus effrayante que la première. Et s'il lui était arrivé quelque chose ? Lucille, la proie la plus facile de son entourage… et la plus éloignée aussi. La cible rêvée pour commencer à exercer une pression sur le jeune homme. Une angoisse diffuse l'étreint soudain. Lui qui ne souhaite aucune responsabilité se trouve désormais coincé dans son inquiétude, sa culpabilité.

Non. Il ne plongera pas. Il doit cesser de ressasser toutes ces idées plus grotesques les unes que les autres et s'occuper l'esprit. Et pour cela, il sait exactement ce qu'il lui faut.

## 9.

Kaleb donne trois coups brefs sur la porte en bois.

Bruit d'un verrou qu'on actionne, main sur la poignée, chaîne de sécurité qui bloque l'ouverture. Dans l'entrebâillement, une frêle silhouette enfantine.

— Bonjour Emma, tu te souviens de moi ?

La fillette opine sans parler.

— Ta maman est là ?

— Non.

Pourtant, Kaleb peut sentir la présence de Mathilde à quelques mètres à peine.

— Tu veux bien aller la chercher et lui dire que Kaleb est passé la voir, ma puce ?

— Non.

Emma entreprend de refermer la porte. Mais quelle mouche la pique, putain ? Kaleb n'est jamais entré dans la tête d'une enfant. Il y a un début à tout. *Souviens-toi de la dînette, Emma, on a bien rigolé ! Tu es aussi contente de me voir que tu l'étais l'autre jour. Ouvre-moi !*

La petite fille a un instant de flottement. Comme elle hésite à fermer, Kaleb repousse la porte doucement, s'accroupit et redemande à la gamine de lui ouvrir.

— Toi, je t'aime plus ! lui lâche-t-elle.

*VLAN* ! Cette fois-ci, la porte a claqué. Interloqué, Kaleb sonne et tambourine à la porte.

— Mathilde, je sais que tu es là ! Mais qu'est-ce qui se passe, pourquoi tu ne veux pas m'ouvrir ?

Et surtout pourquoi n'a-t-il pas pu influencer la petite ? Les enfants possèdent-ils une espèce de bouclier naturel, un radar permettant de démêler leurs propres émotions de celles qu'on essaierait de leur imposer ? Il faudra qu'il vérifie ça... Mais avant, il veut voir Mathilde !

Pourtant, il a beau insister, la porte demeure définitivement close. Alors il renonce, s'assied sur le palier, devant l'entrée, et entreprend de capter la fréquence de Mathilde. Pour comprendre...

De l'autre côté, la jeune femme est en pleurs, prostrée dans sa chambre.

— T'en fais pas, maman, il est parti le méchant monsieur.

— Mer... merci ma chérie, sanglote-t-elle.

Mathilde s'en veut d'avoir envoyé la petite au front quand elle a vu le visage de son amant à travers le judas. Mais elle se sent incapable de gérer ça. Le revoir, c'est au-dessus de ses forces. Elle sait qu'elle succombera à nouveau. Qu'elle ne saura pas lutter, qu'elle ne le voudra pas.

Pourtant, quand elle a croisé son regard, sur ce banc... Sa première réaction avait été la peur. Une espèce d'alarme s'était mise en route, lui intimant de fuir à toutes jambes et de ne pas se retourner sur l'homme à la beauté démoniaque. Mais ce diable était beau parleur. Il avait su la cajoler du regard, l'apitoyer avec ses blessures, lui susurrer des mots enjôleurs. Et la petite voix qui la mettait en garde s'était vite tue, comme endormie, étouffée sous une ouate épaisse. Elle avait invité un inconnu chez elle ! Mettant son enfant en danger, se laissant aller à ses caresses, ses flatteries... Il l'avait séduite, avait fait sauter chacune de ses barrières comme fétus de paille. Et si la petite voix avait été réduite au silence, elle était encore capable de porter un regard critique sur ce qu'il s'était passé. Elle ignorait comment, mais Kaleb l'avait manipulée, comme un marionnettiste virtuose tirant les ficelles de sa volonté. La sensation avait été délicieuse. Il avait ce don rare de comprendre les femmes, d'anticiper le moindre de leurs désirs, même les plus inavouables. Il l'avait rendue dépendante en une nuit, puis était parti sans se retourner, sans se soucier des dégâts qu'il avait causés. Car Kaleb avait commis un viol. Le viol de sa solitude, l'invasion de la tour d'ivoire dans laquelle Mathilde s'était enfermée et se sentait à l'abri. Il lui avait fait entrevoir ce que le bonheur pouvait être, avait démonté sa citadelle brique par brique, pour la laisser nue, exposée aux quatre vents, livrée au désespoir de s'être laissé aimer et à la certitude d'être condamnée à ne plus jamais connaître ça.

Kaleb comprend enfin. Il renonce à insister. Le problème vient donc toujours des sentiments qui s'installent chez les autres. Et son don accélère le processus... Comme il ne veut pas d'attache, il doit donc museler son empathie avec les filles et ne compter que sur son charme pour les séduire. Il s'en tiendra désormais aux aventures d'un soir.

Fort de ses nouvelles résolutions, il se dirige vers le quartier de la Bastille à la recherche d'une minette consentante et peu farouche avec qui passer la nuit. Il a besoin de compagnie, d'attentions... de sexe. Il atterrit dans un immense bar latino, commande une boisson et des tapas, et entreprend deux amies qui se ressemblent comme des sœurs sur la piste de danse. Salsa endiablée, *muy caliente*, où il passe des bras de l'une à ceux de l'autre. Son corps est bouillant, les mains des filles très douces et aventureuses... Il se laisse aller quelques instants au rythme de la musique cubaine.

Il n'aura qu'à claquer des doigts, et elles suivront le beau ténébreux dans l'hôtel le plus proche. Mais au milieu de la foule et de sa fièvre arrosée de tequila, Kaleb se sent seul. Les deux brunes auraient aussi bien pu être blondes, être trois, douze, être absentes... Elles sont interchangeables, leur présence optionnelle. Elles n'en ont que faire de lui. Tout ce qu'elles recherchent, c'est le plaisir immédiat, le trophée de chasse à exhiber le lendemain sur leurs téléphones portables ou sur Facebook. Cette idée qui jusqu'alors ne lui a jamais posé aucun problème, puisqu'il a toujours fait de même avec les filles, le met à présent mal à l'aise. Il ne veut pas être une proie. Sans qu'il s'explique pourquoi, l'idée se met à tourner en boucle dans sa tête, à lui donner des vertiges, à l'étouffer. *Chassé. Tu es chassé. Fuis !*

Incapable de penser à autre chose, il prend soudain congé des deux filles, trop éméchées pour s'en offusquer, et quitte ce repaire de toutes les solitudes.

Dehors, Kaleb pousse un long soupir. Soupir interrompu par la sonnerie de son téléphone :

Tu me manques. J'ai envie de toi.

Lucille. Malgré tout ce qu'il pourra lui faire, elle l'aimera toujours, il en a la conviction. Et bien qu'il n'ait aucune intention de donner une chance à leur histoire, il sourit en pensant qu'il ne sera jamais vraiment seul tant qu'il pourra susciter ce genre de sentiments...

Le colonel l'a convoquée pour 5 h 30 du matin. Il sait son assistante insomniaque et préfère qu'ils s'entretiennent à l'heure où les idiots dorment encore. Il aime la discrétion de la nuit. Elle arrive à 5 h 36.

— Ponctualité ! peste-t-il.

— Désolée, j'ai...

— Ça ne m'intéresse pas.

— Bien, colonel.

Le colonel n'est pas un homme patient. Pour lui, travailler demande discipline et soumission. Cela lui coûte parfois, mais c'est aussi un privilège immense d'avoir gagné sa confiance. Sévère et exigeant avec lui-même plus qu'avec quiconque, le colonel est aussi un homme brillant et un stratège hors pair. Totalement dévoué à la Cause. Et malgré tous les sacrifices auxquels il a sûrement consenti pour en arriver là, jamais son assistante ne l'a entendu se plaindre.

— Où en est le test ?

— C'est en cours, colonel.

— En cours seulement ? Vous attendez quoi ?

Le colonel saisit le rapport d'intervention que la jeune fille lui tend et le parcourt rapidement.

— Comme vous pouvez le constater, colonel, la phase 1 est terminée. La phase 2 est en cours.

— Parfait. Tout le monde est en place ?

— Oui. Nos contacts sont infiltrés, prêts à intervenir.

— Personne pour se mettre en travers de notre chemin et le prévenir ?

— Pas que je sache.

— Bien. Vous pouvez disposer.


Kaleb lui a donné rendez-vous au même endroit que la dernière fois. Le cœur de la jeune fille a fait un bond en lisant le SMS. Elle a un peu hésité avant de s'y rendre, mais pas tant que ça. Lucille est arrivée avec un bon quart d'heure d'avance. Elle voit la silhouette du jeune homme se détacher dans la foule et a les larmes aux yeux. Lorsqu'il n'est plus qu'à un mètre, elle se trouve saisie de tremblements. Elle aimerait lui sauter au cou, mais n'ose pas.

— Alors, on ne peut plus se passer de moi ?

— Je ne suis pas la seule, visiblement, répond-elle, soulagée que leur querelle d'amoureux soit terminée.

— On y va ?

Elle l'a connu plus romantique, mais obtempère. Sitôt arrivés dans la chambre, il se déshabille et lui fait signe d'en faire autant. Sans autre forme d'attention, il la possède. Bestial, mécanique, égoïste. Elle ne peut retenir ses larmes. Il ne les voit pas.

— Retourne-toi.

— Non, arrête…

— Tais-toi.

Elle n'est donc bonne qu'à ça ? À tromper son ennui et satisfaire ses envies ? Et dire qu'elle avait cru à une réconciliation… qu'elle avait espéré un sourire gêné, des mots tendres, des fleurs, même ! Lucille tombe de haut, à genoux sur un matelas trop mou, tandis que le garçon qu'elle aime la traite comme un vulgaire objet.

Kaleb retombe sur le côté, la tension est passée. Il tourne son visage vers la fille. Elle fait la tête.

— Qu'est-ce que t'as ?

— Si c'était juste pour me sauter, t'aurais aussi bien pu te payer une pute !

— Alors que tu me fais ça gratuit ? raille-t-il.

Mais Lucille n'a pas le cœur à la querelle. La voyant au bord des larmes, Kaleb se radoucit un peu. Pas question qu'elle lui gâche son plaisir.

— Écoute, si c'est pour jouer les vierges effarouchées après, je ne vois pas l'intérêt de m'envoyer des SMS chauds comme la braise.

— Quels SMS ? C'est toi qui m'as contactée !

— Tu déconnes ? T'as oublié ça ? dit-il en attrapant son téléphone pour lui montrer le message.

Lucille le lit et blêmit.

— Je n'ai jamais envoyé ça !

# 10.

Il l'a traitée de menteuse, de mythomane, de folle. Cette histoire de SMS était l'excuse rêvée pour la planter là, une fois de plus, sans avoir à se justifier. Elle n'a pas tenté de le rattraper. Peut-être commence-t-elle à se détacher de lui ? Kaleb en doute...

De retour chez lui, il ne sait plus quoi penser de tout ça. Lucille avait semblé sincèrement étonnée quand il lui avait montré le message et il ne la croit pas suffisamment fine pour jouer si bien la comédie. Il n'avait ressenti aucun travestissement de ses pensées. Non, à bien y réfléchir, Lucille avait dit la vérité. Des tonnes de questions se bousculent dans la tête du jeune homme. Si Lucille n'a pas envoyé ce message, qui l'a fait et pourquoi ? Pirater un téléphone n'est pas à la portée du premier venu. Celui qui a fait ça est plutôt doué en infor-

matique… et a forcément un intérêt à les rapprocher. Mais lequel ?

Son père absent, Kaleb se prépare un sandwich
gargantuesque qu'il avale en consultant ses mails,
d'un œil distrait. Deux messages attirent son attention, l'expéditeur n'étant autre que Vulcan. Mais
comment s'est-il procuré son e-mail personnel ?
Kaleb ne l'avait pourtant pas indiqué dans sa fiche
de profil !

Kaleb,
Désolé d'avoir coupé la conversation l'autre jour,
mais je dois faire preuve de prudence, si je veux rester
en vie. C'est la même chose pour toi. À ce stade, tu
dois sûrement penser que je suis fou. Ce n'est pas le
cas, crois-moi.
Comme toi, je suis un EDV. Un enfant du volcan.
Comme moi, tu es en danger.
Pourtant nous sommes rares et précieux. N'en doute
jamais.
Dans ce mail, je vais te transmettre le peu que je
sais. Je l'ai appris d'un ami disparu aujourd'hui.
Lui aussi avait un don.

Le cœur de Kaleb se serre. Qui peut bien être
ce Vulcan ? Si c'est sa mère, de l'autre côté de
l'écran, pourquoi ne se dévoile-t-elle pas ? Kaleb
stoppe sa lecture quelques instants. La peur d'aller
plus loin, de faire une découverte irrémédiable. Il
a le sentiment que son existence va basculer, en
partie à cause de ce message. Et il n'est pas sûr de

le vouloir. Pire, il se prend à rêver de sa vie d'avant, quand ses seuls soucis étaient ceux d'un adolescent de son âge. L'ignorance pourrait être salvatrice, et le préserverait d'un choix qu'il n'a pas envie de faire. Pourtant, la curiosité est plus forte que la peur, il reprend sa lecture.

Les enfants du volcan existent depuis toujours.

Nous avons tous une ascendance islandaise et partageons une particularité génétique qui nous confère certaines aptitudes. Pour toi, l'empathie, pour d'autres le don de guérison, de persuasion, et bien d'autres...

Nos talents sont plus ou moins développés. Certains d'entre nous ignorent leur condition toute leur vie. Ils sont juste « un peu plus » ci ou ça que la moyenne. Plus le gène mutant – celui qui est à l'origine de nos dons – a eu l'occasion de s'exprimer chez nos aïeux, plus nous sommes forts. Vu la vitesse à laquelle ton don se développe, je pense que tu es issu d'une longue lignée d'EDV.

Le terme « enfants du volcan » vient, je crois, du fait que lorsque nous sommes exposés aux émanations du volcan Eyjafjöll, notre don est décuplé.

Bien que la plupart d'entre nous soient pacifistes, certains ont utilisé leur don à mauvais escient et ont fait du mal autour d'eux. Beaucoup de mal.

Car nos dons sont ce que nous en faisons.

En réaction aux méfaits de certains EDV, un groupe de Sentinelles s'est créé. Pour nous surveiller de loin et contenir les mauvais éléments, au besoin. Mais au fil des siècles, ce groupe s'est professionnalisé, militarisé même.

Aujourd'hui, leur but reste flou, car aucun des EDV tombés dans leurs filets n'est jamais revenu pour témoigner.

Il est fort probable qu'ils nous étudient, nous utilisent et nous tuent quand nous ne servons plus à rien.

Les enfants du volcan font peur depuis toujours.

Mais c'est le réseau SENTINEL que tu dois craindre, Kaleb.

Le premier message s'arrête là. Kaleb contemple l'écran d'un air circonspect. Tout cela relève de la science-fiction, et s'il avait reçu le même mail quelques semaines plus tôt il l'aurait sans doute supprimé en riant de la bonne blague. Mais Kaleb n'a pas envie de rire. Il a l'intime conviction que tout ce que lui a écrit Vulcan est juste.

Le message suivant a été rédigé quatre heures après le premier. Kaleb l'ouvre, l'estomac noué.

Kaleb,

J'ai dû partir précipitamment de ma planque. Je crois que les Sentinelles sont sur ma piste. Si c'est le cas, je suis foutu. Ma seule consolation est de me dire que j'aurai transmis ce que je sais à un EDV de haut niveau. Et que peut-être grâce à moi il survivra.

Nos ennemis ont donc créé le réseau SENTINEL. C'est aujourd'hui un vaste consortium de scientifiques et de militaires. Un mélange détonnant. Parmi ses dirigeants, le colonel Bergsson. Comme son nom l'indique, il est d'origine islandaise. On rapporte que c'est un géant de plus de deux mètres. Il est âgé d'une soixantaine d'années mais ne t'y fie pas : c'est un militaire sans états d'âme et surentraîné. Bergsson est une machine de guerre. Et il voue une haine farouche aux EDV, qu'il prend plaisir à torturer. Il est préférable de mourir plutôt que de tomber entre ses mains.

S'il découvre ton existence et t'as dans le collimateur, il n'y a aucun endroit sur Terre où tu seras à l'abri.

Il est primordial que tu ne te fasses pas remarquer. JAMAIS.

Des litres d'acide se déversent dans l'estomac de Kaleb. Le sandwich doit être complètement dissous. Ne pas se faire remarquer ? Mais c'est trop tard ! TROP TARD. Depuis que son don s'est manifesté, Kaleb s'est trouvé impliqué dans de violentes bagarres qui n'ont pu passer inaperçues. Bien sûr, les rubriques « faits divers » des journaux regorgent d'histoires d'agressions. Mais combien de temps faudra-t-il aux Sentinelles pour faire le lien avec cet Islandais qui vit dans les parages ? Peut-être Bergsson est-il déjà à ses trousses ? Non, Kaleb refuse de céder à la panique. Pourtant, la graine de la peur vient de se planter dans son esprit et il ne peut la repousser comme si elle n'était pas sienne.

Le jeune homme passe en revue les visages croisés dans la rue ces derniers jours. Ne l'a-t-on pas regardé comme si on le connaissait, l'épiait, le surveillait ? Il était si centré sur son don qu'il a oublié de se fier à ses propres émotions, a baissé sa garde en faisant fléchir celle des autres. Il se souvient de sa dernière soirée à Bastille et de son impression étrange d'être suivi, chassé. Jusque-là, il s'était cru prédateur quand il n'était peut-être que proie...

À présent que ton don s'est révélé, tu es en danger. Mais pas seulement.
Tes proches aussi sont en danger.

Deuxième bain d'acide.

Ne fais confiance à personne.
Tes amis peuvent cacher les plus implacables des rabatteurs.
Des alliés se manifesteront aussi où tu ne les attendras pas.
Ne me réponds par mail qu'en cas de danger imminent. Et ne cherche pas à retracer l'origine de ce message : j'utilise une IP tournante et un logiciel de cryptage pendant le transfert.
Je te recontacterai sur le forum. Si je suis toujours en vie.
J'ai peur.
Vulcan

De faux amis, des alliés surprises... Kaleb ne sait désormais plus qui croire. Il deviendra vite dingue à ce rythme-là. Non, il ne doit pas se laisser contaminer par la paranoïa de Vulcan. Certes, il n'a presque personne sur qui compter, mais il a confiance en son père et en... Robin !

Robin. Kaleb a une sorte de fulgurance et visualise l'appartement de son ami, ses coussins fatigués, son odeur d'encens... et son ordinateur ultra-perfectionné.

Robin qui l'a mis sur la piste de l'empathie, dès les premiers signes !

Robin qui connaît son adresse e-mail !

Robin qui possède sûrement le matériel pour pirater un téléphone portable !

Robin... qui n'est autre que Vulcan ! C'était pourtant évident ! Son ami est un EDV et le lui a caché tant bien que mal, pour l'aider dans l'ombre. Mais pourquoi ne lui a-t-il pas dit la vérité ? Kaleb se livre à une rapide introspection. Peut-être avait-il essayé, mais depuis qu'il est devenu empathe, Kaleb n'est pas à prendre avec des pincettes... et Robin n'a pas trouvé d'autre moyen pour lui en parler. Il faut qu'il en ait le cœur net, surtout si son ami est désormais en danger. Kaleb sera là pour l'aider, à eux deux ils seront plus forts contre ces Sentinelles et leur émissaire funeste : le colonel Bergsson.

Le jeune homme éteint son ordinateur et fonce immédiatement chez son voisin. Une fois sur place, il respire un grand coup et frappe le plus calmement possible à la porte, malgré son excitation.

*Allez, ouvre !*

Dans le couloir qui mène au labo B, c'est l'effervescence. Les soldats du colonel peinent pour ramener au calme des scientifiques nerveux, sur-excités. On peut entendre l'agitation de la fourmi-lière depuis l'ascenseur. Bergsson n'aime pas ça. Il force presque les portes de l'appareil pour s'en extraire plus vite et rejoint le groupe au pas de course.

— QU'EST-CE QUE C'EST QUE CE BORDEL ? SILENCE ! hurle-t-il.

Tous obtempèrent aussitôt. Il n'y a pas un employé de SENTINEL à qui le colonel ne fasse peur. Personne ne souhaite s'attirer ses foudres. Le petit groupe se disperse rapidement, presque sur la pointe des pieds. Certains retiennent leur souffle. Même son assistante, pourtant habituée à ses éclats, garde les yeux rivés au sol.

D'un geste nerveux, Bergsson compose le code et ouvre la porte blindée.

*Allez, ouvre !*

Pas de réponse. Kaleb frappe plus fort, plusieurs fois. Sonne, tambourine.

— Robin ! Je sais que tu es là, il faut qu'on parle !

Mais Robin ne répond pas. Kaleb commence à avoir peur. Il repense aux derniers mots envoyés par Vulcan et ses coups redoublent contre la porte de son ami.

La porte blindée vient cogner contre un mur et le bruit résonne longtemps dans la pièce.

Une vingtaine de mètres carrés recouverts de céramique blanche du sol au plafond. Des néons surpuissants, quelques chaises disposées autour d'un bureau. Sur le bureau, des appareils de mesure sophistiqués. Au milieu de la pièce, un fauteuil comme on en voit chez le dentiste.

Sur le fauteuil, un homme sanglé et bâillonné, aux yeux exorbités de terreur. Le colonel ricane en le voyant se tortiller.

— C'est lui ?

— Oui, colonel.

Bergsson s'approche du prisonnier, se plie en deux, ôte ses lunettes et le regarde dans les yeux, sans rien dire, comme pour se repaître du spectacle. L'homme fronce les sourcils, larmes au bord des paupières, et s'agite dans un effort vain pour se libérer. Le colonel sourit, se redresse lentement et lui décoche une baffe magistrale. La tête de l'homme fait un quart de tour.

Bergsson tourne les talons et va s'asseoir derrière le bureau. Il actionne le bouton de mise en marche du micro. Sa voix résonne dans toute la pièce, comme celle d'un DJ sadique.

— Ça faisait longtemps que je te cherchais, fils de pute. Tu m'as donné du fil à retordre. Tu vas voir, moi aussi j'aime bien jouer...

L'homme s'agite de plus belle, mais ni son regard implorant ni ses cris étouffés n'infléchissent la volonté de son bourreau. Le colonel fait signe à son assistante de prendre place dans le poste d'observation. Il actionne un autre micro et enchaîne d'une voix atone :

— EDV n° 178. Session 1, phase 1.

— *Ouvre, s'il te plaît !*

Kaleb est terrifié. La peur semée en lui quelques minutes plus tôt germe déjà, transperce son âme, dérègle son raisonnement. Robin ! Non, pas Robin ! Pas maintenant, pas comme ça ! Désespéré, Kaleb appuie son front contre la porte. Son ami a été enlevé, c'est sûr. Il n'a rien compris, rien fait pour lui venir en aide. Un sanglot monte doucement dans sa gorge mais s'arrête alors qu'il perd l'équilibre. Kaleb s'affale à plat ventre sur le sol. La porte vient de s'ouvrir.

Moreau l'aide à se relever.

# TROISIÈME PARTIE

# 1.

Ça la rassure de rationaliser tout ça. De ne penser qu'aux chiffres. Une façon de mettre à distance ce qui se passe dans la pièce blanche. Le colonel lui a interdit de se boucher les oreilles, pendant les sessions. Et même s'il ne peut pas la voir derrière la glace sans tain, elle le craint trop pour lui désobéir. L'admire trop pour le décevoir.

Alors elle compte.

C'est la quinzième fois en soixante-douze heures que le sujet est conduit dans la salle de conversion. Il a dû dormir environ quatre heures, en tout. Pas moins que Bergsson qui ne montre pourtant aucun signe de fatigue. Au contraire, il semble comme galvanisé.

La jeune assistante observe l'homme. Dans les vingt-cinq, trente ans, cheveux châtains, yeux verts.

Malgré son aspect délabré, c'est un beau garçon d'environ un mètre quatre-vingts, à l'allure sportive. Dans les quatre-vingts kilos. Arrivé avec ses trente-deux dents. Quatre de moins pour l'instant. En l'espace de trois jours, il est passé de la révolte à la résignation. Il ne peut pas s'enfuir ni échapper à son sort. Il a cessé d'espérer.

Sa geôle : une pièce de six mètres carrés, béton rugueux sous lumière crue constante. Pas de fenêtre, pas de lit ni de sanitaires. Plus de repères ni de dignité. Il a déjà perdu la notion du temps, cohabite avec ses excréments et n'a pas de vrai repos. Ça fait partie du protocole. On vient le chercher à n'importe quel moment – le colonel ne s'en prive pas –, ce qui le garde toujours en alerte, sur le qui-vive. Impossible pour son corps et son cerveau de se détendre. Bien sûr, on l'a aussi privé de nourriture et d'eau. Bien sûr, comme les autres avant lui, il a commencé à boire son urine pour survivre. Son regard a changé, lui aussi. Il n'est plus chargé de terreur, mais empli de tristesse. Peut-être une de ses ruses.

Selon le même rituel que les quatorze fois précédentes, il a donc été installé dans le fauteuil par deux costauds sans délicatesse. Sangles serrées bien fort sur les chevilles, les cuisses, la taille, le torse, les bras, les poignets, même le cou et le front. Le sujet ne peut pas bouger, juste subir. Les deux matons sont partis et l'ont laissé face au colonel qu'il implore maintenant du regard. Des larmes silencieuses coulent sur ses joues, mais il ne dit rien. Il a peur de le mettre davantage en colère. L'homme regarde Bergsson se lever lentement, comme chaque fois, et se diriger vers le lavabo. Le colonel fait couler l'eau, longuement, et se brosse minutieusement les mains. Cela fait aussi partie du rituel. Le bruit de l'eau annonce la suite des événements, comme une mise en bouche, un roulement de tambour funeste. Un conditionnement qui fait anticiper la douleur et la décuple. Bergsson se sèche soigneusement, puis attrape une dizaine de serviettes-éponges qu'il pose sur la table, à côté du sujet. L'homme sait qu'elles seront bientôt maculées de son sang, comme d'habitude. Il ferme les yeux comme on prie Dieu.

Le colonel ne dit rien. Silence pesant, silence de mort. Il allume et braque la lampe sur ses yeux. L'éteint, puis la rallume. Désorienté, l'homme met plusieurs secondes pour s'accommoder de nouveau. Pendant ce laps de temps, le colonel a ouvert une mallette et extrait des outils cliquetants, des instruments de douleur que l'homme a appris à craindre. Lorsqu'il peut voir à nouveau, le colonel a disparu de son champ de vision. On frappe à la porte et les battements de son cœur s'accélèrent : un nouveau tortionnaire a-t-il été convié ? Que lui réservent encore ces malades ? Il imagine le pire. Son corps se met à trembler malgré lui, violemment, à le faire claquer des dents. Sa respiration devient anarchique, il cherche l'air comme un noyé et pousse des gémissements incontrôlables. La porte se referme. Bruit de pas. Ceux du colonel, personne d'autre. L'homme n'arrive pas à se contrôler. Ne pas énerver le colonel, ne pas l'énerver !

Bergsson s'approche du sujet et le toise d'un air méprisant, sans rien dire. Il tient quelque chose dans les mains. Un plateau. L'homme ne voit pas ce qu'il contient, mais se met à sangloter. Il n'en peut plus d'être torturé. Qu'il le tue tout de suite, qu'on en finisse ! Il ne voit pas d'autre issue possible.

— Allons, allons…, lâche le colonel avec un rictus exagéré.

L'homme cesse instantanément de pleurer. C'est la première fois que son bourreau lui adresse la parole. Depuis trois jours, pas un mot, pas une question. Juste l'annonce du test, dans le micro. Le colonel ne veut rien d'autre que le briser, jouer un peu avec lui avant de le tuer. L'homme a bien essayé de comprendre, de chercher à le satisfaire pour que Bergsson arrête de lui faire mal, pour négocier. Aucune réponse, jamais. Parfois les coups redoublaient. Souvent, même. Alors, que le colonel lui parle ne lui dit rien de bon. Peut-être va-t-il l'achever maintenant ?

— Tout doux, continue le colonel.

Bergsson fait rouler un tabouret à côté du fauteuil, pose le plateau sur ses genoux et lui tend une cuillère fumante. Une odeur de poulet et de purée vient chatouiller les narines de l'homme incrédule.

— Ce n'est pas du poison. Mange.

L'estomac de l'homme se tord. Oui, il a faim. Après tout, que peut-il lui arriver de pire en mangeant ce qu'on lui offre ? Il ouvre la bouche, docilement, et attend.

— Ah ! tu l'ouvres bien, là, ta bouche !

Le colonel ricane, sans s'émouvoir des larmes de l'otage à qui il a extrait quatre molaires à la pince. L'homme avale la bouchée et déglutit bruyamment.

— Tu as soif ?

Toujours terrorisé à l'idée de parler, l'homme opine du chef et engloutit un demi-litre d'eau, à même la bouteille que lui tend le colonel. Ce n'est pas aisé de boire, tête collée au dossier, sans possibilité de faire le moindre mouvement pour faciliter le passage de l'eau.

— *Tss ! Tss !* Tu bois comme un cochon !

Le colonel lui enfourne une nouvelle cuillère dans la bouche. Et une autre... jusqu'à ce qu'il n'y ait plus rien dans l'assiette. L'homme commence à se sentir nauséeux. C'est trop de nourriture après un jeûne de trois jours. Il n'ose cependant pas refuser la compote de pommes que le colonel lui tend.

Et puis, qui sait combien de temps il devra à nouveau jeûner ? Il avale donc tout. Rote. Ravale le reflux acide qui vient de monter jusque dans sa gorge.

Le colonel repose le plateau sur la table et le considère maintenant d'un air bienveillant.

— Qu'est-ce qu'on dit ?

— M... mer... merci.

Douleur fulgurante dans l'estomac qui l'aurait plié en deux s'il n'avait été retenu par les sangles. Le colonel vient de lui décocher un coup de poing si fort que l'homme a peur qu'il ne le transperce. Son corps vomit instantanément le repas qu'il a ingurgité. L'homme n'a pas le temps de déplorer la perte calorique qui aurait pu le requinquer, ni de se sentir un peu plus humilié de s'être souillé ainsi. Le colonel lui pose à nouveau la question.

— Qu'est-ce qu'on dit ?

— ...

Coup de poing dans la mâchoire. La douleur se propage des gencives, dont on a extrait les dents à vif, jusqu'au sommet du crâne, en irradiant tout le visage.

— Je... je ne sais pas, sanglote-t-il, désespéré. Tout ce que vous voudrez, je dirai tout ce que vous voudrez, mais je vous en supplie, ne me faites plus de mal. Pitié !

— Ce que tu as à dire ne m'intéresse pas.

Le colonel se dirige vers la table métallique et s'empare d'un outil que l'homme a appris à redouter.

— Non ! Pas les dents, je vous en prie ! Dites-moi ce que vous attendez de moi, je ferai n'importe quoi !

— Menteur.

— Je vous le jure !

— Très bien, répond le colonel en reposant l'instrument sur le tabouret. Tu es droitier ou gaucher ?

— Droitier, gémit l'homme.

Le colonel s'approche de son bras droit et le libère de ses entraves, puis place l'instrument dans la main du sujet.

— Fais acte d'allégeance.

L'ordre est froid, déterminé. L'homme comprend ce que le colonel lui demande et, sans la moindre assurance de mettre fin à la torture, accepte d'obéir.

— Laquelle ?

— Une prémolaire.

Les méthodes du colonel sont certes discutables, d'un point de vue éthique, mais elles ont le mérite d'être redoutablement efficaces. Il obtient des résultats en un temps record, grâce à un protocole bien rodé. La main de l'homme se resserre en tremblant sur le manche de la pince. De grosses gouttes de sueur perlent à son front. Ce n'est pas si simple de s'arracher soi-même une dent saine. Pourtant, il va le faire, sans aucun doute. Le colonel s'est un peu décalé pour que son assistante jouisse du spectacle depuis son poste d'observation. Pas la première fois qu'elle assiste à ça, pourtant elle le supporte toujours aussi mal. La main de l'homme se crispe sur la pince et exerce de petits mouvements de balancier. La gencive résiste, l'homme grimace de douleur autant que de peur d'échouer. Quelques gouttes de sang dégoulinent enfin le long de son bras. La muqueuse vient de se déchirer, l'homme concentré tire de toutes ses maigres forces sur la dent. Ce n'est qu'une question de minutes. De secondes peut-être. Tout dépend de la motivation du sujet à satisfaire son tortionnaire. À lui prouver sa docilité, à lui faire plaisir. Le colonel est devenu son unique référent depuis son arrivée et, aussi paradoxal que ça puisse paraître, l'homme veut lui plaire. La dent est finalement extraite. Il la tend triomphalement à Bergsson qui la jette ostensiblement dans la poubelle avant de s'asseoir derrière son bureau. Bouche ouverte sur une nouvelle béance sanguinolente, bras ballant armé d'une pince dérisoire, l'homme écoute attentivement l'annonce que le colonel lâche au micro.

— EDV n° 178. Fin de la phase 1.

## 2.

**N**on ! Vous n'avez pas le droit de faire ça ! Vous aviez promis !

Le colonel se retourne, sévère.

— Je ne promets jamais rien.

Cinq mots comme un fouet qui claque. Dans ces moments-là, la jeune assistante du colonel déteste son boulot, sa vie. Elle aurait aimé avoir eu le choix. Ne se préoccuper que de vêtements, de garçons, de trucs de filles. Au lieu de ça elle est devenue un soldat de SENTINEL. Par sens du devoir. Parce qu'elle est apte. Parce qu'elle parvient à écarter ses états d'âme, la plupart du temps...

Sa garde-robe se limite à du pratique, du confortable passe-partout : pantalons sombres, pulls, baskets. Parfois elle enfile une tenue plus conforme, treillis et rangers, mais c'est rare. Ni grand stratège ni sportive émérite, elle est toutefois loyale et obéissante. De belles qualités aux yeux du colonel qui lui fait toute confiance. Enfin, dans la mesure du possible. Elle a le sens du renoncement, aussi. Entièrement dévouée à la Cause et à Bergsson, elle a fait une croix sur sa vie privée. On chuchote même dans les rangs qu'elle est à sa botte, complètement amoureuse de lui. Mais on se garde bien de le leur dire en face, de peur de se faire descendre par le colonel.

Bergsson sort de la salle de conversion et rejoint son assistante. La jeune fille sursaute et laisse tomber son stylo.

— On a eu peur ?

— J'étais concentrée.

— Belle séance, n'est-ce pas ?

— Je suppose...

Elle garde son visage obstinément baissé. Elle ne veut pas qu'il voie ses yeux humides. Pourtant les cris du type résonnent encore dans sa tête. D'habitude, elle se contrôle mieux que ça, mais depuis quelques jours c'est plus compliqué. Elle se sent fragilisée sans parvenir à se l'expliquer. Peut-être est-ce dû à la fatigue ? Depuis que le colonel lui a confié la coordination du piège pour Helgusson, elle a du mal à trouver le sommeil... et il s'avère rarement réparateur. Ses insomnies, comme ses cauchemars, commencent à impacter son état général. Pour se donner une contenance, la jeune fille plie les genoux et ramasse son stylo. Mais se relève trop vite et se trouve prise de vertiges.

Le colonel la rattrape avant qu'elle ne heurte le sol. Elle s'agrippe à son cou et hume l'aftershave de Bergsson. Elle a toujours aimé ce parfum viril. Ça la rassure. Ils restent une minute ou deux sans rien dire. Quelques secondes ont suffi pour qu'elle reprenne des forces, mais elle fait durer l'instant de flottement, juste pour le plaisir de se sentir soutenue encore un peu. C'est le colonel qui rompt le contact, en la repoussant brusquement.

— Reprenez-vous, soldat.

Mais le ton était presque tendre. Le colonel se frotte le crâne : il semble las. La privation de sommeil, sans doute.

— Nous savons de quoi sont capables les EDV, reprend-il, plus fermement. Il ne faut pas se laisser attendrir par leurs manœuvres.

— Oui, colonel.

— Alors un peu de nerf ! Notre mission c'est d'empêcher le Mal de se propager, par tous les moyens.

Mais justement, la jeune fille ne comprend plus très bien l'utilité de tout cela.

— Éradiquer le Mal, oui…, risque-t-elle, quand on est sûr qu'il s'est déclaré… mais…

— Mais quoi ? Encore Helgusson ?

— N'est-ce pas de l'acharnement, tant qu'on ignore encore de quel bord il est ?

— Vous l'ignorez peut-être, soldat, mais pas moi. Ça fait des années que j'étudie son cas ! Je sais exactement de quoi il est capable.

— Capable... On parle bien d'un potentiel qu'il peut exprimer de différentes façons...

— Il a déjà choisi son camp.

— Nous n'en savons rien, colonel.

C'est la seconde fois que son assistante conteste son avis avec autant d'entêtement.

— Helgusson a déjà commencé la transformation. Et nous savons tous deux quels risques nous courons...

Elle frissonne, préférant chasser cette perspective de son esprit.

— Ce n'est pas possible... c'est trop rapide.

— Je vois. Dans mon bureau. Tout de suite !

L'assistante du colonel obtempère. Elle s'attend à ce qu'il lui passe un savon. Au lieu de cela, il l'invite à s'asseoir dans le Chesterfield qu'il réserve d'ordinaire aux invités de qualité. Puis Bergsson ouvre une trappe donnant sur un coffre-fort grand comme une bibliothèque, compose le code, cherche un manuscrit qui doit faire dans les cinq cents pages et en photocopie quelques passages qu'il donne à la jeune fille avant de la congédier, sans autre explication.

Elle serre les feuilles contre elle et ne les consulte qu'une fois dans sa chambre. Il s'agit d'une retranscription contemporaine des observations de James C. Clarke, un membre éminent de la branche britannique de SENTINEL, quelques siècles plus tôt.

*Londres, le 2 septembre 1625.*
*Rapport de James C. Clarke pour SENTINEL.*
*Sujet : David & Mary Ann Armstrong, 13 ans.*

*Grâce à Dieu nous avons enfin retrouvé les jumeaux Armstrong. C'est un véritable miracle que la peste les ait épargnés, alors qu'ils étaient tous deux promis à une mort aussi atroce que certaine, un cinquième de la population de Londres étant passé de vie à trépas.*

*Depuis que nous les avons recueillis, ils ne se sont pas lâché la main.*

La jeune fille n'avait jamais entendu parler de ces enfants. Des jumeaux ! Elle comprend que le colonel lui a donné accès à un document précieux, que peu de Sentinelles ont eu la chance de connaître.

*Londres, le 16 décembre 1625.*
*Rapport de James C. Clarke pour SENTINEL.*
*Sujet : David & Mary Ann Armstrong, 13 ans.*

*Les jumeaux s'accordent avec nous aussi bien que possible et semblent nous être reconnaissants de tous les soins que nous prenons d'eux. Leur ressemblance physique tient du prodige, alors que leurs caractères sont aussi dissemblables qu'il est possible de l'être. Mary Ann est une enfant charmante. Elle a le teint doré, de longs cheveux blonds coiffés en tresses enroulées autour de sa tête et des yeux vifs d'une belle couleur noisette.*

*Elle est aussi volubile que David est taciturne. Ce garçon a toujours un air grave et sérieux qui donne immanquablement l'impression d'annoncer une catastrophe. Nous ignorons pour l'instant lequel des deux enfants est porteur du don, et je confesse qu'il me serait agréable que ce soit Mary Ann : les filles sont généralement plus dociles et obéissantes, moins portées à la violence.*

*En outre elle semble plus curieuse et on ne peut mieux disposée envers nous et la cause que nous servons. David en revanche se montre infiniment méfiant et se tient toujours en retrait, comme pénétré de son importance. Aucun des deux enfants n'est disposé pour l'instant à évoquer un don, quel que puisse être ce dernier. J'en déduis qu'aucune manifestation spectaculaire de ce don ne s'est encore produite, et suis enclin à ne rien brusquer.*

Son premier réflexe est de sourire. Clarke semblait assez mal connaître la gent féminine pour la qualifier de docile et obéissante ! Bien sûr, c'était une autre époque… Mais à la réflexion, pas tant que ça. N'est-elle pas elle-même un modèle de dévouement à la Cause ? Oui, mais de son propre chef, ce qui change tout. Elle décide d'ignorer la petite voix qui lui demande si elle en est si sûre que ça…

*Londres, le 17 janvier 1626.*
*Rapport de James C. Clarke pour* SENTINEL.
*Sujet : David & Mary Ann Armstrong, 13 ans.*

*La fièvre quarte de Mme Cartridge et sa fin brutale ont fort affecté les enfants. Nous les entendons souvent se quereller, bien qu'ils cessent toute conversation dès lors que nous faisons mine d'intervenir. Nous craignons que cet événement ne hâte la manifestation du don. N'oublions pas que David et Mary Ann sont des EDV de la troisième génération, exposés le jour de leur naissance aux poussières volcaniques de Eyjafjöll. L'attente, pour angoissante qu'elle soit, recèle une excitation plus grande encore.*

Les enfants du volcan avaient en commun une hypersensibilité qui devenait un véritable handicap lors de la maturation de leur don. Les jumeaux n'avaient pas été épargnés par l'adversité. Après l'épidémie de peste, où ils avaient dû assister à des scènes atroces, peut-être même au décès de leurs parents, ils avaient encore été confrontés à la mort de leur gouvernante.

L'enthousiasme de Clarke avait quelque chose de déplacé, de cruel… Oui, SENTINEL c'était toute une tradition d'indifférence et d'incompréhension du vivant, sous couvert de bonnes intentions.

La jeune assistante soupire. Mais pourquoi a-t-elle ce genre de pensées, ce soir ? Elle n'a pourtant jamais remis sa foi en question jusque-là ! Bien sûr, elle a de plus en plus de mal à supporter les séances de tortures auxquelles Bergsson la convie. Il faudrait qu'elle trouve un moyen de le lui expliquer, sans quoi elle finira par craquer. La perspective de devoir justifier ses défaillances auprès du colonel la fait soudain frémir. Elle préfère se plonger dans la lecture des quelques feuillets qui restent.

*Londres, le 3 février 1626.*
*Rapport de James C. Clarke pour* SENTINEL.
*Sujet : David & Mary Ann Armstrong, 13 ans.*

*Il est désormais certain que l'un des deux enfants possède le don sous sa forme la plus puissante, bien que nous ignorions encore s'il s'agit de David ou de Mary Ann. Chacun dit pis que pendre de l'autre, Mary Ann confessant craindre son frère tandis que David m'a fait observer maintes fois qu'il fallait rester d'une vigilance constante relativement aux méfaits de sa sœur. David comme Mary Ann s'opposent cependant avec la dernière énergie à tout ce qui tendrait à les éloigner l'un de l'autre et, a fortiori, à toute séparation.*

Voilà qui devient intéressant. La jeune fille avait parié sur la si « docile » Mary Ann…

*Londres, le 10 février 1626.*
*Rapport de James C. Clarke pour* SENTINEL.
*Sujet : David & Mary Ann Armstrong, 13 ans.*

*Je reconnais humblement que j'ignore depuis quand les jumeaux lisaient ce journal, prenant ainsi connaissance de tous nos faits et gestes. Une chose, cependant, est certaine : mes dernières observations les ont alarmés au point de leur faire prendre la fuite. Nous ignorons totalement où ils ont pu trouver refuge. Nos hommes ont minutieusement inspecté tous les environs, et ce, sans aucun succès. Tous sont revenus bredouilles. Tous, à l'exception de notre cher bienfaiteur, Sir Colin E. Wright, dont le cœur n'a pas supporté toute cette activité, et qui laisse derrière lui une veuve éplorée, et quelques orphelins.*

*David a caché une coupure de gazette sous son oreiller, ainsi qu'un bref message. L'article est tout entier consacré à la peste de Londres. Quant au message, il nous informe qu'il fera tout pour réparer le mal causé par sa sœur. Nous sommes-nous trompés sur le compte de Mary Ann, ou bien est-ce là une manœuvre de son frère pour se disculper et faire peser tous les soupçons sur elle ?*

*Londres, le 21 juin 1630.*
*Rapport de James C. Clarke pour* SENTINEL.
*Sujet : Mary Ann Armstrong, 18 ans.*

*Nos recherches ont enfin abouti, grâce à Mary Ann qui est venue à nous. Elle m'a longuement raconté comment son frère l'a contrainte à prendre la fuite, plusieurs années auparavant, afin de protéger son don. Elle m'a également décrit la vie misérable qu'il l'a forcée à mener jusqu'à leur séparation. « Une dispute de trop », a-t-elle dit en souriant. Elle a en revanche refusé avec la plus grande obstination de me révéler la nature du don de son frère. Au physique, Mary Ann est devenue une belle jeune fille au teint clair, d'une blancheur de lys, et aux cheveux plus blonds que les blés. Quant à ses fameux yeux noisette, ils paraissent désormais presque jaunes.*

L'assistante retient son souffle. La dépigmentation s'opère donc dès que le don est utilisé à mauvais escient. Elle avait oublié les causes exactes de cette réaction physiologique, mais à SENTINEL, c'était le b.a.-ba. L'éclaircissement peut aussi bien toucher la peau, les cheveux, les yeux… ou les trois à la fois. C'est un des signes. Mais il y en a d'autres.

Elle se demande à quoi le colonel faisait allusion en évoquant la transformation de Kaleb…

*C'est donc Mary Ann qui porte le Mal en elle. Et le Mal a commencé à la transformer. Elle se trouve bien sûr dans l'ignorance totale de ce fait, sinon elle ne se serait jamais présentée devant moi pour me débiter cette piètre histoire, aussi sotte qu'une mauvaise fable ou qu'un conte à dormir debout.*

*Je me suis malheureusement trompé du tout au tout sur le compte de David. J'ose espérer que leur séparation est réelle : sans cela je ne donne pas cher de sa vie. La seule et unique raison pour laquelle j'ai prétendu être dupe des sornettes de Mary Ann, c'est l'espoir de retrouver son frère par son entremise…*

*Cependant, aussi forte Mary Ann puisse-t-elle être, il est difficile de croire aux allégations de David qui prétendait que sa sœur de treize ans était à l'origine de l'épidémie*

*de peste. Provoquer une maladie à grande échelle deman-*
*derait une énergie considérable, une enfant n'aurait pas*
*pu recouvrer ses facultés avec une telle célérité. En outre,*
*un EDV porte toujours les stigmates de son don et se trouve*
*en quelque sorte puni par où il a péché. Mary Ann devrait*
*paraître malade, or elle respire la santé. Elle demeure une*
*énigme pour moi.*

Oui, plus l'EDV est puissant, plus son don crée de dommages lorsqu'il se retourne contre lui... c'est-à-dire à chaque fois qu'il est utilisé à mauvais escient...

*Mary Ann m'a interrogé sur ses origines et sur le don.*
*Je lui ai appris que son père était un empathe de deuxième*
*génération, un vil séducteur qui détournait ses pouvoirs*
*à seule fin de suborner des jeunes femmes dont il consi-*
*gnait le nom dans un carnet. C'est d'ailleurs au moyen*
*de ces carnets que nous avons pu retrouver sa trace ainsi*
*que celle de son frère.*

*Elle m'a également demandé s'il était possible de mettre*
*un terme à ce processus et de réduire à néant le don et*
*son pouvoir. J'ai été contraint de lui faire part des nou-*
*velles méthodes mises au point depuis leur départ, et Mary*
*Ann n'a pas été soulevée d'enthousiasme à l'idée d'être*
*trépanée.*

La jeune fille frissonne en se remémorant les gra-
vures et les photos des temps anciens, quand le seul

moyen de mettre les EDV hors d'état de nuire était de les tuer, ou d'en faire des légumes. Aujourd'hui, on sait en faire autre chose... la plupart du temps.

*Londres, le 18 novembre 1636.*
*Rapport de James C. Clarke pour SENTINEL.*
*Sujet : Mary Ann Armstrong, 24 ans.*

*Je suis enfin parvenu à retrouver la trace de Mary Ann. C'était pourtant évident, mais il est désormais trop tard : David et sa sœur ont émigré en Lorraine en 1627. Les faits parlent d'eux-mêmes : épidémie de peste à Lunéville, Saint-Nicolas-de-Port et Moyenvic cette année-là. La maladie s'est étendue à Épinal et à Toul en 1629. Au printemps 1630, peu de temps avant notre rencontre, c'est Nancy, puis toute la Lorraine qui ont été atteintes, dans des proportions sans exemple dans les annales. Cette calamité a duré deux ans. À une accalmie salutaire de quatre années a succédé une reprise foudroyante de la contagion, qui a atteint son paroxysme en 1637.*

*Cette fois encore, c'est Mary Ann qui a sollicité cette entrevue, que j'ai acceptée. Nous avions fixé notre rendez-vous dans le même jardin qu'il y a six ans, sur le troisième banc de la seconde allée. Mais je ne l'ai pas reconnue. Je crois qu'elle en a éprouvé du chagrin. Elle qui respirait la santé est désormais cadavérique. Ses cheveux sont blancs et sa gorge, naguère si épanouie, est à présent comme vidée de sa substance, ses os saillants menaçant de transpercer sa peau fripée. Quant à ses yeux, l'on distingue difficilement ses iris d'un jaune délavé du reste de ses globes oculaires.*

*Mary Ann ressemble à l'idée que l'on se fait de la mort. Devant ce spectacle qui glace d'effroi et fait horreur à penser, l'on est bien forcé d'admettre que le Mal a un nom, et que ce nom est celui de la douce enfant que j'ai recueillie il y a déjà onze ans. Le Mal a un visage qui continuera de me hanter jusqu'à ma mort, que je devine proche depuis notre dernière rencontre. Mary Ann avait le don de diagnostic et de guérison : elle aurait pu passer sa vie à répandre le bien autour d'elle. Au lieu de quoi elle a choisi de se mettre au service de l'ennemi de Dieu et du genre humain, ne dispensant que la souffrance et la pourriture.*

*Avant de nous quitter, Mary Ann a confirmé sans émotion apparente être à l'origine des épidémies de peste, alors que des milliers de personnes sont mortes. « On ne lutte pas contre sa nature », a-t-elle dit dans un râle d'un air souverainement indifférent. Son mouchoir était maculé de sang, comme l'est le mien à présent.*

*SENTINEL ne doit plus se contenter d'observer et de sermonner.*

*SENTINEL doit agir et punir, comme au commencement.*

*Je croyais David coupable des péchés de ses ancêtres, alors qu'il n'était lui aussi qu'une victime, et regrette amèrement de n'avoir pu ni su le protéger et le sauver : j'implore la miséricorde divine.*

La jeune fille achève sa lecture, perplexe.

Elle ne comprend pas pourquoi le colonel lui a donné ces pages à lire...

## 3.

Angoisse diffuse. Amour naissant. Joie qui vous transporte, tristesse qui vous transperce. Fatigue, colère. Apathie.

Les émotions défilent sans qu'il s'y accroche, comme ces visages qu'on croise dans la rue sans vraiment les regarder. Kaleb les laisse flotter tout autour de lui, en attrape parfois une au passage sans pour autant la conserver. Il veut s'habituer à voyager dans le cœur des autres sans pour autant s'y attarder, et s'en sort plutôt bien. Il a réussi à prendre le métro en évitant toute contamination émotionnelle. Il a même pris le temps de goûter les gens et leurs états d'âme et s'en est délecté : ici une mère perdue tenant la main d'un fils confiant, là un homme joufflu guettant le regard des autres usagers pour rompre sa solitude, là encore une poignée de touristes américaines surexcitées. Et Kaleb a enfin ressenti une forme de tendresse, d'élan pour cette palette d'humanité.

Il sort à Montparnasse en direction du cybercafé. Il est resté cinq minutes maximum chez Robin : quand son ami avait ouvert la porte, Kaleb avait bien cru déceler un vague sentiment de crainte, voire de culpabilité. Mais on ne peut jamais être sûr, avec un homme dans le coaltar. Kaleb s'était demandé dans quelle mesure Robin faisait exprès de se brouiller l'esprit quand ils se voyaient...

Le jeune homme s'installe tout au fond de la salle, à l'abri des regards des passants, dos au mur pour s'assurer qu'on ne lira pas par-dessus son épaule. Pas de nouveau message de Vulcan. Son mystérieux ami est absent du forum.

Survivor : survivor@hotmail.com, maintenant.

La fenêtre du tchat vient de s'ouvrir en pop-up. C'est la première fois que Survivor se manifeste. Kaleb se connecte à MSN et l'ajoute aussitôt à sa liste de contacts.

Kaleb : Pourquoi MSN ?
Survivor : Plus sûr que le forum. Pas surveillé. Aaron. 15 ans. Précog. Et toi ?
Kaleb : Kaleb. 19. Empathe. C'est quoi « précog » ??
Survivor : Précognition. Je prévois ce qui va arriver.
Kaleb : Tu es une sorte de voyant ?

Survivor : Pas du tout. Précognition = sens de l'observation ultradéveloppé + logique exacerbée. Précognition = capacité de prévoir en un millième de seconde toutes les conséquences possibles d'un même événement + hiérarchisation automatique de leur probabilité d'occurrence.

Deuxième pop-up : Aaron propose à Kaleb qu'ils fassent connaissance via leur webcam. Kaleb accepte. Le visage de son interlocuteur s'affiche dans une troisième fenêtre. Un visage tout en longueur, nez jusqu'aux lèvres, menton qui s'étire, front haut et crâne conique. Des yeux vifs mais minuscules derrière des lunettes en cul de bouteille. Les cheveux bruns dégoulinent en vagues cascades huileuses sur ses joues. Ses dents sont un peu biscornues, il a de l'acné sur les joues et ses épaules tombantes semblent supporter toute la misère du monde.

Survivor : Voilà la bête. Pas Brad Pitt !

Aaron sourit, manifestement content de sa blague. Kaleb se détend. Le gars a l'air sympa. Non, il ne ressemble pas à Brad Pitt, mais ce qu'il dégage inspire confiance.

Survivor : Toi par contre, le genre qui plaît aux filles. Cheveux bruns et yeux clairs. Tu métamorphoses ?

Aaron a une drôle de façon de s'exprimer. Il oublie volontiers les verbes qu'il juge superflus, ou en invente d'autres. Comme s'il était dans une économie permanente du langage, par souci de coller au plus près à ses pensées fulgurantes.

Kaleb : Métamorphoser ?
Survivor : Gentils EDV = hyperpigmentation. Méchants EDV = dépigmentation. Ta fréquentation du site augmente régulièrement. À l'évidence, ton don s'est révélé. Soit tu t'éclaircis, soit tu fonces. Alors ?
Kaleb : Je n'ai pas fait attention.
Survivor : Impossible. Tu mens. Donc tu as fait du mal. Donc tu dépigmentes. Ne nie pas.
Kaleb : Je ne nie pas.

Kaleb n'a pas vraiment remarqué un quelconque changement. Mais si ce que Survivor prétend s'avère il a la nette impression qu'il va finir blond comme les blés. Puisque Aaron est si perspicace, peut-être pourra-t-il l'éclairer sur le phénomène. Ça vaut le coup d'essayer.

Kaleb : C'est réversible ?
Survivor : Le Mal peut-il laisser la place au Bien ?
Kaleb : Oui…
Survivor : Toi seul sais. Bien que tu ne saches pas grand-chose pour l'instant.
Kaleb : Qu'est-ce que j'ignore ?
Survivor : Qui est ton ami. Qui ne l'est pas. Je suis ton ami. Vulcan pas.

Kaleb fixe un instant l'image que lui renvoie l'écran. Aaron lui rend furtivement le coup d'œil. Kaleb devient de plus en plus rapide pour attraper les émotions, même à distance. Cet échange de regards lui a suffi. Aaron a peur. Il vit en permanence dans l'angoisse. Kaleb se représente son appartement comme un refuge, une forteresse suréquipée de matériel de surveillance. Le jeune homme ressent aussi beaucoup de tristesse chez son « ami », de regrets... Derrière les lunettes épaisses se cache un rideau de larmes.

Survivor : Interdiction de rentrer dans ma tête !
Kaleb : Comment le sais-tu ?
Survivor : Arrête, c'est tout.
Kaleb : Qui est Vulcan ?
Survivor : Aucune idée. Vulcan ne se connecte que quand tu es sur le forum. Il ne s'intéresse à personne d'autre. Je suppose que vous êtes entrés en contact, il t'a dit quoi ?
Kaleb : De me méfier...
Survivor : SENTINEL, le colonel ?
Kaleb : Oui.
Survivor : Étrange. Ça ne colle pas.
Kaleb : Ça ne colle pas à quoi ?

Aaron n'a jamais particulièrement aimé l'extérieur. Sa mère, déjà, était comme ça. Tout ce qui venait des autres était mauvais, il fallait se déchausser et se changer quand on rentrait à la maison à cause des germes, il était aussi impensable d'inviter des amis ou même de se commettre à regarder la télévision, cet outil du complot. La mère d'Aaron était paranoïaque, mais le petit l'ignorait et avait cru sincèrement que sortir de chez lui représentait un danger. Alors il s'était créé un monde bien à lui, à l'abri dans sa chambre, derrière son ordinateur. Le gamin était malingre mais aussi un vrai petit génie. Il avait découvert très rapidement son don de précognition et boursicoté à droite et à gauche sur Internet. À l'époque, il manquait d'humilité et s'était fait remarquer sur des forums de discussion. C'est comme ça qu'il s'était fait pincer. Pas par les flics, non. Par le réseau SENTINEL. Il était surveillé depuis l'enfance. Il avait le gène, qui ne s'était pourtant jamais exprimé dans sa famille auparavant. Aaron était une première génération. Pas très puissant donc, ni dangereux. Cependant, il avait utilisé son don à des fins malhonnêtes, ce qui était une raison suffisante pour vouloir l'exfiltrer.

Survivor : C'est mon professeur de mathématiques, Mlle Henry, qui me surveillait. Elle m'a tendu un piège en faisant un cours sur la Bourse et moi je suis tombé dedans. En général, c'est un proche qui te teste. Les soldats de SENTINEL m'ont enlevé à la fin de l'année scolaire. Je suis resté dans leur laboratoire pendant huit mois.
Kaleb : Je croyais qu'on n'en revenait pas ?

Mais Aaron en était revenu. Grâce à son don, il avait réussi à déjouer la surveillance de ses geôliers.

Kaleb a beau insister, il ne sait pas ce qu'on a fait subir à Aaron. Les ondes que lui envoie le gamin en webcam ne sont que terreur et douleur.

Survivor : Pas dans ma tête j'ai dit.

Kaleb comprend qu'il y a un rapport avec ce qui lui a été infligé là-bas.

Kaleb : Désolé. Tu sais donc tout ce qui va arriver ?
Survivor : Pas si simple. Mon séjour chez les fanatiques m'a abîmé. Sûrement à cause des injections. Ils savent affaiblir le don. Y a peut-être le traumatisme psychique aussi. Je vois moins bien qu'avant.
Kaleb : Les cendres de Eyjafjöll ne sont-elles pas censées décupler le don ?
Survivor : Si on est pas calfeutré chez soi. Je ne sors jamais. Trop dangereux. Prévisions à court terme. Suffisantes pour acheter le matériel dont j'ai besoin. Pas assez pour te parler du futur. Juste te mettre en garde contre Vulcan. Je coupe pour aujourd'hui. See you.
Kaleb : OK Aaron… Merci, c'était cool.

Aaron agite sa main face à la webcam et lui adresse un sourire chaleureux qui met Kaleb mal à l'aise : Aaron n'a dans la bouche que les douze dents de devant.

# 4.

Kaleb fait un saut rapide chez lui afin de récupérer ses papiers. Après quoi il filera au ministère des Affaires étrangères pour récupérer l'acte de naissance de Helga. À partir de là, il pourra remonter jusqu'à ses grands-parents et contacter des oncles, des cousins. Il doit bien rester au moins un membre de cette famille quelque part. C'est sa seule piste, et il est bien décidé à la suivre jusqu'au bout. Qui sait ce qu'il découvrira ? Il nourrit l'espoir secret que sa mère soit encore en vie.

Kaleb fouille nerveusement dans le secrétaire de son père. Où a-t-il bien pu mettre cette fichue carte d'identité ? Kaleb manque démonter le tiroir pour vider le contenu par terre. Il n'a jamais été très patient. Sous un amas de paperasse : la carte et les passeports. Bingo ! Il jette un coup d'œil à la photo. Les papiers ont été refaits quelques années

auparavant : il avait alors quinze ans. Des joues
d'enfant, un duvet sombre au-dessus des lèvres, le
regard doux. C'était lui, c'était un autre. Le jeune
homme a du mal à se reconnaître. Ses cheveux
sont toujours d'un noir de jais, ses lèvres charnues,
mais… ses yeux sont différents aujourd'hui. Durs,
cernés. Plus clairs. La variation de ton est encore
subtile. Pourtant Kaleb doit se rendre à l'évidence :
ses iris se dépigmentent. L'explication de sa soudaine intolérance à la lumière du soleil. Pour l'instant, c'est le seul changement perceptible. Il ignore
en quoi consiste la fameuse « métamorphose »
dont a parlé Aaron, ainsi que le stade ultime, mais
il n'est vraiment pas pressé de le découvrir. Personne n'a envie de devenir albinos. Kaleb serre les
dents. Tout cela lui paraît injuste : il n'a pas souhaité être empathe et refuse d'en payer le prix.
Mais a-t-il le choix ? Il se demande s'il est capable
de geler le processus, d'empêcher le don de se
manifester à nouveau, afin de pouvoir vivre une vie
sans ces menaces qui planent au-dessus de sa tête,
une vie où un colonel fou ne le poursuivrait pas.
Une vie ordinaire, comme celle de son père, pour
laquelle il n'éprouve plus le moindre mépris tout
à coup.

— Hé man ! Ça va ? Tu as cinq minutes ?

— Non, pas trop.

Kaleb se demande comment Robin parvient toujours à le cueillir au moment où il passe devant sa

porte. Comme il n'a pas écarté l'hypothèse que Robin soit Vulcan, il se dit que c'est peut-être grâce à son don, quel qu'il soit.

Pas le moment de creuser la question, il doit filer au ministère.

— Ah, il faut pourtant qu'on discute toi et moi.

Robin semble inquiet, nerveux. Désolé. Coupable, peut-être. Le flot d'émotions qui le gagne convainc Kaleb de faire une halte chez son voisin. Il consulte son téléphone pour estimer le temps dont il dispose avant la fermeture des bureaux.

— OK. Mais pas plus d'une heure. J'ai une course à faire.

— Super ! Entre, j'ai fait du thé.

Robin se tortille sur son siège en observant Kaleb et en se disant que ça ne lui ressemble pas de chronométrer le temps de parole de ses amis. Il ne sait pas comment l'aborder. Il sent bien qu'il a déçu Kaleb, l'autre jour, quand il lui a ouvert la porte... Il aurait préféré continuer à ignorer le jeune homme, mais avait fini par céder devant son insistance. Ce jour-là, Robin avait un peu forcé sur le joint... il a besoin de doses de plus en plus fortes. Kaleb lui faisait confiance et s'inquiétait pour lui. C'est un bon gamin ! Et il l'aime, bon sang ! Un peu comme le fils qu'il n'a pas eu. Mais Kaleb le regarde désormais différemment, comme il regarde Franck Astier, avec une sorte de distance. Peut-être même une forme de mépris, d'incompréhension.

Kaleb se sent seul, ça crève les yeux et transpire de chacun de ses pores. Mais Robin n'y peut rien : il est la dernière personne qui puisse l'aider, le protéger. Il n'a jamais su assumer la moindre responsabilité.

Le quadragénaire pousse un long soupir. Il songe quelques instants à son père. Un homme bon, parti trop tôt. Ils riaient souvent ensemble, avant que la maladie ne l'emporte. Oui, ces souvenirs de temps meilleurs sont à peu près tout ce qui lui reste.

Kaleb se méfie désormais de Robin.

Peut-être est-il Vulcan ?

Peut-être Vulcan est-il un faux ami ?

Il tente de sonder Robin, mais rien ne vient confirmer sa défiance. Au contraire, les émotions qui agitent l'homme tiennent plus de la nostalgie, de l'affection. Oui, Kaleb aimerait pouvoir geler son don, effacer cette histoire qui le fait douter de tout le monde.

— Je ne sais pas comment te dire ça, man.

— Me dire quoi ?

— Cette fille, là. Ta copine...

— Lucille ?

— Oui. Tu la connais bien ?

— Bah, comme on connaît une fille avec qui on a couché. Ni plus ni moins. Pourquoi ?

Robin semble gêné d'aborder la question, comme s'il redoutait la réaction de Kaleb.

— Ce ne serait pas une petite blonde plutôt bien roulée et pas très discrète ?

— Possible.

— Écoute, man, tu devrais faire gaffe... Elle va t'attirer des ennuis.

Kaleb a du mal à garder son calme pendant que Robin lui explique l'incident auquel il fait référence. La veille, il a été alerté par des hurlements provenant de la rue. Des cris suraigus, un flot d'injures dans lequel il a cru distinguer le nom de Kaleb. Intrigué, il s'est penché par la fenêtre et a vu une jeune fille correspondant à la description de Lucille mettre de grands coups de pied dans les poubelles. Elle devait ignorer que l'appartement de Kaleb ne donne pas sur la rue...

Robin est descendu pour la calmer.

— Elle m'a fait de la peine...

Mais la jeune fille était comme enragée. Elle a exigé de voir Kaleb, et prétendu qu'elle ne partirait pas tant qu'elle ne lui aurait pas parlé. Robin a tenté de lui faire comprendre qu'il n'était pas là, qu'il ne fallait pas se mettre dans cet état. Mais elle semblait paumée et désespérée...

— Je crois qu'elle t'a vraiment dans la peau, tu sais. Elle avait ce regard un peu fou qu'ont les filles amoureuses. Elle disait beaucoup de choses... Des choses qui pourraient te causer du tort.

— Quel genre de choses ?

— Je ne sais pas si je devrais te le répéter, elle a dit ça sous le coup de la colère...

Mais Robin ne résiste pas au regard interrogateur de son ami. Lucille avait parlé d'un ami commun, qui n'était pas en état de parler mais dont l'histoire pourrait intéresser la police. Elle n'avait pas du tout l'air de plaisanter. Elle avait encore donné quelques coups dans les poubelles, attirant le regard courroucé des passants, puis s'était effondrée dans les bras de son confident de fortune.

— Elle répétait qu'elle ne pouvait pas vivre sans toi, que tu n'avais pas le droit de la laisser, que vous étiez faits l'un pour l'autre... Je n'ai pas trop compris ce qu'elle disait, ce n'était pas très cohérent, elle parlait de destinée, je crois. J'ai fini par la convaincre de rentrer chez elle... Elle commençait à attirer un peu trop l'attention des voisins et je ne crois pas que tu aies besoin de ça en moment. Je lui avais promis de ne pas t'en parler, mais...

— Mais quoi ?

— Mais je crois qu'elle est un peu trop borderline pour en rester là. Elle est complètement accro à toi. Elle avait l'air d'une junkie en manque et, crois-moi, le manque fait faire n'importe quoi... Elle est capable d'aller très loin pour que tu la reprennes. Je connais ce genre de filles : de vraies sangsues quand elles sont amoureuses. Tu n'arriveras pas à t'en défaire facilement.

— Il faudra bien qu'elle se fasse une raison : je vais me barrer d'ici.

— Alors fais en sorte qu'elle ne le sache pas ! Si elle ne peut pas te suivre, elle n'aura plus rien à perdre et fera n'importe quoi pour t'empêcher de partir.

Et dire que Kaleb l'avait prise en pitié ! Ça lui apprendra à se laisser avoir par une fille au passé chargé. Comment ose-t-elle le menacer ? Kaleb sent la colère monter et, au-delà de la colère, une peur diffuse s'insinue en lui.

Il se remémore les mises en garde de Vulcan dans son dernier mail : « Il est primordial que tu ne te fasses pas remarquer. » Lucille va finir par lui causer des ennuis. Il doit la ramener à la raison.

D'une façon ou d'une autre…

# 5.

Sa longue chevelure rousse attire l'attention. On la repère de loin, et hormis les réflexions d'idiots ou de frustrées, ça lui vaut de nombreux compliments. La jeune fille a pris place dans le bus depuis trois stations, quand il monte dans le véhicule. Elle ne remarque même pas les cinq autres usagers qui s'installent en même temps que lui. Elle croise son regard et baisse aussitôt la tête. Il n'est pas juste beau, c'est le mec le plus canon qu'il lui ait été donné de croiser. Cheveux bruns ébouriffés, barbe d'un jour, sourcils épais sur yeux océan. Ouah ! Le genre de garçon qui ne la regarde jamais, parce qu'elle n'est pas son type de fille. D'ailleurs, elle se demande quel peut être son genre, à lui. Elle a rougi, dès qu'il a posé un pied sur le plancher parce qu'il l'a aussi regardée et lui a souri. C'est pour ça que cette teinture auburn est faite pour elle, avec sa peau claire tout aussi réactive que celle d'une vraie rousse.

Le jeune homme s'assied en face d'elle, occupant une place réservée aux personnes âgées. Il est grand, carré, baraqué. Le genre de mec qui a l'air vraiment viril sans devoir en faire des tonnes. Il a quelque chose de nonchalant et affiche une assurance qu'elle lui envie immédiatement. Comme si ce bus lui appartenait, comme si Paris était son royaume. Avec un tel comportement, il ne peut être qu'américain, elle en jurerait.

La rousse adore les Américains.

Elle relève doucement la tête. Il lui fait un petit signe en arquant un sourcil. Cramoisie, elle replonge aussitôt dans la contemplation de ses ongles et se dit qu'il fait soudain très chaud… Elle est dans tous ses états. Ce mec n'est pas que sexy, c'est un vrai appel à la débauche. Jean près du corps, chemise blanche froissée ouverte sur un torse… un torse musclé qu'elle a envie de toucher, de goûter, un blouson de cuir noir qui met en valeur sa carrure, son regard. Il transformerait n'importe quel glaçon en centrale atomique sur le point d'exploser. Plus elle s'efforce de fixer son attention sur les façades parisiennes, plus elle prend conscience de son regard sur elle, de sa caresse brûlante, comme si leurs peaux se cherchaient pour se livrer la plus enivrante des batailles. Pourtant, en l'observant à la dérobée, il a l'air détaché et si calme, si inoffensif…

Il lui sourit. Mais quand elle se décide enfin à lui rendre son sourire, le regard du jeune homme s'est posé quelques mètres derrière elle. Déçue, elle se retourne et comprend qu'il fixe désormais les passagers montés en même temps que lui.

Kaleb a cru, l'espace d'un instant, entrevoir Abigail en montant dans le bus. Il a connu un moment de pure excitation en apercevant la crinière rousse. Bien sûr, ce n'était pas elle. Il a masqué sa déception et s'est s'installé en face de la fille.

Il lui fait de l'effet, à l'évidence. Ça lui plaît de séduire si facilement. Il se demande si Abigail aussi serait sensible à son charme, imagine leur rencontre, leurs ébats... oubliant complètement qu'elle n'est que le fruit de son imagination.

Abigail visite presque chacun de ses rêves. Elle est multiple, elle est toutes les filles, elle est la vie. Comment Lucille peut-elle espérer supporter la comparaison ? L'image de la jeune fille se superpose à celui de la passagère. Un nuage clair voile le regard de Kaleb. Se contrôler, surtout. Ne pas se laisser aller à la colère maintenant, dans un lieu public, alors qu'il est sur le point d'arriver au ministère. Mais la colère ne se contrôle pas si facilement. Il dévie le regard vers les types qui sont montés en même temps que lui. *Lucille attire l'attention sur toi.* L'un d'eux murmure quelque chose à l'oreille de l'autre qui prend un air mauvais. Kaleb en veut à Lucille d'avoir osé le mettre en danger. *Chasse la colère.* Une idée folle lui traverse alors l'esprit ; il respire un grand coup et reporte son attention sur la rouquine. *Elle t'a menacé.* Lucille avait menacé d'appeler la police et de dénoncer Kaleb. Pire encore. Elle pourrait conduire SENTINEL jusqu'à lui. Et avec, Bergsson et sa folie. *Chasse la peur.*

Mais comment se ressaisir quand tout autour de lui prend sens et justifie la paranoïa ?

Personne, parmi les usagers, ne peut deviner la tempête qui naît dans l'esprit du passager assis dos au chauffeur. Son visage demeure impassible. Seuls ses yeux ont changé de couleur, ses pupilles se sont étrécies. *Respire ! Pense à quelque chose d'agréable !* Mais les types en face continuent de l'inquiéter, il se dit que leur présence dans le bus n'est peut-être pas due au hasard. Et s'ils le suivaient en attendant d'avoir le champ libre pour l'attaquer ? *Non, c'est du délire...* Pas tant que ça. Jusque-là, il n'a pris aucune précaution pour brouiller les pistes, comme s'il se pensait invincible ou hors d'atteinte. Pourtant, à cet instant précis, il se sent en danger.

Son cœur bat trop vite. Sa respiration devient irrégulière.

*Trouve une émotion positive dans ce putain de bus ! Accroche-toi à ça !* Kaleb marche au bord d'un gouffre. Ses mains deviennent moites, sa gorge tressaute nerveusement. De quoi exactement sont capables les Sentinelles ?

Et de quoi lui-même est-il capable ?

Complètement centré sur ses propres peurs, Kaleb n'a pas remarqué qu'entre les deux passagers la conversation est montée d'un ton. Une vague histoire de coude qui dépassait sur le siège de l'autre. Oui, Kaleb ignore de quoi il est capable, mais une chose est sûre : il n'a pas atteint le maximum de ses capacités. Alors si ces salopards de SENTINEL cherchent à s'en prendre à lui ou à ses proches, ils n'auront qu'à bien se tenir, parce que sa colère sera terrible.

Son cœur continue d'accélérer la cadence.

Maintenant, d'autres passagers se mêlent à la discussion. Quand la peur et la colère se combinent, on obtient un mélange explosif. Deux sentiments échappant à tout contrôle, toute rationalisation. Kaleb n'a pas son mot à dire. Il est à la merci de sa paranoïa. Il transpire à grosses gouttes.

Le cœur bat vraiment trop vite, s'affole.

Rythme anormal. Le reste du corps ne peut pas suivre la tachycardie. Une fièvre fulgurante vient surchauffer ses neurones.

Colère et peur.

Il va être foudroyé, se griller le cerveau, s'il ne fait rien.

Car personne d'autre ne viendra le sauver. Personne pour remarquer qu'il est tétanisé, que son esprit se fissure de part en part, qu'il va exploser et basculer vers la folie.

Un des passagers pousse son voisin. C'est comme ça que la bagarre commence. Une femme crie, un vieux râle. Aucun impact sur les protagonistes. Ils sont ailleurs, trop loin dans leur fureur pour qu'on puisse les atteindre. À son tour, l'autre bouscule le premier. Une gifle. Des coups de poing en retour. Nouveaux cris de la femme... Femme à terre, qui ne crie plus. D'autres candidats à la bagarre. Le vieux projeté contre la vitre, lunettes en morceaux. Chauffeur qui gueule, cherche un emplacement pour se garer en urgence et se fait assommer sitôt qu'il tente d'intervenir. Cohue pour sortir du bus. Femme à terre piétinée, mais qui ne sent rien : elle est inconsciente. Panique des automobilistes qui évitent de justesse les piétons complètement hystériques qui se jettent sur la chaussée.

Du sang qui coule, les insultes qui fusent et les coups qui redoublent. Craquements d'os qu'on brise, de têtes qui heurtent le sol dans un bruit sourd. Certains ne savent pas se battre et font comme ils peuvent : coups de pied dans les tibias, dans le ventre quand le mec est cloué au sol, morsures violentes, cheveux arrachés.

La gorge de Kaleb est prise dans un étau. Mais son esprit est ailleurs, il a lâché les rênes et les chevaux sont devenus fous. Un type essaie de le sortir de sa léthargie pour en découdre. Mauvaise idée. Il croise son regard et hurle de terreur, chasse des nuées d'insectes invisibles de son visage et s'enfuit en courant, manque le marchepied et se fracasse le nez sur le bitume. Il pisse le sang mais personne ne s'en soucie.

La pression s'évacue. Kaleb émerge peu à peu du brouillard. Sa vision est floue mais il se sent incroyablement bien. Il se frotte les yeux et se dit qu'il a dû s'endormir dans le bus. Ses oreilles sifflent. Il bâille pour les déboucher. De retour dans son corps, il constate, interloqué, le chaos que sa colère vient de provoquer. Il n'y a plus grand monde dans le véhicule, si on exclut les blessés. Ceux qui tiennent encore debout sont enragés. Des hommes gisent à terre, certains saignent. Une femme rampe discrètement jusqu'à la sortie. La petite rousse a disparu.

Kaleb se lève péniblement, il se sent faible, comme chaque fois qu'il a utilisé son don. À une nuance près cette fois-ci.

Sur le point de se laisser aller à une forme de désespoir, il se ressaisit. Et tandis que Kaleb parvient à rejeter tout sentiment de culpabilité, il a le sentiment qu'une partie de lui se décolle, comme la première fois qu'il a rêvé d'Abigail. Ça le glace, mais la faiblesse qui commençait à le submerger n'est déjà plus qu'un vague souvenir. Comme si se débarrasser de ses scrupules le rendait plus fort.

Il comprend aussi que la peur et la colère auraient pu le dévorer, là, dans ce bus. Et qu'il n'avait pas d'autre possibilité que de les projeter hors de lui.

Ses oreilles ont cessé de siffler. Des sirènes de police prennent le relais et lui scient les tympans. Ne pas attirer l'attention sur lui. Surtout, ne pas attirer l'attention.

Kaleb quitte le bus sans que quiconque cherche à le retenir. Il est intouchable, souverain parmi les fous.

Comme le diable au milieu des enfers.

## 6.

Voilà bien dix ans qu'elle n'avait pas rêvé. La faute aux somnifères qui lui fabriquent un sommeil de plomb quelques heures par nuit. La sensation lui était si étrangère qu'elle a cru s'être trompée. Mais non, des souvenirs fugaces parviennent encore à se frayer un chemin dans son esprit embrumé. De vagues images, une impression de suffoquer, la peur de mourir...

Il faut que la lecture du rapport l'ait vraiment perturbée pour que son inconscient la tiraille à ce point. Elle ne comprend toujours pas pourquoi le colonel lui a donné ces feuillets. Enfin, elle imagine bien qu'il s'agit de faire le parallèle entre Mary Ann Armstrong, l'enfant démoniaque qui a causé la mort de tant de personnes, et Kaleb Helgusson. Elle a cependant le sentiment qu'il y a là un autre message que le colonel veut lui faire passer. Mais lequel ?

L'auteur du journal était à l'évidence tombé sous le charme de la jeune fille, s'aveuglant au point de ne pas comprendre quelle était sa vraie nature. Pourtant, même lorsque les premiers signes étaient apparus, et bien qu'il ait compris de quel bord Mary Ann était… il l'avait laissée filer. Clarke était un faible. Est-ce ainsi que le colonel la voyait ? La jeune assistante repousse rageusement les draps du lit et se lève prestement. Le carrelage sous ses pieds est glacé. Glacé comme sa peau dans le rêve, ou plutôt le cauchemar qui l'a plongée dans l'effroi. Il faut qu'elle se le remémore. C'est important. Elle ne saurait dire pourquoi, mais elle en a l'intime conviction.

Pas le temps de réfléchir. La sonnerie du téléphone vient de retentir dans la chambre. À trois heures du matin, il n'y a que Bergsson pour l'appeler. Une chance qu'elle soit déjà réveillée.

— Dans mon bureau, tout de suite.

— Mais il est trois heures…

— Et alors, vous ne dormiez pas !

— Comment le sa…

Il a déjà raccroché.

Elle a l'habitude d'être traitée ainsi et ne s'en offusque pas. Une Sentinelle ne doit pas avoir d'états d'âme. Un pantalon mou, un pull noir, des baskets et un élastique pour remonter ses cheveux en un chignon de fortune, tout en inspectant machinalement le plafond de sa chambre : qu'elle soit filmée ne la surprendrait pas. La jeune assistante imagine le colonel posté devant des moniteurs de surveillance... L'idée lui déplaît. Elle sort de la pièce et traverse la dizaine de couloirs qui la séparent de son supérieur. Il y a encore deux mois, elle dormait à quelques mètres des appartements du colonel, mais il l'a renvoyée dans l'aile nord, loin de lui et des autres soldats, sans explication. Elle a d'abord cru à une sanction, mais comme elle était d'une obéissance exemplaire, irréprochable, il ne pouvait s'agir de ça. Elle sait que certains militaires avaient commencé à jaser à propos de leur relation. Peut-être le colonel a-t-il voulu faire cesser les commérages et lui épargner les avances de ses collègues... Il peut se montrer très protecteur.

— Les cheveux, c'est n'importe quoi !

La jeune fille bredouille des excuses qu'il n'entend pas et refait son chignon avec plus d'application.

Elle n'aime pas la façon dont il la regarde, depuis quelque temps. Comme s'il se méfiait d'elle, comme si elle ne lui avait pas déjà maintes fois prouvé son implication. Bien sûr, avec Helgusson dans la nature, il a les nerfs à vif, elle peut le comprendre. Mais un mot gentil, un encouragement, ce n'est pas grand-chose et ça fait un bien fou. Complètement monomaniaque et obnubilé par sa traque des EDV, Bergsson oublie souvent à quel point il est difficile d'être sous ses ordres. Il ne se rend pas compte qu'elle a renoncé à tout pour le seconder. Oui, elle a fait une croix sur sa vie.

C'est de ça qu'il était question dans son rêve ! De sa vie, et surtout de sa mort. Kaleb Helgusson l'embrassait et elle se vidait subitement de sa force vitale. Un froid terrible l'emplissait de l'intérieur, l'envahissait. Elle tentait alors d'absorber toute la chaleur du monde, mais rien ne suffisait à la réchauffer. Elle gelait à en crever dans l'indifférence la plus totale, et le laboratoire devenait son caveau.

Oui, le sens de ce rêve est limpide. Elle doit s'endurcir, cesser de considérer Helgusson comme un être humain. Il s'agit d'un monstre et, si elle ne se rend vite pas à l'évidence, elle finira comme Clarke et mourra à cause de sa négligence.

Le colonel la regarde avec un petit sourire.

— Vous avez lu le journal, soldat ?

— Oui, colonel.

— Vous avez compris ?

Pour toute réponse, son assistante baisse la tête humblement, tel un gosse qu'on gronde.

— Parfait. Suivez-moi.

Elle sait où il la conduit. Mais est néanmoins surprise quand le colonel l'empêche d'accéder au poste d'observation.

— C'est vous qui allez mener la phase 2.

— Mais je ne sais pas…

— Alors apprenez.

Il est temps qu'elle cesse ses simagrées et embrasse pleinement sa fonction. Elle s'assied donc à côté du colonel et procède selon la méthodologie à laquelle elle assiste depuis des années. Pas une larme, pas un tremblement ne vient trahir ses doutes. Elle rejette toute compassion pour le sujet et reste sourde à ses supplications, ses hurlements.

Elle s'était sentie vide et froide pendant son rêve, elle tâchera de l'être aussi pour mener à bien sa mission. Étrangement, cet homme qui s'agite et crie son désespoir lui paraît incroyablement beau dans sa lutte pour survivre. Elle ne se connaissait pas cette cruauté : elle est en train de passer de l'autre côté, à coup sûr. Elle devient aussi dure que le colonel et cela la réjouit. Oui, elle sent une ivresse monter en elle, de plus en plus forte, et aller crescendo avec les cris du sujet. C'est fascinant d'avoir le pouvoir. De disposer du droit de vie ou de mort sur lui, un EDV. Il ne s'en doute pas, l'ingrat, mais il est si vivant ! Grisée, la jeune fille se lève, sûre d'elle, curieuse de tester son nouveau jouet, de voir jusqu'où elle peut le pousser sans le casser. Elle approche son visage du sien, comme l'aurait fait le colonel. L'homme ne bouge plus, incrédule. Il ferme les yeux. Fort, très fort, pour ne pas voir ce qu'elle s'apprête à lui faire. Tout son corps tendu à l'extrême, ses tendons menacent de rompre sous la pression qu'il exerce juste en se crispant.

La jeune fille sourit, du même sourire glacial que son supérieur, et dépose un baiser sur les lèvres de sa victime. Il ouvre les yeux. Cette fois plus de doute : sa dernière heure est venue, il vient de recevoir le baiser de la mort.

— Je veux vivre ! sanglote-t-il.

— Prouve-le, chuchote la fille.

Ce visage d'ange aux lèvres fraîches, le néant qui menace de l'engloutir... Les hommes ont de curieuses réactions quand ils sont confrontés à l'horreur. Ainsi, en temps de guerre, les gens continuent de faire l'amour, de façon frénétique parfois, comme pour défier la mort. Il ne saurait dire par quelle folie, mais il a un élan incontrôlable. Tant pis s'il doit payer le prix fort après ça. Il entrouvre les lèvres et lui rend son baiser.

Bergsson se lève, prêt à intervenir. Il n'avait pas prévu qu'elle aille aussi loin. Le sujet perd presque connaissance.

La jeune fille revient s'asseoir quelques minutes près du colonel et le regarde d'un air de dire : « Vous voyez, moi aussi je peux le faire. » Il se sent vieux et fatigué l'espace d'un instant et se laisse tomber sur son siège. Le test a été une sorte de révélateur. Elle sera bientôt très utile à SENTINEL...

Le sujet est mal en point, mais le colonel laisse carte blanche à son assistante jusqu'au bout.

Et quand le sujet finit par accepter le marché qu'elle lui a mis entre les mains, personne n'en est surpris.

— EDV n° 178. Phase 2 terminée.

Elle aime sa voix, dans le micro.

Bien qu'il n'en dise rien, Bergsson semble satisfait, presque fier d'elle. Peut-être a-t-elle regagné un peu de la confiance qu'il lui avait retirée ?

Quand le sujet est raccompagné dans sa cellule, le colonel se tourne vers sa collaboratrice.

— Où en est le test ?

— Tous les pions sont en place.

— Helgusson ne se doute de rien ?

— Non, j'ai donné un truc imparable à notre contact pour masquer ses émotions. Kaleb n'y aura vu que du feu.

— Parfait. Il l'a cru ?

— Évidemment, sourit la jeune fille.

# 7.

Il avait tout dévasté dans sa chambre. Les posters déchirés, la couette par terre, les lampes brisées en mille morceaux. Tiroirs arrachés, vêtements chiffonnés semés au gré de la colère. L'ordinateur, les livres, les papiers avaient été balayés d'un coup de bras pour venir se fracasser au sol. Il avait arraché les rideaux, les câbles électriques, mis des coups de poing dans les murs. Hurlé à s'en briser la voix.

Puis, la colère retombée, Kaleb s'était assis, nu, à même le matelas sans draps, jambes repliées contre son torse, bras autour des genoux. Il se balançait d'avant en arrière, d'un air absent, en se cognant le dos contre la tête de lit. Ensuite il avait stoppé sa danse de fou et attrapé une canette, posée sur la table de nuit. Il avait bu lentement, sans vraiment sentir le goût de la bière. Il ne bougeait plus, ne parlait plus, ne pensait rien. Juste de l'émotion brute. Qui vous étreint et vous étrangle. Les yeux dans le vide, ouverts sur le souvenir de ses méfaits. Ses yeux bleus brillaient intensément. Il avait eu honte. Il avait eu peur. Il avait tellement aimé ça !

Kaleb sent une vague de tristesse déferler dans son cœur. Les yeux brillent un peu plus, et finissent par se noyer et déborder. Une première larme coule sur sa joue, qu'il essuie du plat de la main comme on se met une claque. Mais un sanglot l'étouffe, d'autres larmes redoublent leurs assauts du visage aux plis amers. Il pleure comme les hommes le font. Poing sur la bouche, partagé entre la honte, la nécessité de ravaler sa peine, et la violence d'un sentiment qui s'exprime malgré tout. Il pousse un cri rauque et s'abandonne à ses regrets. Son corps entier est secoué de spasmes. Il pleure sur le mal qu'il a causé, il pleure sur lui-même et son existence misérable. Plus rien de ce qu'il vit n'a de sens. Il refuse ce destin qui s'impose à lui, maudit ce volcan islandais de malheur et vomit sa mère diabolique. Il ne veut pas devenir un monstre, refuse la transformation. Il a peur. Peur de ce qu'il verra s'il se regarde dans le miroir à l'instant présent, peur qu'on le pourchasse et lui fasse du mal.

Il n'a rien demandé à personne. Il n'a rien fait pour mériter ça. Il est juste un mec normal.

Il pose la tête sur ses genoux et la couvre de ses bras. Comme pour se cacher, se protéger. Oublier le mal qu'il a fait. Enzo, Tommy, Lucille, et maintenant les gens du bus... s'invitent au bal de sa souffrance, la rythment de leurs suppliques. Ces « Sentinelles » ont raison de vouloir empêcher les EDV de nuire : ils sont des aberrations de la nature.

Kaleb a peur. Peur de ce que ces gens lui feront s'ils l'attrapent. Peur aussi de ce qu'il est en train de devenir. Parce que, pour être honnête, il aime lâcher la bride à son don. Le sentir chasser la peur et le galvaniser. Dans ces instants de toute-puissance, il a le monde à portée de main. Il lui suffirait de se débarrasser de la culpabilité pour le cueillir et en jouir pleinement. La tentation est forte. Mais veut-il vraiment y céder ?

— *Ne le fais pas !*

Le retour du vieil homme noir terrifie Kaleb. Il tente de le chasser de son esprit, mais l'apparition est trop forte pour lui.

— *Laisse-moi tranquille ! Tu n'existes pas !*

— *Au fond de toi, tu sais bien que si...*

Le vieux dit juste. Kaleb devine que lui aussi est un enfant du volcan, et qu'il sait communiquer d'âme à âme. Et cet homme s'adresse à lui pour des raisons qu'il ignore.

— *Qu'est-ce que tu me veux ?*

— *Ce que tu ressens ne t'appartient pas, tu dois t'en libérer !*

— *T'as un autre scoop, le vieux ? Au cas où tu n'aurais pas pigé, je suis un empathe.*

— *Ne me parle pas comme ça.*

Une tête d'épingle dans le cerveau. Douleur localisée sur le lobe frontal, sensation qu'on lui fracasse le crâne avec un burin. Une seconde, deux peut-être. Une durée suffisante pour le faire hurler de douleur, mains plaquées sur son front comme pour étouffer la décharge. Pas plus de deux secondes. Le strict minimum pour retenir son attention, et le dissuader de lui manquer à nouveau de respect.

— *Poursuivons. Tu as peur depuis quelque temps, n'est-ce pas ?*

Kaleb ravale une réplique bien sentie. Évidemment qu'il a peur. Mais il se contente d'acquiescer docilement.

— *Concentre-toi sur ta peur et observe ce qui se passe.*

Le jeune homme obtempère. Ce n'est pas très compliqué. Il lui suffit de penser à SENTINEL, au mystérieux colonel Bergsson, à l'idée de se transformer en une sorte de démon. Il sent aussitôt son corps se raidir, ses mains devenir moites, son cœur s'affoler.

— *C'est bien, continue.*

Comme si le vieux servait d'amplificateur, les émotions déferlent avec une force inouïe. Kaleb sent l'angoisse l'étreindre puis le céder à la panique, la terreur. Il n'est pas en sécurité dans cette

chambre, dans cette ville, dans cette vie. Il va crever, c'est sûr. Il doit s'échapper, s'enfuir tout de
suite. Mais quelque chose l'en empêche. Un sentiment inconnu prend le pas sur la peur, très flou,
mais qui le cerne, comme un brouillard paralysant.
La brume s'immisce en lui, par tous les pores de
sa peau, le pénètre de part en part et lui inflige
mille tourments. Abattement, résignation, dépres-
sion... il est désormais apathique, incapable de lutter, à la merci du désespoir.

— *D'où viennent ces émotions ?*

— *Je... j'en sais rien.*

— *À qui sont-elles ?*

Drôle de question. Kaleb s'en moque bien. Plus
rien ne compte sauf la fuite dans ses rêves. Il n'est
pas de taille à lutter, autant mourir tout de suite.

— *Réfléchis !* hurle le vieillard.

Kaleb sanglote. Il n'en sait rien. Il sent la présence de son père dans l'appartement, mais Franck
Astier n'est pas dépressif. Il scanne, un par un, tous
les habitants de l'immeuble, mais aucun n'est dans
cet état d'esprit. La rue ? Non plus.

— *Elles sont à moi ?*

— *Non, Kaleb. Tu dois te poser deux questions.
Souviens-t'en !*

— *Je m'en souviendrai.*

— *D'où proviennent ces émotions si ce ne sont pas les
tiennes ? Et comment ne plus avoir peur ?*

— *Je ne comprends pas...*

— *Ça viendra.*

L'homme noir s'est évaporé.

— Kaleb, tu es là ?

Franck vient de rentrer chez lui. Il ne faut pas qu'il pénètre dans sa chambre et voie ce qu'il en a fait.

— Ouais, laisse-moi cinq minutes, j'arrive !

Le jeune homme ramasse à la hâte ce qu'il a jeté au sol. Enfile un jean, un T-shirt et apparaît dans le salon. Il esquisse un sourire qu'il espère convaincant. Mais il se sent si seul... Il a besoin d'être consolé mais ne peut se résoudre à manipuler l'esprit de son père. Seulement, il y a des choses qu'un père comprend naturellement. Et donner de l'affection à son gosse quand il en manque en fait partie. Franck regarde son fils et a un élan vers lui. Il s'approche de Kaleb, ébouriffe ses cheveux comme quand il avait dix ans et l'attrape par les épaules pour l'attirer à lui. Kaleb n'oppose aucune résistance. Il est même étonné d'en rigoler, comme autrefois.

— Ah ! C'est mon fiston, ça !

Franck le serre fort en lui frottant le crâne du poing et lui colle un gros smack sur la tête. C'est bon de se sentir aimé ! Kaleb rend pudiquement l'étreinte à son père, sans dire un mot. La peur a disparu. Comme par magie. Il vient de répondre lui-même à l'une des deux questions posées par le vieux Noir. Comment ne plus avoir peur ? En s'imprégnant d'amour véritable. L'empathe prend conscience que les sentiments les plus purs sont ceux qui viennent sans qu'on les force. Son père lui a offert une leçon précieuse.

Le jeune homme se sent aussi libéré de la désespérance qui l'habitait quelques minutes plus tôt. Partie avec la peur. Mais il ignore toujours d'où elle provenait...

# 8.

La confiance, ça se gagne. Encourager quelqu'un à vous prouver qu'il est fiable, c'est un jeu d'enfant. Pour cela, il suffit d'actionner les bons leviers. On peut afficher une certaine défiance. Souffler le chaud et le froid. Le colonel ne doute pas que la jeune fille soit un bon élément, tout acquis à la Cause. Elle lui est attachée, aussi. Ce qui peut s'avérer fort utile. Ou le desservir s'il la déçoit. Elle attend de lui qu'il soit un guide, un modèle. Elle veut faire ses preuves, commencer à voler de ses propres ailes sans qu'on l'assimile systématiquement à son supérieur. Légitime. Il la poussera vers cette voie. Sa mission est aussi de former de nouveaux éléments.

Encore naïve, son assistante ne saisit pas l'étendue du problème que représentent les EDV. Elle n'a jamais entendu parler de la Prophétie. Peu de Sentinelles la connaissent. Cela est réservé aux membres de haut grade. Les seuls à être parfaitement dignes de confiance. Les seuls à avoir donné la preuve ultime de leur engagement. Le colonel Bergsson vit d'ailleurs dans la crainte que cette Prophétie ne se réalise sans lui. Il veut en être. Y assister et y participer, peut-être. Il est convaincu que ce sera sa dernière mission, son apothéose. Après ça, il pourra mourir et passer le flambeau, bien qu'il n'ait pas encore choisi son successeur.

Non, il ne dira rien de la Prophétie à la jeune fille : elle n'est pas encore prête. D'abord, elle devra comprendre les enjeux de la bataille contre les EDV. Pour cela, il faut avant tout parfaire sa formation. L'aguerrir aux sessions de Conversion est une première étape. Lui faire lire l'histoire de l'EDV le plus puissant que la terre ait jamais porté avant Kaleb en est une autre. Il lui donnera les pages au compte-gouttes. Sans rien lui cacher, mais sans rien lui révéler trop prématurément.

Une fois sa routine matinale accomplie, le colonel consulte ses mails.

Parmi les expéditeurs, un de ses contacts de l'ambassade de France en Islande. Kaleb a demandé l'acte de naissance de sa mère et va recevoir une réponse bien différente de celle qu'il espérait... Le colonel a un rire mauvais : au moins le message sera clair ! S'il a consenti à ne pas éliminer Helgusson pour l'instant, au moins a-t-il un peu de latitude pour s'amuser avec lui.

Bergsson ferme sa boîte mail, éteint son ordinateur et prend les documents reliés. Il claque la porte, attend le bip de verrouillage et rejoint son assistante d'un pas décidé.

— Kaleb ! Téléphone !

Pas de cauchemar ni d'insomnie coupable. Ça faisait longtemps qu'il n'avait pas aussi bien dormi. Il se sent en forme. Il ouvre un œil et cherche son réveil, puis se souvient qu'il l'a balancé sous le lit, la veille. À en juger par la lumière du jour qui baigne sa chambre, le vol plané a dû le déglinguer. Sa musique bien connue ne s'est pas déclenchée à sept heures. Kaleb se lève prestement, cherche la boîte à musique, vérifie qu'il ne l'a pas cassée et pousse un soupir de soulagement en constatant qu'elle est intacte.

Son père le voit débouler en trombe dans le salon.

— Tu pourrais au moins mettre un slip…

Son fils lui adresse un sourire navré qui le désarme. Franck hausse les épaules. Après tout, ils sont entre hommes. Sonnerie de téléphone.

— Ouais, allô ?

— Salut, man ! Ça fait une paye ! Je me demandais comment tu allais ?

— Robin… Impec !

— Ah, cool ! T'es sûr ? Tu ne peux peut-être pas trop parler avec ton père à côté… tu veux passer ?

— Non, tout baigne, vraiment.

— La folle te fout la paix ?

— Lucille n'est pas f...

Kaleb est interrompu par un bip qui lui vrille le tympan. Il vient de recevoir un SMS. Quand on parle du loup... Le nom de Lucille s'affiche.

— Elle n'est pas folle.

— Mais tu as compris tout de suite de qui je parlais... Non, sérieux, man, moi elle m'a foutu les jetons l'autre j...

Deuxième SMS. Toujours de la même expéditrice. Désagréable, ces sonneries aiguës. Kaleb s'apprête à répondre à Robin, quand quatre autres messages le coupent dans son élan.

— Je tombe mal, man ?

— Euh... ouais, je crois. Je peux passer te voir plus tard ?

— Ma porte t'est toujours ouverte.

— Merci.

Six SMS à la suite, ça fait beaucoup. Trop. Kaleb les ouvre un par un :

On ne peut pas en rester là. Je suis capable du pire
si tu ne reviens pas.
On ne peut pas en rester là. Je suis capable du pire
si tu ne reviens pas.
On ne peut pas en rester là. Je suis capable du pire
si tu ne reviens pas.

On ne peut pas en rester là. Je suis capable du pire
si tu ne reviens pas.
On ne peut pas en rester là. Je suis capable du pire
si tu ne reviens pas.
On ne peut pas en rester là. Je suis capable du pire
si tu ne reviens pas.

Flippant. En effet, son comportement est bien celui d'une folle. Mais il ne tombera pas dans le panneau. La braquer ne ferait qu'aggraver les choses et il ne veut ni la faire souffrir ni subir de représailles. Kaleb inspire un grand coup, et répond le plus gentiment possible.

Lucille. Nous devons discuter. Rencontrons-nous
si tu veux bien.

Sans attendre sa réponse, Kaleb saisit un courrier qui lui est adressé, et que son père a laissé en évidence sur la table. L'enveloppe porte un cachet officiel. Son cœur fait un bond. L'employée du ministère qui avait enregistré sa demande lui avait parlé d'un délai de quelques jours à peine pour recevoir une copie d'acte de naissance, mais il ne pensait pas que ce serait aussi rapide. Il la décachette fébrilement. Franck, qui a compris de quoi il s'agissait, s'assied en face de son fils et attend. Lui aussi est curieux de comprendre comment tout ça a commencé et pourquoi il a dû fuir la France.

Connaître le nom des parents de Helga lui per-
mettrait de procéder à des investigations. De
s'assurer qu'il n'est pas recherché pour enlèvement
d'enfant. Peut-être cela le rassurera-t-il ?

Son fils contemple la feuille avec une expression qu'il ne parvient pas à déchiffrer. L'attente est
insupportable.

Il se passe peut-être dix minutes, d'un silence
ininterrompu. Puis Kaleb se lève, le papier à la
main. Il fixe son père d'un air étrangement calme.
Jette un dernier coup d'œil au document et le
froisse consciencieusement, sans hâte. Il en fait une
boule aux plis serrés, la garde un instant dans sa
main, comme s'il soupesait son histoire, son passé,
et la lance à son père avant de quitter l'appartement sans dire un mot.

Franck reste un instant interdit. Ne sachant que
faire de l'objet. Pourquoi Kaleb a-t-il fait ça ?
Puisqu'il lui a abandonné le document, Franck se
sent autorisé à le consulter. Alors il le déplie, lentement, en fermant les yeux, comme si sa vie et
celle de son fils en dépendaient et allaient forcément être bouleversées par les révélations qu'il
contient. Toujours en aveugle, il pose la feuille à
plat sur la table et la lisse de la main. Lorsque la
surface lui semble suffisamment plane, il entrouvre
les paupières, comme pour s'habituer à la force de
la révélation à venir. Et, à l'instar de son fils, ce
qu'il découvre le laisse sans voix.

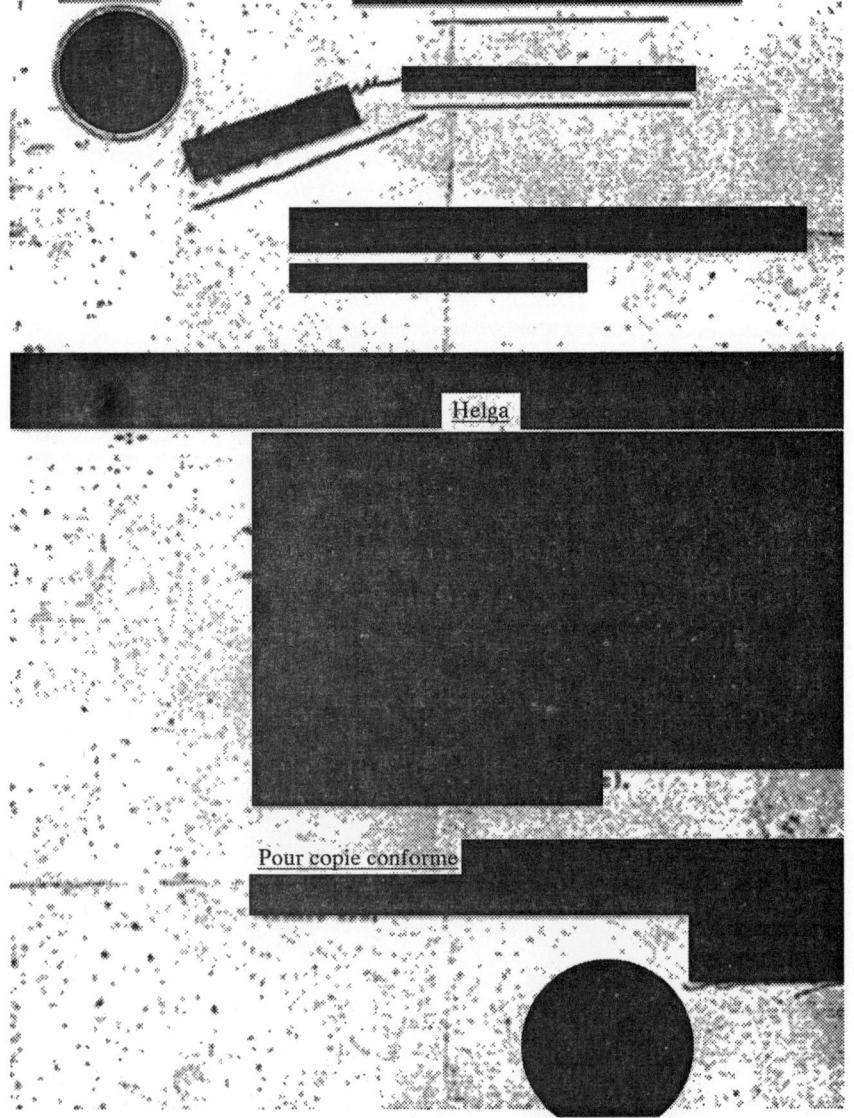

Helga

Pour copie conforme

## 9.

La jeune fille a trois choses à faire d'ici la fin de la journée. Elle s'acquittera de ses tâches par ordre de priorité. Ordre exactement inverse à l'importance qu'elle leur accorde. Mais son avis ne compte pas.

Une heure auparavant, le colonel a fait irruption dans son bureau et lui a lancé un nouveau paquet de feuilles reliées. Elle a même failli le prendre en pleine figure, ce qui a fait rire son supérieur. Elle a immédiatement compris qu'il s'agissait encore de documents confidentiels supposés combler ses lacunes et la convaincre du bien-fondé de leurs actions. Elle est à la fois flattée d'avoir accès aux témoignages de ses prédécesseurs, et vexée que le colonel la juge instable. Elle s'efforce pourtant de le convaincre de sa loyauté, mais ce n'est jamais suffisant. Que devrait-elle faire pour qu'il cesse de douter d'elle ? Elle a jeté un coup d'œil au document. Bien sûr, elle le lira. Mais elle devait d'abord passer un appel.

— Allô ?

— Vous en êtes où ?

Elle n'a pas pris la peine de se présenter. Son contact connaît sa voix.

— Difficile à dire… J'ai l'impression qu'il est moins influençable que nous ne le pensions.

— Nous ?

— Pardon. Vous…

— Il vous a démasqué ?

— Non. Je brouille les pistes en évoquant des souvenirs d'enfance, comme vous me l'avez appris, mais il n'est pas con et je me demande si…

— Accouchez, putain !

— J'ai peur d'avoir fait une connerie. J'ai paniqué. Je lui ai bien envoyé le premier SMS comme vous me l'aviez demandé… et j'ai tout fait pour lui foutre la trouille, le mettre sur la défensive vis-à-vis de la fille… mais j'ai eu peur qu'il comprenne que je joue double jeu… que les joints ne suffisent pas à m'embrouiller suffisamment les neurones… alors je lui ai envoyé un SMS pendant que je lui téléphonais, ce matin… six fois le même, en faisant croire que c'était la fille. Je me dis que c'était sûrement une erreur.

— Vous lui avez écrit quoi ?

— De ne pas la quitter, qu'elle était capable du pire sinon.

La jeune fille souffle, soulagée que ce ne soit pas aussi grave que Moreau le prétend. Si le test échoue, la sanction sera sans appel. Pour elle comme pour l'empathe.

— OK. Ça va. Mais vous prenez encore une initiative et notre marché s'arrête là. Compris ?

— D'accord, répond-il, penaud. Mais dites-moi… Vous avez l'air de dire qu'il est dangereux… Cette pauvre fille ne risque pas d'être en mauvaise posture ?

— Ça ne vous concerne pas.

— Non, bien sûr… mais quand même…

Elle a raccroché. Sitôt sa mission terminée, il faudra s'occuper de ce raté. La jeune fille n'aime pas les drogués. On ne peut pas leur faire confiance. Mais ils sont des taupes dociles pour qui sait brandir la bonne carotte. Encore une chose qu'elle a apprise de Bergsson. Elle tape un rapport rapide de sa conversation téléphonique et l'envoie au colonel. Tâche numéro un accomplie.

*Mémoires de David Armstrong,*
*synthèse élaborée le 13 mai 1687,*
*par Mme Brunnosdottir*

La deuxième tâche qu'elle devait accomplir était donc de lire une autre version de l'histoire des jumeaux Armstrong. Celle du garçon qui avait vu le pouvoir de Mary Ann se développer et qui, telle Cassandre, avait tenté de mettre en garde les autorités de SENTINEL, sans y parvenir.

*NDLR : Retranscription faite par écriture automatique.*

La jeune fille est surprise par cette précision : qu'entendait cette Mme Brunnosdottir par « écriture automatique » ? Les mémoires de David avaient été retranscrits alors qu'il devait avoir soixante-quinze ans. Longévité des plus exceptionnelles à cette époque. Il y a là un mystère sur lequel elle devra se pencher.

*Je suis né en 1612, à Londres. Je n'ai jamais connu mon véritable père, homme égoïste entièrement occupé de ses bonnes fortunes. Il n'y a d'ailleurs pas grand-chose à en dire, si ce n'est qu'aucune femme ne s'était jamais montrée cruelle envers lui. Aucun mérite cependant n'entrait dans ses succès auprès du beau sexe, les empathes étant toujours des séducteurs irrésistibles.*

*Pour revenir à moi, il est vrai que, jusqu'à l'âge de treize ans du moins, j'étais très éloigné d'imaginer jusqu'à l'existence de tels dons. Je menais alors une existence calme et paisible entre une mère qui avait pu convoler avant que son ventre ne s'arrondisse trop et un père adoptif qui nous témoignait toujours l'amour le plus sincère.*

J'étais donc un petit garçon sans histoire, élevé entre une mère douce et belle et un père bienveillant et courageux. Et il y avait, bien sûr, l'astre autour duquel se réglait alors toute mon existence : ma sœur Mary Ann, ma jumelle, tendrement et passionnément aimée, celle que je tenais pour la lumière de ma vie.

Elle nous gouvernait tous, exerçant sur nos parents et sur moi-même une autorité tyrannique contre laquelle toute tentative de résistance était vaine et toute idée de rébellion absolument chimérique. Charmante, enjouée, vive, joyeuse quand elle le voulait, elle pouvait d'un mot faire le désespoir du foyer, puis, d'un seul de ses sourires, la félicité de toute notre famille.

Capricieuse et têtue lorsque telle était sa fantaisie, sa hardiesse ne lui épargna cependant pas quelques déconvenues. À l'âge de huit ans elle déroba les dentelles les plus précieuses de notre mère et s'en para pour sortir dans la rue, dans l'unique dessein de se faire admirer des passants, habillée et fardée comme une dame. La correction qui s'ensuivit fut pour ma sœur l'objet de ressentiments qui prirent par la suite des proportions telles qu'elles m'obligèrent à reconsidérer, pour la première fois, les sentiments que j'éprouvais envers elle.

Mais c'est lorsqu'elle atteignit l'âge de dix ans que mes yeux se dessillèrent véritablement. À l'âge de dix ans, donc, Mary Ann subtilisa adroitement un cigare parmi ceux que notre père fumait habituellement après le dîner, et se mua séance tenante en amateur de ces havanes si parfumés dont l'odeur tenace imprégnait les habits de Père. Prise sur le fait par ce dernier, elle fut contrainte par lui à fumer jusqu'au bout son larcin en guise de punition, et ce, malgré le dégoût manifeste que les premières bouffées lui causèrent.

Prise de violentes nausées, Mary Ann fut malade toute la soirée et une grande partie de la nuit. Jusqu'à ce que, n'y tenant plus, je pratique sur elle le geste d'imposition des mains à la manière de Mère. À ma grande stupéfaction, le contact de mes paumes sur le front de ma sœur opéra une guérison complète en quelques minutes à peine, et je sus alors que j'avais hérité du don de notre mère, dont j'avais simplement reproduit les gestes que je lui avais vu faire tant de fois avec la plus grande fidélité possible.

Dans tout le quartier, Mère était réputée pour ses dons : migraines, rhumatismes, ulcères, et jusqu'à la stérilité. Quiconque avait recours à elle se trouvait guéri de ses maux. Ce qui nous rendait, nous ses enfants, très fiers d'elle et admiratifs. La guérison en quelque sorte miraculeuse de ma sœur ne suscita d'abord chez elle qu'un regard plein d'envie, regard auquel, dans un premier temps du moins, je ne prêtai nulle attention, tout à la joie de ma découverte : j'étais, moi aussi, capable de soulager les souffrances de mon prochain.

Nous n'avons pas compris immédiatement que Mary Ann, elle aussi, avait un don. Comment l'aurions-nous pu ? Il était d'une nature identique au don que je tenais de notre mère, à cette différence près, essentielle, que chez ma sœur chérie il se limitait à la détection de la maladie : il n'allait pas jusqu'à guérir, bien au contraire. Ainsi, en dépit des nombreuses tentatives de ma mère pour perfectionner Mary Ann dans les techniques d'imposition des mains, cette dernière, lorsqu'elle mettait ce don en pratique, ne parvenait qu'à aggraver les souffrances des malades.

Voilà pourquoi, sans doute, je mis longtemps à saisir la véritable portée des colères de ma sœur. C'est lorsque Mary Ann atteignit l'âge de onze ans que je compris... et que je me tus. Père avait refusé de lui offrir une poupée de porcelaine qui excitait sa convoitise, objet somptueux que ma sœur avait eu maintes fois l'occasion d'admirer dans la vitrine du magasin de Mme Wright, mais trop onéreux pour la bourse paternelle. Rien cependant ne put faire renoncer Mary Ann à la volonté de posséder ce jouet.

Et, un jour que nous nous trouvions dans la boutique, ma sœur s'emporta si vivement que Père dut lui administrer une correction en public : jamais elle ne lui pardonna cette humiliation. Père fut très rapidement gagné par une fièvre à l'origine inexplicable, fièvre que notre mère ne parvint à soulager qu'au bout de trois jours. Trois jours passés entre la vie et la mort, dans un délire continuel et sans reconnaître aucun de ses proches. Alors que Mère et moi nous relayions à son chevet pour lui insuffler un peu de notre énergie vitale, Mary Ann semblait se désintéresser de la question et ne pas saisir la gravité de l'état de santé de Père.

Lorsque le médecin appelé à son chevet se résolut enfin à nous dire que l'état de son patient lui inspirait les plus vives inquiétudes, je fus le seul à surprendre le sourire mauvais et pervers qui, l'espace d'un instant, défigura le beau visage de ma sœur, d'ordinaire d'un air de bonté angélique. Je compris alors avec effroi que Mary Ann était à l'origine de cette maladie aussi soudaine que grave. Et pour une histoire de colifichet, pour une poupée refusée, pour un caprice que Père n'avait pas voulu satisfaire.

En dépit de mes reproches Mary Ann n'afficha aucun regret, me suppliant juste d'observer sur tout cela un secret absolu, en particulier vis-à-vis de notre mère. Je promis, et ce fut là ma première erreur. Si les soins attentifs du médecin et de sa famille permirent à Père d'avoir la vie sauve, il n'était cependant plus que l'ombre de lui-même. Ses pertes de conscience, ses trous de mémoire, son aphasie épuisaient l'énergie de Mère, qui luttait contre l'évidence : Père ne serait plus jamais en pleine possession de toutes ses facultés.

Voilà pourquoi sans doute ma sœur l'évitait, par l'effet d'un sentiment de culpabilité qu'elle était cependant beaucoup trop orgueilleuse pour admettre. Huit mois après avoir contracté cette maladie étrange, Père mourut subitement, mettant Mary Ann au désespoir : pour la première fois je vis ma sœur pleurer. Pour tenter de la consoler, Mère lui offrit la poupée tant convoitée. Ce fut là sa première erreur.

Fin de la première partie. La jeune assistante n'a pas vu le temps passer et aurait volontiers poursuivi la lecture. Mais elle préfère le faire dans le calme de sa chambre, quand la nuit sera tombée. Elle connaît la suite, le destin funeste de la jumelle

Armstrong, et les centaines de morts qu'elle a occasionnées. Mais l'occurrence du don opposé chez son frère l'intrigue. En outre, si le colonel lui a donné ce rapport, c'est sûrement parce qu'il révèle une information capitale. Oui, le colonel veut sûrement éprouver sa capacité de déduction. Il la teste beaucoup, ces derniers temps, comme si tout s'était accéléré depuis la révélation du don de Kaleb Helgusson. Elle ignore quel rôle elle devra jouer dans la traque de l'empathe, mais elle a l'intime conviction que cela affectera le reste de sa vie.

Elle pousse un long soupir, s'étire doucement et se dirige vers la porte de son bureau pour la refermer : elle ne souhaite pas être dérangée. Un coup d'œil réflexe au plafond de la pièce pour vérifier si on la surveille, et elle s'attelle à la troisième tâche qu'elle doit accomplir. Tâche de la plus haute importance à ses yeux.

# 10.

En passant devant la porte, Kaleb ressent comme un malaise. Il marque l'arrêt face à l'appartement de Robin, pour renifler les émotions diffuses qu'il perçoit, de loin. Son ami est toujours trop stone pour qu'il puisse se faire une idée précise de ce qui agite ses pensées. Il hésite un instant à frapper, mais il n'est pas en état de faire la conversation. En vérité, Kaleb se sent complètement vide. Découragé. Il avait placé tellement d'espoirs dans ce courrier ! L'acte de naissance de sa mère devait lui fournir un début d'indice à partir duquel il aurait pu remonter la piste jusqu'à sa famille. Désormais tout est fichu. Il n'a aucun moyen de retrouver la trace de Helga. Encore moins de comprendre d'où lui vient son don ou d'apprendre à le maîtriser. Il est désemparé et, au-delà de ça, mort de peur. Qui peut être assez puissant pour parvenir à censurer un document officiel ?

En touchant le papier, Kaleb a réussi à percevoir les intentions de son expéditeur. Le message qu'il a voulu faire passer est le suivant : « Nous savons où tu es, mais toi tu ne sauras rien sans que nous l'ayons voulu. » Dans sa surprise, Kaleb ne s'est pas rendu compte qu'il vient d'atteindre le deuxième niveau de son don. Il lui est désormais possible de ressentir les émotions liées à un lieu ou un objet.

Même si l'idée lui déplaît, il faut qu'il retourne au plus vite sur le forum EDV. Il se connectera d'un nouveau cybercafé, histoire de brouiller un peu les pistes, lui aussi. Il sort de l'immeuble et traverse Paris sans se laisser toucher une seule fois par une émotion.

Survivor : Salut. Pas envie de parler aujourd'hui, dsl. Fais gaffe à toi.
Kaleb : No problem. Take care.

À l'évidence, Aaron est dans un mauvais jour. Ça ne sert à rien d'insister.

Vulcan : Salut. Tu as reçu mes messages ?

Kaleb se remémore les mises en garde d'Aaron. Vulcan ne lui a donné aucune raison de douter de son honnêteté... ni aucune de lui faire confiance.

**Peu importe de quel bord il est, Kaleb cherche des réponses à ses questions.**

Kaleb : Oui. Je ne pensais plus avoir de tes nouvelles.

Vulcan : Les mecs de SENTINEL rôdaient autour de ma planque. J'ai dû m'enfuir en laissant toutes mes affaires.

Kaleb : Qui me dit que tu ne fais pas partie de SENTINEL ?

Vulcan : Tu ne devrais pas croire tout ce que dit Aaron.

Kaleb : Comment sais-tu que nous avons tchaté ?

Vulcan : Aaron hante le forum depuis des mois et raconte son histoire à qui veut bien l'entendre : c'est un mytho doublé d'un parano. Tu l'as compris, j'espère ?

Kaleb : Son discours était clair et plutôt amical.

Vulcan : Pourtant, dans quelques jours, tu deviendras son pire ennemi sans comprendre pourquoi et il montera tous les autres contre toi. C'est sa méthode.

Kaleb : Il m'a paru sincère.

Vulcan : Comme tous les grands malades, il croit à ce qu'il raconte, c'est ce qui le rend si crédible. Reste sur tes gardes quand même. Tu ne dois faire confiance à personne.

Kaleb : Même pas à toi ?

Vulcan : Moi c'est différent. Mais tant pis si tu te méfies, je préfère ça plutôt qu'une confiance mal placée. Tu es vraiment en danger, avec ton don. Tu as progressé ?

Kaleb : Non.

Vulcan : Tu es sûr ?

Kaleb : Tu as l'air déçu mais c'est la vérité : je n'ai rien ressenti depuis deux jours. J'ai même l'impression d'avoir régressé.

Vulcan recule dans son siège. Les cas de régression existent, mais demeurent rares. En outre, Kaleb a évolué beaucoup trop vite pour que tout s'arrête comme ça. Ce qui signifie qu'il lui ment, donc qu'il n'a vraiment pas confiance. Comment faire pour rassurer Kaleb ?

Vulcan : Je l'espère pour toi, sinon...
Kaleb : Sinon quoi ?
Vulcan : Sinon les Sentinelles te pourchasseront et tu ne seras en sécurité nulle part. Je t'ai parlé du colonel Bergsson dans un mail. J'ai entendu dire que le rythme des exfiltrations s'accélérait, partout dans le monde, comme s'il voulait éliminer tous les EDV. Je te devine puissant, Kaleb, si jamais ton don s'exprimait à nouveau tu devrais immédiatement me le dire.
Kaleb : Pourquoi ?
Vulcan : Parce que ce type est un fanatique. Et que si tu es aussi fort que je le crois, tu seras le clou du spectacle. Son plus beau trophée de chasse ! D'après ce que je comprends du colonel, il veut se mesurer aux EDV les plus puissants pour se vanter de les avoir détruits. Et quand je parle de destruction, il s'agit de torture et de mort lente.
Kaleb : Mais qu'est-ce que tu pourrais y changer, toi ?
Vulcan : Il y a une communauté d'EDV qui se sont regroupés pour unir leurs forces et résister, quelque part en Europe. Je sais où.

Kaleb : Et pourquoi tu n'es pas avec eux ?

Vulcan : Je compte les rejoindre en fin de semaine. Je dois prendre des précautions pour y aller. Je ne veux pas conduire le colonel jusqu'à leur refuge. J'espère que j'aurai le temps : je sais qu'ils m'ont repéré. Écoute, je ne comprends pas que tu sois aussi méfiant après les mails que je t'ai envoyés. J'ai pris des risques en le faisant.

Kaleb : Je suis méfiant parce que tu te caches. Je ne sais rien de toi. Ni ton nom, ni ton don.

Vulcan : C'est mieux pour toi. C'est pour te protéger.

Kaleb : Je suis un grand garçon. I can handle that. Quel est ton don, Vulcan ?

Que faire ? Kaleb a besoin de garanties, c'est normal. Pourtant la vérité n'est pas évidente à avouer et entraînera encore plus de questions. Et Vulcan n'a pas de temps à perdre. Voilà pour la raison officielle. La raison officieuse étant qu'en parler est douloureux, difficile. Un peu comme un handicap, une tare honteuse.

De longues minutes passent, doigts au-dessus du clavier qui tapent dix fois la réponse dans l'air, hésitation, tergiversations. Et puis, très vite, comme pour ne pas avoir le temps de réfléchir, d'effacer les mots.

Vulcan : Je n'en sais rien.

Kaleb : Comment ça ? Tu n'es pas un enfant du volcan ?

Vulcan : Si. Mais... On a inhibé mon don à la naissance.

Kaleb : C'est possible ça ? Comment ? Par qui ?

Vulcan : Oui, c'est possible. Je ne sais pas trop comment.
Kaleb : Mais c'est super, ça ! Tu as de la chance ! Tu es libre !

Mais Vulcan n'est déjà plus sur le forum. Kaleb peste, sans savoir quoi penser de la révélation de son interlocuteur. Il avait tout imaginé sauf cette réponse stupéfiante qui le laisse avec encore plus de questions. S'il est possible d'inhiber son don, le voudra-t-il ? Renoncer à sa différence, au sentiment de puissance auquel il a déjà trop goûté... contre l'assurance de ne plus être la cible de dingues qui veulent sa peau ? Le choix se révèle pas si simple. En outre, il se demande qui a pu ôter son don à Vulcan et si la manœuvre est irréversible. Avant d'en arriver à ces extrémités, Kaleb veut envisager d'autres solutions. Et justement, il a songé à une alternative qui séduira peut-être son père, dont il n'a plus du tout envie de se séparer désormais. Le jeune homme quitte le cybercafé et rejoint son immeuble, le cœur battant. Pourvu que Franck soit d'accord...

Vulcan n'en revient pas d'avoir réussi à l'écrire. Huit mots. Des mots anodins, et pourtant des mots de douleur et de solitude.

On a inhibé mon don à la naissance.

C'était comme parler de l'amputation d'une malformation : complètement tabou. La dépossession de son don ne lui donne pas l'illusion d'un sentiment de chance ou de liberté, comme le croit Kaleb. Au contraire, c'est une souffrance de chaque instant. Le sentiment de porter les stigmates du Mal, sans jamais avoir cherché à le faire. La peur d'être maléfique, malgré soi, malgré tout, malgré les injections de l'enfance si douloureuses, malgré les médicaments qui leur ont succédé et ont entamé sa joie de vivre.

Vulcan se déconnecte, les larmes aux yeux. Communiquer avec l'empathe n'était peut-être pas une bonne idée. Kaleb a réussi à lui faire dire la triste vérité, un aveu de faiblesse. Il risque d'y avoir des conséquences dramatiques. Qui sait combien de personnes devront les subir ? Pourtant, trop tard pour le regretter : la machine est en marche et Kaleb sera du voyage.

Allez, du nerf ! Vulcan ferme une à une les applications de son ordinateur et se fait violence pour chasser ses idées noires. C'est fou le temps que peut mettre cette foutue machine à s'éteindre. Respirer un grand coup, lever les yeux au ciel pour ravaler les sanglots, se forcer à sourire... ça ne sert à rien de s'apitoyer sur son sort quand celui d'autres enfants du volcan est encore moins enviable. Combien de jeunes tombés entre les mains de SENTINEL depuis le début de l'année ?

Combien de vies bousillées à jamais dans leur laboratoire sans âme ? Tout ça lui donne le vertige.

Vulcan secoue la tête vigoureusement et se racle la gorge plusieurs fois pour s'éclaircir la voix. Au même moment, le bip d'ouverture de la porte sonne mais elle ne l'entend pas.

Le colonel entre sans autre forme de politesse dans le bureau de son assistante en faisant claquer le battant contre le mur, comme à son habitude.

Elle sursaute violemment. Son cœur a bien dû manquer trois battements.

Aux côtés de Bergsson un homme qu'elle voit à peine, dans sa confusion. Aussitôt, elle jette un coup d'œil nerveux à son écran : il est bien éteint.

Elle tente de respirer normalement, mais elle a vraiment eu peur. Alors elle ne réfléchit pas à ce qu'elle dit :

— Papa ! Tu pourrais frapper !

# QUATRIÈME PARTIE

# 1.

La jeune fille comprend tout de suite son erreur. Le colonel blêmit, ses traits se figent. Elle est transpercée de son regard glacial et sent ses jambes se dérober sous elle.

— Comment vous m'avez appelé, soldat ? !

Le ton est cassant, tout le corps du colonel tendu de rage.

— J... je... Pardon... co... colonel. Je... j'ai été surprise.

— QU'EST-CE QUE VOUS VOULEZ QUE ÇA ME FASSE ? ! hurle-t-il.

— Je...

— Taisez-vous, soldat !

Il est hors de lui. Elle se sent de plus en plus mal à l'aise. Elle voudrait pouvoir s'enfuir, se cacher, mais elle est tétanisée, telle la souris qu'un serpent s'apprête à dévorer. Elle ne parvient même pas à baisser les yeux : la colère de Bergsson l'hypnotise. Il n'a pas bougé d'un pouce. Seul son regard et le ton sur lequel il lui a parlé trahissent son état, et pourtant des dizaines d'invectives silencieuses font leur chemin jusqu'à l'esprit en panique de la jeune fille. Si elle ne part pas immédiatement, elle risque le court-circuit.

— Dégagez, maintenant, allez m'attendre devant mon bureau !

L'ordre agit sur elle comme un électrochoc. Elle ne se le fait pas dire deux fois et se dirige vers la sortie, en évitant de croiser à nouveau le regard de son père. Ce n'est qu'une fois arrivée au niveau de la porte qu'elle semble reconnaître l'autre homme. Elle tourne alors la tête vers le colonel, les larmes aux yeux. Elle vient de commettre une terrible faute professionnelle et de le décevoir, de l'humilier devant la personne la plus redoutée de SENTINEL. Il ne le lui pardonnera jamais.

Elle lui adresse un dernier regard suppliant et navré, mais le colonel ne lui rend rien en retour, continuant de la mépriser en silence. Honteuse et désespérée, elle en oublie presque la peur qu'il ne découvre le pot aux roses. Pourtant, s'il apprenait ce qu'elle a écrit à Kaleb, il n'hésiterait pas à la punir sévèrement, peut-être même à lui réserver le même sort qu'aux autres EDV. Elle ignore comment se racheter à ses yeux, mais une chose est sûre, elle va devoir arrêter de flirter avec le danger comme elle vient de le faire...

— Je pensais que vous saviez mieux vous faire respecter que ça, Bergsson !

Le colonel ne supporte pas ce type. Petit, chétif. Il suffirait qu'il lui colle une baffe pour lui faire voir trente-six chandelles. Tout, chez lui, lui inspire mépris et défiance. Martin Powel a la quarantaine, un visage banal qu'on oublie aussitôt après l'avoir quitté, des petites lunettes ovales à monture métallique et des lèvres fines qu'il étire de temps à autre en un sourire hypocrite. Le genre d'homme fourbe et obséquieux qui devient infect dès qu'il a un semblant de pouvoir. Et Martin Powel a énormément de pouvoir. Plus que Karl Bergsson. Il jouit pleinement de son statut et ne se prive pas de rabaisser ses hommes lorsqu'ils prennent trop leurs aises à son goût. Le colonel le fascine. Cette espèce de force brute au service d'une haine farouche... le tout servi par une volonté et une ténacité monstrueuses. Il lui fait peur aussi. Powel a conscience que Bergsson pourrait l'aplatir comme une crêpe, d'autant qu'il le déteste. Dans la nature, en d'autres temps, celui qui aurait pu en imposer à l'autre, voire le tuer, c'était le colonel. Mais la réalité est tout autre. Powel est le numéro deux de SENTINEL. Celui qui commande au militaire, pas l'inverse. Il s'en amuse beaucoup, d'ailleurs. Bien qu'il n'ait jamais eu à se battre pour obtenir quoi que ce soit, il a un esprit revanchard. Une vraie petite teigne avec encore moins de cœur que Bergsson...

Le colonel ravale sa colère, trop conscient du plaisir qu'il procurerait à ce mange-merde en perdant la face.

— Elle est fragile en ce moment. Mais croyez bien que son écart de conduite sera sanctionné.

— J'y compte, mon ami, j'y compte.

Le colonel se retient de justesse de lui dire sa façon de penser. *Je ne suis pas ton ami, connard.*

Powel marque un temps d'arrêt, comme s'il avait entendu la réplique du colonel, sourit, et poursuit :

— Elle est prête ?

— Non, mais on n'a pas le choix. Le temps presse.

— Vous êtes sûr de vous, Karl ?

— ... Oui.

Le colonel a hésité. Ce que Powel ne manque pas de remarquer. Mais c'est le cadet de ses soucis.

— Toute guerre a son lot de martyrs. Vous avez diminué ses doses ? demande-t-il froidement.

— Oui, le sevrage est presque terminé.

— Des effets notables ?

— Insomnies, cauchemars...

— Je me moque de ses états d'âme. Parlez-moi de son don, Bergsson.

Bien qu'il s'applique à ne rien montrer de son trouble, tout cela est terriblement douloureux pour le colonel. L'idée d'envoyer la jeune fille sur le front lui brise le cœur. Mais, bien sûr, il préférerait mourir cent fois plutôt que s'avouer un tel sentimentalisme. Il se ressaisit donc.

— Elle ne le sait pas pour le moment, mais son don commence à se manifester. Elle est encore à un âge où l'expression du gène se fait facilement. L'autre jour, en salle de Conversion, j'ai d'ailleurs cru qu'il allait se révéler. Heureusement, ce n'étaient que les prémices. Grâce aux placebos, elle est persuadée que nous l'inhibons toujours, c'est pourquoi elle ne s'est rendu compte de rien. Pourtant, elle aurait pu tuer le sujet, je l'ai compris tout de suite… J'ai même failli intervenir. Je vous ai d'ailleurs préparé une copie de la vidéo pour que vous jugiez par vous-même.

— Parfait. Ne risque-t-elle pas de nous trahir ?

— Non. Elle nous restera loyale, j'en suis convaincu. D'autant que j'ai porté à sa connaissance l'histoire des jumeaux Armstrong. Elle saisira vite ce que j'attends d'elle, pour le bien de tous.

— Elle représente quand même un danger pour les autres soldats. Tenez-la bien. Sinon c'est direction les geôles, comme les autres. Suis-je assez clair ?

— Limpide, mais cela n'arrivera pas. Par mesure de sécurité, j'ai pris l'initiative de l'isoler dans l'aile nord. Je limite même nos contacts.

— Seriez-vous faillible, vous, le colonel Bergsson ? raille Powel.

— Tout le monde n'a pas eu la chance de naître avec l'immunité des Sentinelles de jadis...

Powel esquisse un sourire. Il n'est décidément pas facile de cacher quoi que ce soit au colonel. Il se fera un plaisir de découvrir comment il a pu obtenir cette information, et de sanctionner le traître qui la lui a vendue. Il les écorchera vifs, lui et toute sa famille, et veillera à diffuser la vidéo à son équipe, afin de leur faire passer l'envie de l'imiter.

— Et Helgusson, ça avance ?

— Nous avons mis en place un test grandeur nature. Quelle que soit son inclination, nous la connaîtrons bientôt. Bien que je ne me fasse guère d'illusions...

— J'espère pour vous que vous n'allez pas l'influencer. Il pourrait nous être plus que précieux à SENTINEL. Plus précieux vivant que mort. Je me suis bien fait comprendre ?

— Oui.

— Très bien. Au plaisir, mon ami.

Powel part sans lui serrer la main. Oui, lorsqu'il aura accompli sa mission, la vraie, pas l'officielle, et qu'il n'aura plus rien à perdre, Bergsson lui rendra une petite visite. Cet enfoiré l'ignore encore, mais il est déjà mort.

Le colonel sait parfaitement que Kaleb ne sera jamais du côté de SENTINEL. Il représente un danger trop important. Et c'est son devoir de l'éliminer.

Lui seul peut le faire. Alors, il a beau prétendre devant ce connard de Powel qu'il tentera de rallier Helgusson à leur armée, le seul but du colonel est bien de détruire le démon. Comme le prédit la Prophétie. Et s'il doit lui-même en mourir, alors ce sera en héros. Il accomplira ce qu'il sait être juste pour sauver l'humanité de l'apocalypse que le jeune homme peut provoquer. Ce pour quoi il est né.

Ça fait bien trente minutes que la jeune fille poireaute dans le couloir. Elle a eu le temps de passer par toutes les émotions. La honte, la peur, la colère, l'abattement. Elle a épuisé son stock de larmes pour la journée, du moins le croit-elle. Quand elle entend le bruit des pas du colonel dans le couloir, elle se relève prestement, dans une posture proche du garde-à-vous, et offre à son supérieur un visage rouge et bouffi de chagrin. Il la regarde à peine, pénètre dans son bureau. Elle le suit timidement, referme la porte derrière elle et attend la sanction avec angoisse. Plus les minutes passent, plus le silence se fait pesant, plus elle tremble de tout son corps.

— Ceinture.

Le mot la fait trembler de plus belle, claquer des dents. Elle ne peut pas décoller du sol, ses pieds pèsent trois tonnes et s'enfoncent dans le sol.

— TOUT DE SUITE !!

Il a crié. Abattu violemment sa longue règle en bois sur le bureau, comme pour annoncer la suite des événements. Le bruit résonne dans les tympans de la jeune fille qui se dirige vers le mur, au ralenti. Les spasmes de son bras lui font lâcher la ceinture, en la décrochant du clou, accroissant l'agacement du colonel.

Elle la lui tend en baissant la tête. Ses mains sont moites et glacées, sa gorge sèche, elle se remet à sangloter.

— Déshabillez-vous, soldat.

Il n'est pas envisageable qu'elle désobéisse. Lentement, elle se débarrasse de ses vêtements tant bien que mal, morte de honte de se retrouver en sous-vêtements devant lui. Sans qu'il ajoute quoi que ce soit, elle se met en position, jambes tendues, dos incliné, bras en appui sur le bureau. Elle cale sa tête entre ses bras, essayant de rester aussi immobile que sa peur l'y autorise.

— Je ne veux pas entendre un cri. Sans quoi, je recommencerai à zéro. Je pars sur une base de cent. Ça vous paraît juste, soldat ?

— Ou… Oui, colonel.

Le colonel passe et repasse l'épaisse lanière de cuir entre ses mains, en éprouve la rigidité, la soupèse pour juger de la vitesse qu'il convient de lui donner. Il attend un peu avant d'asséner le premier coup, histoire que la tension de la jeune fille soit à son comble. Puis il abat la ceinture en un premier coup brutal au milieu du dos. Elle ne peut s'empêcher de crier. C'était prévisible.

— Je reprends donc à zéro.

Elle parvient à se taire une première fois, puis elle craque et gémit, supplie, finit par hurler de douleur. Par crier qu'elle ne peut pas en supporter davantage, qu'elle a compris la leçon. Elle implore son pardon, se laisse tomber au sol, recroquevillée en position fœtale pour échapper à la morsure impitoyable. Mais il ne se laisse jamais émouvoir, reprenant le compte au début quand elle rompt le silence, frappe la tête, les jambes et le ventre quand elle lui refuse son dos.

Il donne en tout deux cent soixante-cinq coups.

Après quoi il appelle un soldat pour qu'il emporte son assistante, à moitié nue et écarlate, au vu et au su de tous, à travers les couloirs qui conduisent à la cellule d'isolement.

## 2.

Impassible, le colonel raccroche la ceinture au mur et consulte sa montre. Il est encore dans les temps. Il se dirige vers le lavabo et s'asperge le visage, fait mousser une belle quantité de savon et élimine toute trace de sueur de son front. Hors de question qu'on le voie dans cet état. Il se sèche consciencieusement la tête et les mains, chausse ses lunettes, rajuste son col et se dirige d'un pas ferme vers la salle de réunion, en serrant les dents pour ne pas boiter.

Comme d'habitude, Jones est le plus prompt à se lever pour le saluer. Les autres hommes l'imitent.

— Vous pouvez vous rasseoir. Jones, j'espère que c'est important.

L'informaticien a en effet réclamé cette réunion. Il a fait une découverte qui doit être portée à la connaissance de l'équipe.

Jones n'est pas très à l'aise dans son rôle de délateur et a hésité de longues minutes avant de solliciter cette séance. Mais la perspective que le colonel découvre qu'il lui a caché une information de cette importance l'a dissuadé de protéger la jeune fille plus longtemps.

— Oui, colonel, en effet. C'est même extrêmement grave.

— Je vous écoute.

Les autres membres du Conseil se calent dans leurs sièges pendant que Jones met en marche son ordinateur. Des fenêtres de discussion s'affichent sur le mur blanc.

— Il s'agit de copies d'écran du forum EDV, comme vous pouvez le constater... Et là, en bas à droite, une fenêtre de tchat montre les échanges de deux membres.

Jones lance un regard inquiet au colonel qui ne bronche pas. L'informaticien se tortille sur place, avant de continuer, d'une voix trop aiguë pour sa corpulence.

— Un des deux tchateurs est un EDV bien connu de nos services. Il n'a même pas pris la peine de prendre un pseudo. Il s'agit de Kaleb Helgusson. Il est à la recherche de réponses et, comme beaucoup d'autres avant lui, est venu les trouver sur notre site. C'était une brillante idée de le créer, si vous voulez mon avis.

— Venez-en au fait, Jones !

Le colonel est à l'origine de la création du site, mais que l'informaticien lui passe de la pommade de façon si outrancière l'agace particulièrement.

— J'y viens, j'y viens. Mais ne soyez pas trop pressé. Vous risquez de ne pas aimer la suite.

Le colonel ôte ses lunettes et lui adresse un regard noir qui le dissuade de continuer à commenter les faits. Jones s'éclaircit la voix et poursuit.

— Donc... comme je le disais, Helgusson a trouvé un copain pour lui refiler des infos sur SENTINEL. Il connaît le nom de notre groupe, ainsi que le vôtre, colonel.

— Ce... Vulcan... a l'air plutôt bien renseigné, intervient Mac Kee en plissant les yeux pour décrypter le pseudonyme de l'autre EDV.

— En effet, reprend Jones, et pour cause. La qualité de ses connaissances m'a tout d'abord intrigué. Alors, naturellement, j'ai cherché à le localiser grâce à son IP. Et là, j'ai eu la surprise de constater qu'il utilisait un procédé de cryptage ultraperfectionné. Brillant, même, si je puis dire, étant donné que c'est moi qui l'ai inventé !

— Comment ça ? demande le vulcanologue.

— L'informateur de notre jeune ami est un des nôtres et utilise un de nos ordinateurs, voilà pourquoi !

Stupeur dans la petite assemblée. Chacun commence à regarder son voisin d'un air suspicieux.

— Non, messieurs, la coupable n'est pas dans cette pièce aujourd'hui. Mais elle aurait pu. Oui, vous avez bien entendu : il s'agit d'une femme. J'ai espionné l'activité informatique de chacune de nos Sentinelles depuis une semaine, pour mettre la main sur cette traîtresse aujourd'hui même.

Jones se retourne, fébrile, vers un colonel étrangement calme.

— Vulcan n'est autre que votre assistante, colonel.

Silence de plomb. L'accusation est extrêmement grave et remet en question la capacité de discernement de leur supérieur.

— Colonel, votre charmante protégée vous échappe, on dirait ! se risque le psychologue.

Mais Bergsson ne répond rien. Il reste interdit devant le contenu du dernier échange. Comment a-t-elle pu oser parler de son traitement ? La jeune fille est encore moins fiable qu'il ne le croyait. Il n'avait pas mesuré l'étendue de la souffrance que cela représentait pour elle, de ne pas savoir ce qu'elle était. Mais s'il ignorait qu'elle avait révélé ceci, il n'est en revanche pas surpris de lire les autres conversations.

— Absolument pas, Klein. Non seulement je suis au courant, mais chaque élément qu'elle a révélé me donne un avantage sur Kaleb.

— Je ne comprends pas...

— Qui vous le demande ? Je vous dis juste que plus Helgusson en apprend sur moi, plus il a peur de nous et de ce que nous pouvons lui faire subir, plus il m'est facile de le contrôler. Auriez-vous oublié à qui vous parlez, Klein ?

— Non, bien sûr, mais pourquoi ne pas nous avoir mis au courant ? Et puis, le procédé n'est pas très moral... Lui faire peur, c'est le pousser à la faute !

— Et alors ?

Le colonel a changé de voix. Très basse, comme chuchotée, venant du tréfonds de ses tripes.

— Vous savez ce que j'en fais, de votre morale, Klein ?

— Je... je dis juste...

— Non, ne dites rien. Réfléchissez. À qui parlez-vous, là ?

— À... à mon su... supérieur, colonel.

— Pas seulement. Vous savez pourtant de quoi je suis capable, Klein ?

Il a beau lui parler doucement, chacun de ses mots sonne comme une menace effroyable. Oui, le psychologue sait de quoi Bergsson est capable. Il a déjà assisté à ce que son supérieur appelle les « sessions de Conversion ». Rien d'autre qu'un savant mélange de tortures physiques et psychologiques que le colonel a lui-même contribué à mettre au point. Rien ne le fait céder : ni les cris ni les supplications. Il n'arrête la procédure qu'à son terme, quand il estime que le sujet est brisé, pas avant. Il demeure inflexible, complètement blindé contre la détresse des autres. Jones a même une théorie sur le plaisir qu'il en retire. Son supérieur est un sadique, un assassin. Un fanatique prêt à mourir en martyr et qui exige la même abnégation chez ses hommes. Mieux vaut donc ne pas se le mettre à dos, sans quoi Klein est un mort en sursis. La perspective d'avoir contrarié le colonel plonge le psychologue dans une angoisse d'encre.

L'homme se met soudain à bafouiller de vagues excuses, à gémir, mais la panique le fait manquer d'air. Ses pulsations cardiaques accélérèrent, il voudrait reculer d'un pas. Mais il se découvre incapable de détourner le regard des yeux si étranges de son chef. Il est sous son joug, à sa merci. Il va être livré en pâture à sa colère.

À l'origine, Klein est devenu psychologue pour soigner ses propres TOC. Bien qu'il n'ait jamais réussi à s'en débarrasser. À l'université, il s'est avéré si brillant dans toutes les techniques de manipulation mentale qu'il a été vite approché par l'organisation. Et c'est une Sentinelle se lavant les mains toutes les cinq minutes qui est venu grossir les rangs des défenseurs du genre humain. Klein a peur de tout ce qui peut le souiller. Les microbes, les moisissures, les animaux… Cette phobie l'empêche de mener une vie normale, de sortir voir un spectacle, ou même de faire des rencontres. En effet, quelle femme voudrait d'un homme qui la passe intégralement au désinfectant avant de pouvoir ne serait-ce que la toucher ? Ses TOC font de lui un membre dévoué, bien à l'abri dans son laboratoire aseptisé et dont l'univers s'est rétréci au point de se limiter aux seuls locaux de SENTINEL.

Mais que se passerait-il si SENTINEL n'était plus fiable ? Si, par exemple, une faille dans la sécurité permettait à des rats d'envahir le bâtiment ? Des rats d'égout imprégnés d'eaux souillées, portant mille germes dégueulasses. Des rats énormes qui déferleraient en colonie dans sa chambre, telle une vague vivante, inquiétante, prête à le dévorer. Des rats énormes au pelage sale, aux yeux brillants, partout sous ses pieds, couinant à le rendre fou à lier, grimpant sur ses jambes, se servant de leurs griffes infectées comme d'autant de minuscules piolets s'agrippant dans sa chair, l'escaladant par dizaines jusqu'à le faire tomber, le reniflant de leur museau humide pour finalement forcer le barrage de sa bouche et piétiner sa langue, grignoter ses joues de l'intérieur et s'introduire les uns après les autres dans le tunnel de sa gorge pour festoyer de ses tripes et le tuer à petit feu, sans s'inquiéter de ses hurlements de terreur.

Klein est sous l'emprise du colonel depuis à peine trois minutes. Ses collègues l'ont vu se pétrifier, incapable de parler, s'hyperventilant comme à l'issue d'une course pour sa vie. Il a désormais un regard de dément, de somnambule. Bergsson ne le lâche pas. On ne remet pas en cause son autorité sans en payer le prix fort et il va offrir au psy une petite excursion sur la planète folie. Plus sa cible a peur, plus il parvient à la contrôler. C'est pour ça qu'il désire tant que Kaleb le redoute...

Yeux exorbités, bouche tordue sur un cri muet, Klein vit sa pire phobie, plonge dans l'horreur absolue. Il est parti au large, le colonel a largué les amarres et il dérive maintenant sans que quiconque ose intervenir.

Lorsqu'il a l'assurance que le message est bien passé, le colonel relâche enfin son étreinte invisible. Klein rouvre les yeux sur la réalité, incrédule. Il est toujours dans la salle de réunion, entouré de ses collègues et d'un silence religieux, et devant un homme au regard de serpent. Il s'efforce de recouvrer son souffle, tamponne la sueur de son front avec un mouchoir, et s'effondre dans son siège.

Patient, le colonel le laisse reprendre ses esprits quelques instants, puis s'assied sur le rebord de la table, face à lui, et demande à nouveau :

— Alors je répète, à qui parlez-vous, Klein ?

Le psychologue redoute de ne pas réussir à parler. Complètement ensuqué par le cauchemar qui l'a saisi, il se fait violence pour répondre à son supérieur et ne peut qu'articuler :

— À un empathe extrêmement puissant, colonel.

# 3.

**K**aleb a compris beaucoup de choses.

Il se connaît deux ennemis.

Et s'il ignore tout du réseau SENTINEL et des moyens dont dispose le colonel pour lui nuire, il sait qu'au final son pire ennemi n'est autre que lui-même. Il devra lutter de toutes ses forces contre la peur et la panique, qui le font aussitôt basculer vers ce qu'il a de plus sombre et destructeur. Il a trouvé la réponse à l'une des questions du vieil homme noir. Comment ne plus avoir peur ? En se nourrissant d'amour. Seul l'amour pur compte.

Or celui qu'il peut provoquer n'a pas le même effet rédempteur...

L'autre question tourne en vain dans sa tête : *D'où proviennent ces émotions si ce ne sont pas les tiennes ?*

Il ignore par quel processus la peur poussée à son paroxysme peut le plonger dans les affres du désespoir au point de lui ôter toute envie de vivre. Mais il ne veut plus jamais expérimenter cette sensation qui le conduira à sa perte.

Désormais, il sait aussi qu'il est possible d'inhiber son pouvoir. Et, bien que cette perspective ne l'enchante guère, cela pourrait être un dernier recours pour échapper à ses poursuivants. Sans ce don, il perdrait son caractère de dangerosité. Kaleb tique à cette idée. Si c'était le cas, pourquoi alors SENTINEL continue à traquer Vulcan ? Peut-être le colonel ignore-t-il que sa proie est devenue inoffensive ? À moins que Vulcan ne lui dise pas toute la vérité, ce qui est aussi fort probable.

Mais renoncer à ce don extraordinaire, qu'il a sûrement hérité de sa mère, n'est pas si facile. Heureusement, une alternative a germé dans son esprit, et il compte bien la soumettre à son père.

— Repartons aux États-Unis. Rien de bon ne peut nous arriver dans ce pays de merde !

— Quoi ? Mais on vient juste d'arriver, Kaleb !

Franck ne comprend pas. Son fils est-il devenu fou ? Lui qui lui a toujours sévèrement reproché leurs déménagements fréquents, l'accusant de fuir les difficultés, lui propose soudain de quitter le territoire français parce qu'il ne s'y trouve pas bien ? Le monde à l'envers ! Franck s'est expatrié pendant des années pour protéger son fils, et son pays, sa famille lui ont cruellement manqué...

— Papa… Ce n'est pas comme si tu avais été accueilli en France à bras ouverts ! Tu n'as rencontré ta sœur qu'une seule fois depuis que nous sommes à Paris, et tu sais bien que ton père ne te pardonnera jamais d'avoir été absent aux obsèques de granny !

Kaleb marque un point. À croire qu'il lit dans ses pensées. C'est vrai que son retour n'a pas été célébré par sa famille comme celui du fils prodigue. Le moins que l'on puisse dire. Seulement, rien aux yeux de ses proches ne pouvait justifier l'absence de Franck pendant toutes ces années. Il n'avait pas fait fortune, aux États-Unis, ni trouvé une épouse qui aurait exigé de rester dans son pays natal. Il était le même gentil loser qu'à vingt ans. Sauf que plus personne ne trouvait ça excusable chez l'homme de quarante.

— Je ne sais pas, Kaleb. Qu'est-ce qui te fait croire que ce serait mieux là-bas ? Et puis, je n'ai pas l'argent nécessaire à un autre déménagement…

L'argent ne représente plus une préoccupation pour Kaleb, depuis qu'il s'est découvert des talents pour le poker. Le fait que son père songe aux problèmes logistiques est signe qu'il envisage tout de même de répondre favorablement à sa proposition. Au besoin, il le « poussera » un peu pour le convaincre définitivement. L'unique solution qu'il ait trouvé pour échapper au colonel et protéger Franck.

Kaleb s'apprête à argumenter quand il est soudain assailli par une rafale d'émotions. Il se fige sur place, se met à trembler sous les yeux effarés de son père. Tout d'abord, il ressent une extrême méfiance, comme une bouffée délirante de paranoïa. Il se précipite aussitôt vers la porte d'entrée pour la verrouiller à double tour.

— Kaleb, qu'est-ce qui te prend ?

Mais le jeune homme n'est plus présent dans cette réalité. Avec un regard de somnambule, il se dirige déjà vers la fenêtre du salon et ferme les volets, se réfugie dans la cuisine, et se recroqueville contre un mur, couteau à la main.

— Kaleb ! Réponds-moi. Tu me fous les jetons !

Franck s'approche prudemment de son fils. Il ne l'a jamais vu dans cet état. Il prend doucement le couteau, le jette au loin et secoue vigoureusement son fils pour le sortir de sa transe. Ce qu'il voit dans ses yeux le saisit. Il aurait juré, l'espace d'un instant, y déceler tellement d'agressivité qu'il a un mouvement de recul. Mais, très vite, le regard de Kaleb redevient celui d'un garçon aux abois. Sa respiration s'est accélérée. Il se lève alors et fonce vers la porte d'entrée, qu'il déverrouille et ouvre brusquement.

— Je dois sortir prendre l'air. Ne t'inquiète pas, ça va aller !

— Kaleb, attends !

Mais il est déjà parti. La peur n'a pas quitté Kaleb mais elle ne lui appartient pas. Elle monte crescendo et finira par lui faire exploser le cœur s'il n'intervient pas. Cette fois-ci, il sait exactement d'où provient la panique. Il s'engage dans l'escalier pour dévaler les étages qui le séparent de Robin. Plus que quinze marches, treize, onze... ses pas ralentissent malgré lui. La rampe ondule étrangement, ses pieds s'enfoncent dans une ouate nuageuse, partout, autour de lui, les murs s'irisent de mille couleurs pour s'ouvrir et disparaître sur un ciel infini. Kaleb stoppe sa course, oubliant où il est vraiment et ce qu'il fait. Il n'a jamais ressenti ça auparavant. Une espèce de plaisir absolu qui baigne chacune de ses cellules. Un plaisir liquoreux qui coule dans son sang et l'épaissit, le transforme en une boue, un ciment à prise rapide qui bouche une à une chacune de ses artères. Un plaisir artificiel trop puissant pour qu'il le supporte. Un toxique qui va le tuer. Kaleb perd l'équilibre et s'écroule dans les escaliers. Son estomac se révolte et vomit une bile acide. Lorsqu'il reprend enfin connaissance, plus rien. Aucune émotion parasite. Juste le souvenir confus de ce qui l'a agité quelques minutes plus tôt. Il a peur de comprendre. Il se relève péniblement et descend sans hâte les marches qui le séparent de son ami. Retarde au maximum le moment où il pénétrera chez lui. Il n'est pas surpris de trouver la porte ouverte : Kaleb la pousse du pied et contemple le triste spectacle.

Robin est mort d'une overdose. Il gît sur le sol encombré des objets tombés dans la lutte. Une traînée mousseuse a dégouliné de sa bouche et baigne sa joue gauche ; ses doigts sont crispés sur une seringue. Pourtant, il ne s'agit pas d'un accident. On s'est introduit chez lui, et on l'a tué. Kaleb en a l'intime conviction pour avoir ressenti chacune des dernières secondes de sa vie. Abattu, il se dirige vers le corps de son ami, qu'il s'en veut de n'avoir pu aider.

Sur le torse de Robin, une carte de visite. Au recto, la photo d'une sculpture ancienne, représentant une sentinelle. Au verso, un seul mot. Un mot qui suffit à lui faire oublier toute velléité de fuite aux États-Unis :

« Worldwide. »

Le message est clair. *Où que tu te caches dans le monde, nous te retrouverons.*

Vulcan l'avait pourtant prévenu, lors d'une précédente discussion. *Vulcan...* Était-ce bien Robin, cet informateur secret ? Kaleb serre la carte dans sa main et la froisse. Un flash lui parvient. Robin a ouvert la porte à ses agresseurs, qu'il connaissait. Il les craignait mais leur faisait confiance, espérait quelque chose de leur part. Un parfum de trahison flotte dans l'air.

Kaleb comprend. Depuis leur rencontre, Robin l'épiait, le surveillait et rendait compte à SENTINEL.

Pourquoi ? Kaleb n'en sait rien mais, curieusement, il ne doute pas que Robin ait développé pour lui une amitié sincère. Il n'avait pas eu le choix : le parfum de culpabilité et de honte qui flotte dans la pièce est trop puissant pour être faux. Deuxième flash. Les meurtriers de Robin étaient encore là quand Kaleb a dévalé les escaliers. Ils l'ont découvert gisant sur les marches et ont songé à le capturer, y renonçant au dernier moment pour une raison qu'il ignore. Rien de tout cela n'a de sens. Pourquoi le laisser en liberté après avoir passé tout ce temps à le surveiller ?

Une chose est sûre, cependant : Robin n'est pas Vulcan. Kaleb doit rapidement découvrir l'identité de son informateur. Car désormais il éliminera quiconque se mettra sur son passage ou cherchera à le tromper. Vulcan y compris, qui que ce soit.

# 4.

Le plus dur : perdre la notion du temps. Plus que la douleur causée par les coups. Au début, la jeune fille s'est accrochée aux mouvements qu'elle devinait dans le couloir, à quelques éclats de voix ici et là. Mais, très vite, elle a perdu le fil. Elle est plongée dans le noir absolu depuis deux heures, trois jours, une éternité. Pas un rai de lumière ne filtre. La pièce semble hermétique, avec juste une aération au plafond donnant sur un conduit tout aussi sombre. Quelques mètres carrés de béton, sans confort ni fenêtre.

On a vite très froid, à demeurer immobile, en sous-vêtements, avec juste la pénombre pour couverture… Elle grelotte, tremble, se frotte les bras, les pieds qui sont glacés. Il paraît que certains prisonniers font des exercices pour se réchauffer un peu. Mais elle préfère conserver ses forces. Au cas où le colonel ne décolérerait pas pendant plusieurs jours. Alors elle reste assise au milieu de la cellule, recroquevillée sur elle-même pour conserver un peu de sa chaleur corporelle. Parfois elle se couche. Grimace. Le béton écorche sa peau délicate. Elle est terrifiée à l'idée que sa captivité s'éternise. Alors, elle guette les bruits de pas qui la maintiennent dans la réalité, lui confirment qu'elle n'est pas tout à fait abandonnée, qu'au-dehors la vie continue. Les premiers instants, elle a détesté le silence qui étreint, qui angoisse. Le silence qui vide. Et soudain, un déclic. Tout s'inverse. Le silence l'enveloppe et la rassure. Elle préfère être oubliée, elle a peur d'être à nouveau punie. Alors elle recommence à craindre le bruit des pas qui la rassurait jusque-là. Des bruits de rangers qui frappent le sol à grandes enjambées déterminées. Ils sont tous volontaires pour en découdre avec des EDV, ici. Si la plupart ignorent qu'elle en est une, beaucoup se feraient un plaisir de lui faire ravaler ses privilèges et de se venger de sa froideur s'ils apprenaient la vérité. Froide, elle l'est, c'est vrai. Le colonel l'a toujours élevée dans une certaine défiance des hommes.

À l'adolescence, la gamine un peu gauche s'était transformée en belle jeune fille. Elle avait commencé à attirer les regards, mais s'en souciait peu. Parfaitement dévouée à la Cause, elle avait alors embrassé la vocation avant de connaître son premier flirt. Flirt qui lui avait valu une sacrée dérouillée quand le colonel s'en était aperçu.

— Je t'interdis de revoir ce garçon, tu m'entends ! C'est un de mes meilleurs éléments !

— Et alors ? Il paraît que l'amour donne des ailes, ça lui fera faire des merveilles !

*VLAN !* Elle avait gardé la marque rouge plus d'une heure sur sa joue.

— Je te déconseille l'insolence. J'ai été trop laxiste avec toi. Désormais, plus de traitement de faveur. Vous êtes un soldat comme les autres et je suis votre supérieur, c'est compris ?

— …

— Vous en voulez une autre pour vous aider à retrouver votre langue ? menaça-t-il.

— Non !

— Non qui ?

— Non, colonel.

Elle avait quatorze ans. Le jour même, son petit ami était transféré dans un autre service et le colonel avait fait déménager ses affaires pour que sa chambre soit désormais attenante à la sienne. Les rares fois où elle avait osé de nouveau l'appeler « papa » se comptaient sur les doigts de la main.

C'était il y a quatre ans.

Elle ne comprend toujours pas comment elle a pu être aussi familière avec lui devant l'un des hommes les plus puissants de SENTINEL. La surprise, sûrement, qui lui a fait perdre tout contrôle. La peur aussi. Elle ne s'attendait pas à ce qu'il entre dans son bureau alors qu'elle écrivait à Kaleb des choses si intimes… Si son père découvre qu'elle a évoqué l'inhibition de son don, ce n'est pas quelques jours qu'elle passera en isolement. Mais suffisamment longtemps pour qu'elle oublie jusqu'à l'existence du jeune empathe ou même son propre prénom. Il pourrait l'abandonner là pendant des mois, voire des années. La torturer comme les autres, peut-être. Après tout, ce ne serait que justice au vu du mal qu'elle a déjà fait aux siens au nom de la Cause… Mais les « siens » ne méritent rien de plus. Si quelques-uns d'entre eux sont bons, la plupart se laissent aller aux pulsions les plus égoïstes et sadiques qui soient. Sa propre mère ne l'a-t-elle pas abandonnée à SENTINEL en échange de sa liberté ?

— Prenez-la ! Étudiez-la ! Mais laissez-moi partir…, avait-elle proposé à Bergsson.

Comme si sa mère avait été en position de négocier quoi que ce soit ! Le colonel lui avait brisé le cou. Il était alors trop tôt pour savoir si la gamine avait un don, l'expression du gène n'intervenant généralement qu'à l'adolescence. Mais, bien que sa fille ne lui soit d'aucune utilité, Bergsson n'avait pu se résoudre à supprimer l'enfant et, aussi improbable que ce fût, l'avait prise sous son aile. Le colonel n'avait jamais voulu lui révéler le don de sa mère. Peut-être parce qu'elle avait hérité du même ?

Être élevée dans l'idée qu'on a été vendue par sa propre mère, ça n'aide pas à se construire. Alors l'angoisse d'être oubliée dans cette geôle la terrorise. Elle aimerait cesser de penser à tout cela, mais elle ne peut rien faire d'autre. Elle ne sait pas s'évader dans des songes qui pourraient l'extraire de sa misère pendant quelques heures. Le colonel lui a toujours interdit de rêvasser.

Le froid lui glace les extrémités, et ses besoins physiologiques se rappellent douloureusement à elle. La faim, bien sûr, mais ça, elle a appris à la gérer lors de stages de survie. La soif, qui assèche le palais et gonfle la langue, est plus gênante. Elle aimerait que sa salive suffise mais elle commence à en manquer. Ça ne doit pas faire si longtemps qu'elle est enfermée, car la douleur est encore supportable. Le pire, le plus humiliant aussi, ce sont les signaux que lui envoie sa vessie. Elle sent que l'organe est tendu au maximum. Ça la fait atrocement souffrir. Parfois elle s'agite en une danse incontrôlée pour chasser l'envie. Mais le besoin d'uriner revient toujours. Fort, impérieux. Elle sait qu'elle ne peut pas infliger ça à son corps trop longtemps, elle va finir par s'empoisonner. De toute façon, plus elle recule l'échéance et plus elle prend le risque de se pisser dessus dans son sommeil.

Alors elle se lève et fait quelques pas, bras tendus devant elle, mains à la recherche du mur opposé à la porte. Elle tâtonne un peu et trouve le coin. Elle enlève sa culotte, s'accroupit, écarte les jambes au maximum pour éviter de se mouiller les pieds, et lâche les vannes. Elle pousse un soupir de soulagement. Elle est surprise par l'odeur un peu âcre. On s'en aperçoit peu dans le confort moderne de nos sanitaires, mais l'urine sent fort. Tant pis, elle la hume avec bonheur. Elle s'est tellement retenue ! C'est animal, une pure réaction de survie. Le liquide chaud n'en finit pas de couler et vient toucher ses pieds. Elle s'adosse contre les murs et se campe sur ses talons pour être le moins mouillée possible. Mais n'arrête pas le flux pour autant. Un frisson la parcourt. Terminé. Elle se relève, toujours sur les talons, et s'éloigne de la flaque en pingouin. Elle part se réfugier à l'autre bout de la pièce, vaguement honteuse. Elle redoute le moment où elle n'aura pas seulement envie d'uriner. Mais pour l'instant, « ça », elle peut retenir.

Le temps passe et s'étire mollement, sans repère, sans tic-tac, sans rien d'autre que la captive seule, face à elle-même. Elle comate un peu, se réveille en sursaut à cause d'un cauchemar, change de position toutes les cinq minutes sans jamais trouver de répit.

Et puis, des pas à nouveau. Un rythme différent, qu'elle reconnaîtrait entre mille. Arrêt devant sa cellule. Un bruit de clé qui fourrage la serrure et déverrouille la porte. Elle reste interdite. La première chose qu'elle se dit, c'est qu'elle aurait dû se retenir d'uriner plus longtemps. Elle se trouve bête de penser à ça. Les pas s'éloignent. Elle attend un peu et se lève, très ankylosée. Elle titube jusqu'à la porte et guette s'il y a un bruit, mais n'entend plus rien. Alors elle se risque à poser la main sur la poignée, actionne le mécanisme et entrouvre. Elle ferme les yeux, aussitôt aveuglée par la lumière crue du couloir, se frotte les paupières, les rouvre à moitié et inspecte prudemment les lieux. Personne. Ça la soulage. Elle ne se sent pas en état d'affronter le regard des autres soldats. Que diraient-ils en la voyant déambuler à moitié nue dans les couloirs ? D'autant qu'elle doit faire peur à voir, sentir mauvais. Le colonel a pris soin d'épargner sa fierté en écartant ses hommes de son trajet. La jeune fille lui en est reconnaissante.

Arrivée devant sa chambre, elle constate que la porte est entrebâillée. Tant mieux, car elle n'a pas son badge. Il a pensé à tout ! Elle entre chez elle, referme doucement la porte, comme si elle méritait à peine ce refuge. Son regard se porte immédiatement sur l'horloge qui indique l'heure, et le jour. Elle est restée emprisonnée quarante-huit heures. Le colonel a fait preuve d'indulgence. Elle pensait que trois ou quatre jours venaient de s'écouler : elle s'en veut d'être aussi peu résistante.

Elle se souvient très vite qu'elle a soif, faim. Elle descend un bon litre d'eau en une fois et sort du frigo tout ce que ses mains peuvent contenir. Elle se jette sur la nourriture mais s'oblige à tout mâcher consciencieusement. Dès que la satiété arrive, elle arrête, malgré l'envie de tout dévorer. Ce serait le meilleur moyen de vomir. Et elle a besoin de reprendre des forces, d'emmagasiner des calories. Elle file dans la salle d'eau et se plante devant le miroir. Elle fait peur à voir. Le visage d'une pâleur extrême, des cernes qui lui mangent la moitié des joues. La jeune fille tremble de tout son corps strié de noir et de bleu. Le colonel n'y est pas allé de main morte. Elle passe alors la main sur ses marques et ressent à la fois de la honte et de la fierté. Elle a compris la punition. Ça la rendra d'autant plus forte.

## 5.

La jeune fille tourne à fond le robinet d'eau chaude qu'elle tiédit à peine, attend que la vapeur d'eau transforme la pièce en hammam et pénètre dans la cabine de douche. Elle se laisse aller à un long soupir. Bien qu'elle ait mangé, elle sent encore la faim la tarauder, mais c'est une faim plus profonde, différente du besoin d'ingurgiter des aliments. Comme à son habitude, elle se frotte le corps vigoureusement, sans prêter attention aux sensations. Pourtant, rien ne l'oblige à expédier ce moment. Elle se cale alors la tête sous le jet presque brûlant, porte le savon à son visage et le sent pour la première fois. C'est un savon d'Alep. Simple, efficace, qui dure longtemps. L'odeur de propre lui plaît. Elle le fait mousser dans ses mains. Le contact est doux, agréable. Le savon a cessé sa course contre la montre. Il se balade lentement sur les épaules, entre les seins, sur leur pointe et descend le long du ventre, contourne les hanches et vient caresser les fesses...

Elle a chaud, se sent si bien dans ce cocon humide ! Elle voudrait ne jamais en sortir. La jeune fille se demande si une autre vie serait possible, une vie de joies simples, de bonheur. Elle ignore le plaisir que peut lui donner un garçon. Elle doute même d'y goûter un jour. Pourtant elle aimerait ça, elle en est sûre. Ses pensées dérivent, mais elle est trop fatiguée pour les retenir, pour brider son imagination qui part loin... qui traverse les mers pour aller jusqu'à Paris et retrouver l'empathe aux yeux marine. Elle repasse les diapos du jeune homme dans sa tête, se rappelle les épaules larges, les bras musclés, et son regard si charmeur... Elle balance sa tête de droite à gauche pour dénouer les tensions, prend le pommeau de douche qu'elle oriente sur sa nuque et soupire. Kaleb... Le jet d'eau se promène au gré de ses pensées, lui caresse les seins en arabesques légères, descend le long de ses cuisses, remonte encore plus lentement. Elle n'a pas conscience de ce qu'elle est en train de faire. C'est la première fois qu'elle reste si longtemps sous la douche... Le jet chaud se fraie un chemin vers la terre inconnue de son intimité, l'effleure à peine, et découvre une zone si sensible qu'elle pousse un cri de surprise. Alors le désir monte, inattendu, impérieux. Le jet d'eau la caresse et lui procure un plaisir fou, la titille, la travaille, et lui offre des sensations inouïes. Elle voudrait ne jamais arrêter, elle se contracte et imprime des mouvements frénétiques au jet qui lui obéit. Plus fort, plus près... Des spasmes l'agitent et parcourent tout son corps, elle laisse échapper un long gémissement et plane encore quelques minutes avant d'atterrir. Vidée, sans forces. La jeune fille ferme les robinets et s'enveloppe d'une serviette-éponge. Elle sort de la cabine, frotte le miroir de son avant-bras pour chasser la buée. Ce qu'elle voit d'elle-même la surprend. Ces yeux brillants, ces pommettes roses... c'est elle et une autre à la fois. Elle se regarde longuement et finit par sourire à son reflet : elle vient de vivre son premier orgasme.

Cela faisait si longtemps qu'elle avait disparu de sa chambre pour aller se laver que le colonel avait failli intervenir, vérifier si elle était bien consciente. Il avait été très dur avec elle, peut-être était-ce plus qu'elle n'en pouvait endurer ? Le sevrage avait réussi et la jeune fille devait être très faible. Il la voit enfin sortir de la salle d'eau, l'air épuisé.

Elle se dirige vers son lit, et remarque un papier posé en évidence sur les draps. Le colonel y a jeté quelques mots :

« Robin Moreau : nettoyé. »

Elle comprend aussitôt ce que cela signifie. On lui a retiré les affaires qu'elle coordonnait et supprimé sa taupe. C'était prévisible. Machinalement, elle retourne la feuille et ce qu'elle découvre lui coupe les jambes. Elle s'assied sur son lit et se frotte le front d'un air désespéré. Au verso : la copie d'écran de sa dernière conversation avec Kaleb. Le colonel sait... Et il n'a pas plus sévi que ça. Encore une fois, elle lui est éperdument reconnaissante du traitement de faveur qu'il lui a accordé. Dernièrement, elle s'est montrée peu digne mais elle se promet, s'il lui en laisse la possibilité, de récupérer sa confiance. Elle sera désormais un soldat exemplaire. Ne discutera plus aucun ordre, s'appliquera à détruire les EDV les uns après les autres.

La jeune fille se couche sur le côté, dos au mur. Pas une parcelle de son corps n'est douloureuse. Sur la table de chevet, le journal de David Armstrong. Elle ne l'a pas terminé. Il faudrait qu'elle le lise rapidement. Mais elle ne se sent aucune force pour l'instant. Il faut qu'elle dorme, qu'elle rattrape son retard de sommeil et recharge les batteries... Elle se glisse sous la couette chaude et se recroqueville, par réflexe. Non, elle doit se forcer à tendre ses membres pour que le sang circule librement et les irrigue mieux. Un frisson la parcourt mais elle maintient la position. Quelques minutes plus tard, elle s'est endormie, non sans jurer une obéissance aveugle à celui qu'elle appelle secrètement « papa ».

Le colonel caresse l'écran de son ordinateur et souhaite, en pensées, une bonne nuit à la jeune fille. Il revoit le jour où sa traînée de mère l'avait supplié d'épargner la gosse. Il avait promis. Elle avait alors accepté tous les tests en échange. Au vu du don de Bergsson, c'était pour le moins exotique... Bien sûr, il a raconté une version quelque peu différente de son abandon à la petite. Ce qu'elle avait gobé sans problème. Elle avait même développé une authentique reconnaissance vis-à-vis de son protecteur.

La gamine était vive, intelligente. Contre toute attente, il avait fini par s'attacher à elle et l'avait élevée dans la haine des autres EDV. Il n'y a pas plus cruel qu'un EDV envers les siens. Elle allait constituer une bonne recrue : très tôt, il avait entrevu comment elle pourrait lui servir le moment venu. Le colonel faisait toujours passer l'intérêt de SENTINEL avant le reste. Il avait donc pris l'initiative d'inhiber son don. L'antidote à l'expression du gène était déjà au point depuis longtemps, le même que celui des personnes souffrant de troubles bipolaires. Hélas, il s'agissait d'un traitement à vie et on ne pouvait pas compter sur cette engeance pour accepter de se brider sur une si longue période. Le colonel a toujours méprisé les autres enfants du volcan. Pourtant, lui aussi a connu la tentation du Mal. Il en garde d'ailleurs les stigmates, ainsi que ceux de sa rédemption. Ce qui lui donne d'ailleurs ce regard si dérangeant. Pour éradiquer les siens, il ne recule devant aucune méthode. Et ne refuse aucun sacrifice non plus. Fût-il celui de sa fille adoptive.

C'est le prix à payer. Après tout, il est l'Élu. La première fois qu'il a lu la Prophétie, il n'a pu que se reconnaître. Mais il était trop jeune ! Il a détesté cette idée et tenté de fuir ses responsabilités, ne se sentant pas à la hauteur de la mission. Karl a alors inhibé son propre don en s'administrant l'antidote. Jusqu'au jour où il a été confronté au Mal sans pouvoir le combattre. Il a assisté, impuissant, à l'assassinat le plus sauvage qu'il lui ait été donné de voir. Les cris de la victime lui transperçant le cœur dans ses rêves, aujourd'hui encore. Impuissant, honteux de ne pouvoir l'aider parce qu'il avait choisi le confort de l'inhibition, il n'avait pu soutenir son regard.

Il s'est alors juré de récupérer ses facultés pour accomplir ce qui allait devenir l'œuvre de sa vie.

Immédiatement après l'arrêt du traitement, son don lui est revenu. Et avec lui, des apparitions de l'homme noir, qui lui a confirmé son rôle dans la Prophétie.

*Að fyrstu baráttunni gegn hinum Illa tapaðri,
Verður hann hinn Útvaldi
Og meðal saklausra Bjargvætturinn
Sá er stingur óvættinn með rýtingi beint í hjartað*

*Sa première bataille contre le Mal perdue
C'est alors qu'il deviendra l'Élu
Et des innocents sera le Sauveur
En transperçant le démon d'une dague en plein cœur*

C'est lui, et lui seul, qui sauvera l'humanité du Mal incarné. Il sera cet Élu assez fort pour détruire un EDV si puissant et maléfique et mettre un terme au bain de sang que ce dernier aura déclenché.

Bergsson n'a pas eu le choix, il a dû accepter son destin. S'astreignant depuis lors à toujours plus de dévotion, de droiture, d'abnégation. Il avait assisté une fois à l'expression du Mal. Mais il était un soldat du Bien, et plus jamais il ne permettra ça.

Il s'appelle Karl Bergsson.

Il est l'Élu.

Il transpercera Kaleb Helgusson d'une dague en plein cœur.

# 6.

Sur le palier, père et fils se tiennent à bonne distance de l'appartement de leur voisin. En quelques minutes, l'immeuble s'est rempli de policiers. Franck semble abasourdi. Il savait que Moreau fumait des joints, mais il ignorait que c'était un junkie. Il ne peut s'empêcher de lancer des regards furtifs à Kaleb, pour essayer de détecter d'éventuelles traces de piqûre sur ses avant-bras. Cela pourrait expliquer son comportement de ces dernières semaines, l'amaigrissement, ainsi que la crise de paranoïa et sa chute dans l'escalier...

— Tout à l'heure, j'ai pris un cachet contre la fatigue qu'il m'avait donné. Je suppose que ce n'était pas un vrai médoc...

Kaleb fixe intensément la porte de son ami. Il vient d'inventer cette histoire de toutes pièces. Mais l'explication tient la route et a le mérite de rassurer son père.

— Je ne crois pas non plus. Tu veux qu'on aille voir un médecin ?

Franck est soulagé. Par ailleurs, il n'a remarqué aucune marque de seringue à la saignée de ses coudes.

— Non, ça va mieux. Désolé pour le pétage de plombs.

— T'inquiète pas, fils. Ça va aller ?

Kaleb n'en sait rien. Il se sent tiraillé entre des sentiments extrêmement contradictoires. Bien sûr, il lui faut accuser le coup du meurtre de Robin et de sa trahison, et, en plus, intégrer ce que cela dit de la folie des membres de SENTINEL. Quel genre de monstres sont-ils pour se débarrasser ainsi d'un des leurs ? Et quel genre de monstre imaginent-ils qu'il est, lui, pour affecter un homme à sa seule surveillance ? Mais la plus dérangeante de ses questions porte sur les raisons qui les ont empêchés de le capturer, alors qu'il était inconscient. Si Kaleb est si dangereux, pourquoi ne pas avoir profité de ce moment d'inconscience pour le kidnapper ou lui injecter le même poison qu'à Robin ? Tout cela n'a aucun sens et l'angoisse encore plus que la tragédie qui s'est jouée à quelques mètres de lui. Le jeune homme aurait presque préféré que SENTINEL s'empare de lui. L'issue, quelle qu'elle soit, lui aurait apporté une forme de soulagement. Une réponse. Rien de pire que le doute et l'expectative.

À l'instar de tous ces questionnements, une sensation étrange l'angoisse depuis la découverte du cadavre. Impossible, là encore, d'en parler à son père. Alors, sitôt sa déposition enregistrée par un officier de police, Kaleb fait signe à Franck qu'il va faire un tour.

Il s'éloigne aussi vite qu'il le peut de l'immeuble, de la rue, du quartier.

La mort. En découvrant le corps, il a eu une impression effroyable de familiarité. Il s'est senti en terrain connu et en a retiré une forme de paix, sans qu'il parvienne à s'en expliquer les raisons. L'espace d'un instant, il a même regretté son inconscience au moment du décès de Robin, comme s'il était passé à côté de quelque chose qui aurait pu le nourrir, le remplir. Il secoue la tête. Cette idée est complètement folle. Décidément, toute cette histoire lui fait perdre les pédales…

*Mémoires de David Armstrong,*
*synthèse élaborée le 13 mai 1687,*
*par Mme Brunnosdottir*

*NDLR : Retranscription faite par écriture automatique.*
*Mary Ann n'avait jamais appris à se maîtriser car Mère*
*et moi n'avions jamais su opposer la moindre résistance*

*à ses désirs, quels qu'ils fussent. Aussi ma sœur régnait-elle en monarque absolu sur notre foyer, et nous étions bien loin alors d'imaginer l'ampleur du drame qui déjà se nouait. Nous étions confinés chez nous, car le spectre de la peste planait encore sur notre cité, et les habitants de Londres étaient invités à sortir le moins possible, de manière à éviter la propagation de la maladie.*

*Mère continuait cependant à visiter « ses » malades, et j'aurais bien aimé la seconder dans ses activités charitables, mais elle me jugeait encore trop jeune pour cela. Ce en quoi, d'après moi, elle se trompait, puisque je crois bien que j'étais déjà un meilleur guérisseur qu'elle, quels que soient les dons incontestables de ma mère dans ce domaine. Aussi, malgré l'amulette au mercure qu'elle portait au cou, et dont Mary Ann et moi étions également affublés, ce fut Mère qui introduisit le germe de la peste dans notre demeure...*

La jeune fille a peu dormi, d'un sommeil peuplé de cauchemars qu'elle a préféré fuir dans la lecture du journal. Elle tient à rattraper son retard, afin d'être parfaitement opérationnelle le lendemain, quand le colonel la fera appeler. Il est quatre heures du matin. Ce qui lui laisse amplement le temps de lire les dernières pages écrites par cette mystérieuse « Mme Brunnosdottir ».

*Lorsque Mère rentra à la maison, ce soir-là, elle ne présentait encore aucun symptôme. Pourtant, Mary Ann* dépista, puis identifia immédiatement la maladie. Elle s'était figée, à l'autre bout de l'antichambre, adressant à Mère un regard étrange que je ne lui connaissais pas. Tout son corps se raidit et elle aspira l'air comme une noyée aurait pu le faire, avant de s'effondrer sur le sol, sans raison apparente. Je me précipitai vers ma sœur chérie et lui appliquai force soufflets sur les joues afin qu'elle reprenne connaissance.

Notre mère, elle aussi, s'était précipitée à son secours. Mais lorsque Mary Ann la vit, penchée au-dessus d'elle, elle lui agrippa le cou avec une force qui nous surprit tous deux. L'étreinte ne dura que quelques secondes, suffisantes cependant pour éveiller chez ma sœur une soif qui ne devait jamais s'étancher. « Mère... vous portez la mort en vous », articula Mary Ann dans un râle quasiment démoniaque. Je retirai promptement sa main du cou de maman.

Alors ma sœur se libéra de mon étreinte et partit se réfugier quelques marches plus haut, sur cet escalier où Père avait tant de fois risqué de se rompre le cou. « David, enferme Mère dans sa chambre s'il te plaît. Et tiens-la éloignée de moi tant que tu ne l'auras pas complètement guérie », poursuivit-elle d'une voix peu assurée, mais qui avait retrouvé ses accents familiers.

Mary Ann semblait comme effrayée par l'ampleur de son propre don. Et je crois que c'est à cet instant précis qu'elle en prit toute la mesure. Pour se donner une contenance elle se balançait d'avant en arrière, la tête entre les mains, comme pour réprimer la force maléfique qui, par son intermédiaire, ne demandait qu'à se déchaîner contre notre mère.

« *Vite !* » *J'attrapai la main de maman. Elle n'avait pas dit un mot, ni esquissé le moindre geste jusque-là. J'ignorais ce qui la terrorisait le plus : apprendre qu'elle était pestiférée et risquait de perdre la vie, ou bien s'avouer enfin à elle-même que sa fille bien-aimée portait la destruction et la mort en guise de don ? Quoi qu'il en soit Mère me suivit docilement jusqu'à sa chambre, et ce n'est qu'une fois protégée par le loquet verrouillant la porte qu'elle laissa abondamment couler ses larmes.*

« *David... tu vas m'aider, n'est-ce-pas ? Je vais guérir ! Je ne veux pas mourir... Je ne peux pas... Vous êtes encore si jeunes !*

— *Oui, mère. Suivez-moi je vous prie...* »

*Le petit garçon que j'étais encore posa les mains sur son front avec force et détermination. Je sentis que Mary Ann avait dit vrai, mais perçus également l'incroyable force de vie qui animait ce corps ainsi que sa capacité d'autoguérison que je me proposai d'épauler de toute la puissance de mon don. Mère m'adressa alors un sourire, comme soulagée. Ce qui ne l'empêcha malheureusement pas de continuer à présenter quelques symptômes les jours suivants. De la fièvre, surtout, accompagnée de douleurs articulaires. Mais je demeurais optimiste, certain de sa guérison imminente. Imminente, et complète bien sûr.*

« *Comment va Mère ?*

— *Beaucoup mieux... Dans quelques jours elle sera complètement rétablie, pour sûr !* »

*Mary Ann sourit, puis se tut un long moment. Quelque chose semblait la préoccuper, sans pour autant qu'elle* parvienne à me faire partager son inquiétude par la parole. Je l'encourageai du mieux que je le pus.

« Mais parle-moi donc ! Tu sais bien que, venant de toi, je peux tout entendre !

— C'est que je ne m'attendais pas à cela... Quand Mère est rentrée, ce soir-là... Je ne me suis jamais sentie aussi bien, aussi puissante. Et c'est la même chose chaque fois que je passe devant la porte de sa chambre. L'impression de m'emplir d'une substance vitale qui me rassasie. D'être enfin véritablement moi-même... J'ai cru dans un premier temps que c'était pour lui faire du mal, comme je l'ai fait pour Père... »

C'est alors que sa voix se brisa dans un sanglot. C'était la première fois qu'elle laissait paraître les remords qui la rongeaient.

« J'aime notre mère, reprit-elle. Et je ne pourrai jamais lui vouloir aucun mal, je le sais. Ce n'est pas l'envie de nuire qui m'anime, j'en suis certaine ! Maman me crie de l'aider, de la libérer... Cet appel qui résonne en moi est si fort, David ! Et je me sens le devoir d'y répondre... Il ne se passe pas une seule minute sans que je songe à le faire. Moi aussi je veux poser mes mains sur son front... J'en suis convaincue à présent : j'ai, moi aussi, le don de guérison. N'est-ce pas formidable ?

— En es-tu sûre ?

— Oui, sans le moindre doute. Je peux aider Mère, moi aussi ! »

Mary Ann irradiait de bonheur derrière le rideau de larmes qui brouillait sa vue. Je connaissais cependant trop

bien ma sœur pour être dupe de ses mensonges, et sus immédiatement que cet élan-là était sincère. J'ignore encore
si c'était la perspective d'avoir ainsi plus de force pour
lutter contre la maladie ou bien le fait de découvrir que
ma sœur pouvait aussi faire le bien mais, l'un ou l'autre,
il est de fait que j'en pleurai de joie.

« Alors viens avec moi. » Mère vit d'abord mon sourire
rayonnant et me le rendit. Je pris place sur le lit à côté
d'elle et lui baisai les mains, vivant l'instant le plus heureux de ma courte existence. Puis Mary Ann pénétra à
son tour dans la chambre, et je rassurai notre mère dont
les doigts s'étaient crispés autour des miens : « Mary Ann
est comme nous, désormais.

— Tu en es bien sûr, David ? » Mère étant un peu
inquiète, je la rassurai avec autant de force que de conviction. « Je resterai là », répondis-je en désignant une chaise
placée non loin du lit. Puis je cédai la place à ma sœur
pour aller m'asseoir sur ce siège, dos au mur. Je tenais à
ce que, pour sa première intervention, Mary Ann se sentît
à son aise. Mon point de vue n'était cependant pas idéal,
puisque je ne distinguais le visage d'aucune des deux protagonistes. Mais au moins pouvais-je réagir immédiatement au moindre bruit suspect, ce qui constituait selon
moi l'essentiel de ma mission.

Ma sœur tourna la tête dans ma direction en me lançant un regard plein de gratitude. J'y lus plus que le désir,
le besoin d'accomplir son œuvre. C'est plus tard seulement
que je devais comprendre l'étendue de mon erreur. Mary Ann
posa ses mains sur le front de Mère, dont la respiration

régulière était un signe d'assoupissement. J'observai la scène en souriant, plein de confiance et de sérénité.

Ce fut ma sœur qui, d'une voix rauque qui me fit frissonner, rompit le charme. « Pardon, David. » Je ne la connaissais ni si calme ni si grave, et compris immédiatement ce qui venait de se produire. Je me précipitai vers le lit. Mary Ann avait encore les mains posées sur le front de notre mère, dont la respiration devint sifflante et laborieuse avant de cesser brutalement. Sa carnation avait pris une teinte sombre et l'on pouvait suivre le parcours de ses veines noirâtres sous l'épiderme abîmé. Un filet de sang déjà presque sec perlait à la commissure de ses lèvres.

« Mon Dieu, Mary Ann, mais qu'as-tu donc fait ?

— Je... Je voulais la guérir... Le don bouillonnait en moi, je... j'ai cru un instant que j'allais la guérir.

— Mais tu l'as tuée ! m'écriai-je, horrifié. Tu as tué notre mère, espèce de démon ! Père ne te suffisait donc pas ? Oh, mon Dieu, qu'ai-je permis ? Tu as tué maman... » Le chagrin me submergea, et c'est à peine si j'entendis les excuses bredouillées par ma sœur.

« Je suis un monstre... Je mérite de mourir, moi aussi », sanglota-t-elle. Incrédule, je levai la tête vers elle. Son visage était d'une pâleur de spectre. Elle se mit soudain à trembler et à suffoquer en hurlant d'une voix suraiguë qu'elle était un monstre et qu'elle n'avait pas voulu cela.

Avec le recul je crois sincèrement que Mary Ann pensait soigner notre mère ce jour-là. Son don n'en était alors qu'à ses prémices et, en outre, elle en avait mal interprété les signes. Mais, sur l'instant, tout ce que je vis, c'est qu'elle *était en mesure de catalyser la maladie, de se l'approprier et de l'amplifier, au point d'avoir pu précipiter la mort de notre mère. Me sentant incapable de regarder Mary Ann, je tournai la tête et fermai les yeux de notre mère. Lorsque, de longues heures plus tard, je cherchai ma sœur dans notre maison, je ne la trouvai pas.*

*Mary Ann s'était enfuie, et ne revint qu'après plusieurs semaines. Méconnaissable, pestiférée et moribonde. Ses magnifiques cheveux blonds étaient devenus noirs de crasse, ses os saillants au point qu'ils transperçaient presque sa peau, devenue sombre à cause de la peste. La seule lumière qui émanait d'elle trouvait sa source dans ses yeux qui, par contraste, semblaient incroyablement clairs.*

*Je l'accueillis en pleurant et la serrai dans mes bras, priant secrètement pour que sa maladie m'emporte à mon tour. Que me restait-il, de toute façon ? Mary Ann s'agrippa à moi de toutes ses forces, comme si j'étais son unique planche de salut, comme on s'accroche à son dernier souffle, à son ultime espoir...*

Non seulement les EDV qui font le mal se dépigmentent, mais ils développent aussi les symptômes des troubles qu'ils causent. Ce jour-là aurait dû être le dernier de Mary Ann, qui avait pourtant vécu longtemps après son treizième anniversaire. Il y avait quelque chose d'illogique dans cette histoire, à moins que... La jeune fille devina ce qui lui avait permis de survivre.

*Son corps était glacé. Je fis tout mon possible pour la couvrir et la réchauffer.*

*« Je... j'ai semé la mort tout autour de moi, dans la ville. Partout des gens sont tombés et en ont contaminé d'autres. Je n'arrivais pas à m'arrêter, David. J'étais si triste de ce que j'avais fait... Je ne voulais pas leur faire de mal... Je ne voulais pas tuer notre mère, je te le jure... Pardonne-moi, je t'en supplie..., implora-t-elle. Je te jure que j'étais sincère...*

*— Je sais, Mary Ann, je sais... Je te pardonne. Mère aussi t'a pardonné, j'en suis sûr. » Ces mots semblèrent l'apaiser. Que dire d'autre à une mourante ? Je ne compris pas immédiatement qui étaient ces gens qu'elle avait évoqués. Je vivais cloîtré depuis le drame et ignorais tout de l'hécatombe que ma sœur avait provoquée. Pourtant, elle avait contribué à la propagation de la peste en inoculant la maladie à quiconque avait croisé son chemin. À treize ans seulement, elle était responsable de la mort de près d'un Londonien sur cinq.*

*Mais un enfant du volcan est incapable de lutter contre sa nature... Nous restâmes longtemps blottis l'un contre l'autre, assis à même le sol, et finîmes par nous endormir. Mon sommeil fut peuplé de cauchemars et, au réveil, je me sentis incroyablement faible. Avais-je, à mon tour, contracté le virus de la peste ?*

*Je tentai de me relever sans déranger ma sœur, encore profondément endormie. Mon cœur se serra d'émotion. Nous n'avions que treize ans, et nous allions mourir après avoir enterré nos deux parents. C'est alors que Mary Ann se retourna dans son sommeil. La vue de son visage me fit l'effet d'un coup de poing à l'estomac. Plus rien, plus aucune trace. Sa peau était redevenue rose et ses joues rebondies. Elle respirait la santé ! Seuls ses yeux, qu'elle ouvrit en entendant mon cri, étaient restés de cette étrange clarté.*

*Saisi d'un vertige, je compris tout à coup : je l'avais régénérée…*

Il était indiqué que SENTINEL avait recueilli les jumeaux quelques jours plus tard. La jeune fille se demande pourquoi David n'a pas neutralisé sa sœur ou du moins révélé d'emblée sa vraie nature à ses bienfaiteurs. Elle a la réponse quelques lignes plus loin :

*Mary Ann avait hérité du charme de notre père, qui était un empathe. Lui résister était tout simplement impossible.*

# 7.

— **H**é, Kaleb ! J'étais pas sûr que ce soit toi ! T'as vachement changé, vieux !

Kaleb sursaute violemment. Il ne s'attendait pas à tomber sur un ancien camarade de classe dans le jardin du Luxembourg.

— Bah, je suis pas rasé, c'est pour ça.

— Non, répond le garçon. On dirait que t'es plus âgé…

Kaleb se contente de hausser les épaules. Il n'est pas d'humeur à discuter et puis, de toute façon, il ne se souvient même pas du prénom de son interlocuteur !

Ce dernier semble comprendre le message et prend congé après s'être inventé un rendez-vous pour lequel il est déjà en retard.

Malgré ses protestations, Kaleb aussi a remarqué le changement. En plus de l'éclaircissement de ses pupilles, il a l'air plus mûr. Il n'est plus un adolescent mais un jeune homme. En temps normal, il s'en serait réjoui : voilà de quoi élargir sa palette de conquêtes féminines ! Mais c'est, pour l'instant, le cadet de ses soucis. Les soldats de SENTINEL sont en guerre. Et il n'est absolument pas préparé pour les affronter. Il doit impérativement s'entraîner, s'il veut avoir une chance de survivre.

— Allô, papa ?

Franck Astier a décroché à la première sonnerie, manifestement inquiet pour son fils.

— T'es où ?

— J'avais besoin de faire un tour... de changer d'air. Je ne pense pas rentrer ce soir.

— Quoi ? Mais tu veux aller où ? Kaleb tu ne peux pas...

— Chez une amie. J'ai vraiment besoin de ça.

— Une amie ? Ta petite copine du moment ?

— Ouais.

L'homme soupire, soulagé. La vie continue et son fils a de la ressource, c'est déjà ça.

— OK. Pour une fois que tu m'appelles, je vais pas te dire non. Amusez-vous bien.

— Merci.

Kaleb n'a aucun doute. Lucille ne pourra que succomber à son charme et l'accueillir chez lui. Elle n'a pas répondu à son dernier message, mais il lui suffira de surjouer un peu la culpabilité pour se faire pardonner.

Il n'avait pas prévu que ce soit sa mère qui ouvre la porte.

— Jeune homme, vous n'êtes pas le bienvenu chez nous. Mon mari ne va pas tarder à rentrer et il risque de perdre son calme en vous voyant, alors soyez malin et partez !

Mais il ne bouge pas et reste appuyé contre le chambranle, la fixant d'un air désinvolte. Bien sûr, elle pourrait rabattre la porte sur lui, pour l'obliger à partir, mais elle ne parvient pas à s'y résoudre. Quelque chose en lui retient son attention. Elle ne peut détacher son regard du sien. Il lui sourit. Un sourire à faire fondre une bonne sœur.

— N'ayez pas peur de moi. J'ai besoin que vous m'acceptiez chez vous. S'il vous plaît.

Il pousse quelques ondes positives dans le crâne de son interlocutrice. Elle demeure silencieuse, hyperconcentrée, subjuguée par sa voix grave et sa façon de siffler légèrement les « s ». Puis sa main se détend, sur la poignée. Comme elle semble hésiter, il insiste encore un peu.

— Comment vous appelez-vous ?

— Béatrice.

Sûr de lui, sans la lâcher des yeux, il s'approche tout près de son visage. Il lui rappelle ce garçon, au lycée… quand elle avait l'âge de sa fille. Il ne s'était jamais intéressé à elle. Il faut dire qu'il avait l'embarras du choix… Il était beau, un look de voyou… Tout pour faire fondre les jeunes filles. Ce

Kaleb a quelque chose de magnétique, d'irrésistible. Elle comprend pourquoi il plaît à sa fille. Pendant quelques secondes, elle l'envie de pouvoir séduire ce genre de garçon. Il est jeune. Peau ferme, pas de ventre. Sûrement une vigueur que son mari n'a plus depuis longtemps. Lucille n'étant pas encore rentrée, elle a le garçon pour elle toute seule, pour le plaisir des yeux… Sa fille n'existe plus. Elle, au moins, est une vraie femme. Cette façon qu'il a de la regarder paraît chargée de promesses… Après tout, elle est encore pas si mal… Et elle n'a pas l'air de le dégoûter.

— Qu'est-ce qu'il fout là, lui ?!

Son abruti de mari vient de tout gâcher. Béatrice n'a cependant pas le loisir de lui répondre. Kaleb s'est déjà lancé dans une longue tirade où il est question de Lucille, de responsabilité, de confiance. Elle n'arrive pas à se concentrer sur les mots. Son mari non plus. L'homme boit les paroles de Kaleb en le fixant d'un air hébété. Le jeune homme n'a pas lésiné sur la charge d'émotion. Les parents de Lucille baignent désormais dans un climat d'amour et de joie et lui ouvrent grand leur porte. Quand la jeune fille rentre chez elle, elle n'en croit pas ses yeux. Kaleb est bien la dernière personne qu'elle s'attendait à trouver chez elle.

— Pourquoi tu n'as pas répondu à mon dernier message ? demande-t-il, une fois seul avec elle.

— Parce que j'en ai marre que tu me fasses souffrir. Faut que je me désintoxique de toi, Kaleb. Tu me rends folle, je pense à toi tout le temps.

Kaleb songe soudain aux six SMS qu'elle lui a envoyés à la suite. Peut-être a-t-il commis une erreur en venant ici ?

— Tu veux que je parte ?

— Non !

Elle a répondu plus vivement qu'elle ne l'aurait souhaité. Mais c'est plus fort qu'elle, elle l'a dans la peau.

— Je veux... je veux être à toi.

Cinq mots qui électrisent le jeune homme. Après tout, ils sont jeunes, beaux... et atterrissent tous les deux dans la chambre d'une Lucille plus que consentante... Oui, Kaleb a envie de se laisser aller à la douceur du moment. Il a besoin d'une trêve, au beau milieu de cette guerre qui le dépasse. Besoin de se laisser aller au plaisir, à la facilité. Besoin de faire ses armes sur un cobaye tout trouvé.

Alors il s'empare du cœur de la jeune fille et le goûte avec délices. Un enfant du volcan peut-il lutter contre sa vraie nature ?

## 8.

Elle a achevé sa lecture à six heures du matin. Non qu'elle soit particulièrement lente, mais elle a tout relu deux fois pour s'imprégner de chacun des mots de David Armstrong et de l'horreur qu'il relate.

Elle connaît désormais son erreur. Si Kaleb Helgusson porte déjà les stigmates du Mal, on ne peut rien espérer de lui. Le Mal finira par prendre le dessus et annihiler son humanité.

C'est ainsi, un EDV qui fait une seule fois le mauvais choix est foutu.

Douche rapide, jean, chemise, queue-de-cheval tirée à l'extrême : elle est prête pour affronter sa nouvelle vie. Discipline, dévotion, devoir, ascèse seront désormais ses seuls credo. Un dernier regard furtif au petit miroir et elle quitte sa chambre en claquant la porte, comme à son habitude.

Un effroyable fracas la stoppe net. Elle rouvre la pièce en catastrophe et se précipite vers la salle d'eau. Le miroir vient de tomber du mur et s'est fracassé sur le lavabo. Des éclats scintillants parsèment le sol carrelé.

— C'est bien ma veine !

La jeune fille ramasse les morceaux et les jette en espérant que les fameux sept ans de malheur ne soient que du folklore... sinon, ça ne présage rien de bon quant à son avenir.

Dans le couloir, elle croise un groupe de soldats qui revient de mission. Ils la saluent rapidement, sans s'arrêter. Elle se demande si ce sont eux qui ont « nettoyé » le junkie et les observe du coin de l'œil tandis qu'ils s'éloignent. L'un fait une halte. Il attend d'être hors du champ de vision de ses camarades pour prendre appui contre le mur. Il a l'air extenué. La jeune fille le rejoint, inquiète.

— Ça va, soldat ?

Il sursaute, comme pris en flagrant délit. Il ouvre la bouche pour se défendre et justifier sa faiblesse, mais lorsqu'il croise le regard de la jeune fille, il n'a pas la force de mentir. Il se contente d'opiner du chef d'un air aussi digne que possible mais, à sa grande surprise, fond en larmes.

— Hé, qu'est-ce qui vous arrive ?

Mais il ne trouve pas les mots pour répondre. Sa fierté, sans doute... Il semble porter toute la misère du monde sur ses épaules. L'homme a l'impression de couler. Et elle est là, si belle, tel un phare, une lumière délicieuse. Et avant même qu'elle ne comprenne ce qui se passe, il se jette dans ses bras en sanglotant. L'étreinte, d'abord timide, se fait plus exigeante, de plus en plus pressante. Le soldat a une force incroyable. Il l'étouffe, va lui exploser les côtes. La jeune fille proteste, plaque les mains sur son torse pour le repousser, mais il est plus fort qu'elle. Il la coince contre le mur et, soudain déchaîné, entreprend de lui malaxer les seins et de lui voler un baiser. C'est un bruit dans le couloir qui l'interrompt soudain.

Les deux se regardent alors longuement, incrédules.

— Je ne comprends pas ce qui m'est arrivé… Ce n'est pas dans mes habitudes. Veuillez accepter mes excuses, ça ne se reproduira pas, lâche-t-il fermement avant de s'enfuir à grandes enjambées.

Il semble avoir retrouvé toute son énergie. Stupéfaite, la jeune fille se trouve incapable de répondre quoi que ce soit. Ce type est-il devenu fou ? Si le colonel a vent de son écart de conduite, il le tuera. Elle lève la tête pour vérifier l'emplacement des caméras de surveillance et est prise de vertiges. Elle n'était pas prête à subir de telles émotions après les dernières épreuves qu'elle vient de vivre : elle se sent extrêmement lasse, comme vidée.

Elle s'efforce de ne rien montrer à son père, lorsqu'elle pénètre dans son bureau.

C'est leur première rencontre depuis sa punition. Elle veut faire bonne impression, montrer qu'elle a compris la leçon. Il ne juge pas utile de revenir sur les derniers événements, mais lui confirme qu'elle est rétrogradée. Docile, elle accepte la sanction en baissant la tête.

— Désormais, vous me rendrez compte de votre emploi du temps à la minute près, soldat.

— Oui, colonel.

— Qu'avez-vous prévu, aujourd'hui ?

— Du sport, colonel, afin d'être en condition pour la traque. L'étude des méthodes de déstabilisation et de neutralisation des EDV.

— Vous avez fini le rapport que je vous ai donné à lire ?

— Oui, colonel. J'ai compris qu'il ne servait à rien de parier sur un EDV qui a déjà commencé la dépigmentation. Le moindre signe dans ce sens est un aveu. Nous devons être sans pitié avec cette engeance.

— Parfait. Je vous donnerai la suite du rapport. Quoi d'autre ?

— Je vais passer commande d'un nouveau miroir, le mien est cassé, colonel.

— Non.

La jeune fille a un geste d'étonnement. A-t-elle bien entendu ?

— Pardon ?

— J'ai dit non. Si vous l'avez cassé, tant pis pour vous. Nous n'avons pas plus à encourager votre vanité qu'à réparer vos maladresses.

— Mais il s'est décroché tout seul !

— Je m'en moque, soldat. Ne comptez pas sur moi pour accéder à votre requête. Fin de la discussion. Vous pouvez disposer.

Il ne lui laissera donc plus rien passer. L'assistante tourne les talons, les larmes aux yeux. Elle n'a jamais été d'une coquetterie forcenée, mais ce miroir était la seule chose qui lui rappelait qu'elle était encore une jeune fille. Il n'y en avait nulle part ailleurs dans les locaux. Elle sent monter la colère, mais se souvient de ses résolutions et se raisonne. Après tout, un soldat n'a que faire de son apparence. Elle doit s'endurcir.

Sa journée est exemplaire. Elle s'astreint à trois heures de sport, malgré la fatigue qui ne l'a pas quittée, puis se plonge dans les manuels destinés aux chasseurs d'EDV.

Ce n'est qu'aux alentours de dix-neuf heures que son estomac se rappelle à elle avec force torsions et gargouillis. Gênée, elle lève la tête de ses livres et vérifie s'il y a quelqu'un d'autre dans la bibliothèque. Soulagée, elle ne voit personne.

— On dirait que tu as faim, toi !

La jeune fille sursaute violemment. Elle n'avait pas vu le soldat qui se tenait derrière son siège ! Elle est cramoisie de honte.

— Oui. Je n'ai pas fait de pause depuis ce matin.

En disant cela, elle constate à quel point elle se sent faible. Elle tente de se lever, mais est prise d'un violent vertige qui la fait s'écrouler dans les bras du jeune homme.

— Je vois ça... Viens, je t'emmène à la cantine.

— Ça va... aller, répond-elle faiblement.

— Sûrement mieux après avoir mangé, oui.

Il l'empoigne fermement et la conduit au réfectoire. Il a beau être un soldat, il n'est pas un monstre pour autant.

Elle mange comme dix hommes, ce qui le fait sourire.

— Tu sors de prison ou quoi ?

Elle se rembrunit aussitôt. A-t-il déjà connu le sort qui lui a été réservé ? Peu probable.

— Plus ou moins, réplique-t-elle.

Elle aurait pu le rembarrer. Elle n'a jamais été très liante avec les autres soldats. Mais celui-ci semble vraiment gentil. Elle n'a aucune envie qu'il parte. Elle se sent si seule ! La nourriture lui a fait du bien, mais la sensation de faim demeure encore là, profonde, impérieuse. Elle pousse un long soupir et arrache son élastique. La queue-de-cheval devient crinière.

— Tu es jolie, comme ça, dit-il, admiratif.

Interloquée, elle ne sait quoi répondre. C'est la première fois qu'on lui fait un compliment. Jolie ? Vraiment ? Le jeune homme a l'air pourtant sincère. Le genre de garçon simple, sans malice. Elle se demande un instant ce qu'il fout dans cette galère mais, bien sûr, il a certainement ses raisons.

— Merci...

Elle se trouve un peu idiote de lui répondre ça, mais que dire d'autre ?

C'est la première fois qu'il la regarde vraiment. Tout le monde sait qu'elle est la chasse gardée du colonel et aucun soldat ne se serait risqué à lui parler comme il vient de le faire. Elle règne sur les esprits de chacun en princesse intouchable et a toujours encouragé les autres soldats à se tenir à bonne distance. Elle paraît d'une telle froideur... en temps normal. Mais, tout à l'heure, à la biblio- thèque, cela a été plus fort que lui : il fallait qu'il s'approche d'elle et lui parle. Il ne le regrette pas. Tout le monde à SENTINEL l'avait deviné depuis longtemps, en l'observant de loin, mais de près elle est d'une beauté à couper le souffle. Elle respire la vie, la jeunesse, dégage un charme fou... Il lutte tant bien que mal contre l'envie de l'embrasser, là, tout de suite, maintenant, devant tout le monde. Son désir, violent, s'amplifie à chaque seconde.

Il jurerait que l'attirance est réciproque. Il y a des signes qui ne trompent pas. Pour commencer, ces deux premiers boutons de chemise qu'elle a déboutonnés pendant le repas, sans même s'en apercevoir. Puis ses joues ont rosi et quelques plaques sont apparues à la base de son cou. Elle le fixe rêveusement, pupilles dilatées, quand il lui parle... Oui, il sait qu'elle en a autant envie que lui. Il n'ose croire à sa chance.

— Ça te dirait d'aller faire un tour ?

— Je... je ne sais pas si je peux...

— Pour digérer !

— D'accord.

Dans le couloir qui les mène tout doucement vers sa chambre, il a la folie de lui effleurer les doigts du bout des siens. Elle ne le repousse pas. Au contraire, elle lui rend la caresse et lui lance un regard si troublé qu'il croit exploser. Le chemin lui semble interminable, mais d'une tension érotique si intense qu'il est certain de ne jamais en avoir connu de telle. La chaleur de la jeune fille le transperce, le contact de sa peau l'électrise, il marche au radar, toutes ses hormones en effervescence.

Avant d'ouvrir la porte de sa chambre, il se tourne vers elle, pour vérifier qu'il ne rêve pas. Elle plaque alors son corps contre le sien, comme s'ils étaient aimantés. Il actionne la poignée d'une main tremblante et, quand ils sont enfin à l'intérieur, attire la jeune fille à lui. Elle lui rend son baiser comme aucune fille ne l'avait jamais embrassé. Il sait instantanément que la nuit sera torride, comme nulle autre jusqu'alors.

Ce qu'il ignore, c'est que le lendemain, il sera mort.

# 9.

S'il avait laissé Lucille l'aimer par elle-même, tout aurait été différent.

Il aurait pu s'agir d'un amour vrai, le genre qui régénère.

Au lieu de cela, il n'avait cessé de jouer avec elle, de l'utiliser, d'instiller en elle des sentiments artificiels.

Il était en effet devenu la drogue dont elle ne pouvait décrocher. Et depuis la mort de Robin, Kaleb savait mieux que personne que les histoires de dépendance ne finissent jamais bien.

Lucille ne lui servait à rien. Elle ne le régénérait pas. Au contraire, chaque fois qu'il se faisait les dents sur elle, il perdait de sa sensibilité. Comme si capter et utiliser les émotions des autres chassait les siennes. Plus il se servait de son empathie pour manipuler, moins il ressentait de compassion. Ce n'était pas désagréable. Au contraire, il se sentait plus fort ainsi, sans ces foutus sentiments parasites que sont la peur ou la culpabilité. Il se demanda s'il finirait par ne plus avoir de sentiments, de cœur. Puis haussa les épaules et se dit qu'il aurait toujours le moyen de s'approprier celui des autres et passa à autre chose.

En revanche, il ne pouvait renoncer à rechercher ses origines. C'était plus fort que lui. Il fallait qu'il retrouve la trace de ses ancêtres. Et pour cela, il devait rencontrer d'autres EDV, qui pourraient peut-être l'aider à remonter jusqu'à eux. Il s'était donc rendu dans un cybercafé.

Survivor était toujours aux abonnés absents, Vulcan en ligne, et les curieux du forum avaient dû se trouver d'autres occupations, puisque personne d'autre n'était connecté.

Vulcan : Ça fait longtemps. Comment tu vas ?
Kaleb : Mal. Mon voisin s'est fait descendre par SENTINEL. C'était une de leurs taupes.
Vulcan : Quoi ? Comment est-ce possible ?
Kaleb : Il se faisait passer pour mon ami, il est mort d'une overdose provoquée... J'ai tout ressenti, de loin. Je suis un empathe, ne l'oublie pas.
Vulcan : Comment peux-tu être sûr que c'était une taupe ?
Kaleb : Ça ne te regarde pas.
Vulcan : Ton don a évolué, c'est ça ?
Kaleb : J'ai décidé de me défendre à présent. J'ai besoin de contacter les autres pour comprendre d'où je viens. Tu m'as dit savoir où ils étaient.

Vulcan : Tu ne veux toujours pas te confier à moi, mais tu exiges que je te donne des informations secrètes !

Kaleb : Tu ne m'as donné aucune raison de te faire confiance.

Vulcan : Moi-même je ne me fais pas confiance… avec ce don maudit.

Kaleb : Je te croyais inhibé.

Vulcan : C'est plus compliqué que tu ne crois. Quoi qu'il en soit, je ne suis pas sûr que contacter les autres soit une solution. Intégrer un groupe, c'est aussi se mettre en danger : on se fond moins facilement dans la masse.

Kaleb : C'est mon seul espoir de retrouver les miens et comprendre si ma mère était comme moi. C'est important.

Vulcan : Si ta mère avait voulu que tu retrouves ta famille, elle aurait fait en sorte que tu le puisses, tu ne crois pas ?

Kaleb : Je n'en sais rien. Mais j'ai du mal à croire qu'on peut lâcher son fils empathe dans la nature sans le mettre un minimum au parfum.

Vulcan : C'est vrai… Je comprends ta frustration. Tu es sûr qu'elle ne t'a pas laissé de message ?

Kaleb : Rien, pas de lettre ni de testament.

Vulcan : Ça aurait pu prendre d'autres formes…

D'autres formes ? Il ne voit pas… à moins que… mais oui ! L'évidence était pourtant sous ses yeux !

Kaleb : Tu sais que tu es génial, toi ?

Vulcan : Tu penses à quelque chose ?

Kaleb : Oui ! Ma mère m'a légué une boîte à musique !

Vulcan : Et alors ?

Kaleb : Et alors, il y a une inscription en islandais, gravée sur le couvercle !

Vulcan : Tu es sûr ?

Kaleb : Si je te le dis !

Vulcan : Et ça dit quoi ?

Kaleb : J'en sais rien... je ne comprends pas cette langue... et je ne me suis jamais dit que ça pourrait avoir de l'importance ! Je dois filer pour récupérer ma boîte et faire traduire le message !

Vulcan : Attends... Il faut que je te dise quelque chose.

Kaleb : Dépêche-toi.

La jeune fille doit déployer des trésors d'ingéniosité pour le retenir devant son écran. Pendant ce temps, elle demande par mail à un soldat d'alerter la police française sur la présence dans le quartier où se trouve Kaleb d'un pickpocket très recherché. Le « témoin » déclarera l'avoir vu entrer dans un cybercafé et les flics débarqueront dans quelques minutes pour un contrôle en règle des clients. De quoi retarder le jeune homme et laisser le temps aux Sentinelles sur place de récupérer l'objet chez lui. Le colonel sera fier d'elle.

Au bout de vingt minutes, lassé des atermoiements de Vulcan qui lui fait perdre son temps, Kaleb se déconnecte sans prendre congé et se dirige vers la sortie.

— Pas si vite, jeune homme !

Un policier lui barre le chemin.

— Excusez-moi, je suis pressé.

— Eh bien, il va falloir prendre votre mal en patience. Contrôle d'identité !

Il ne sert à rien de discuter. Kaleb sort ses papiers de sa poche et les montre à l'officier.

Le contrôle du cybercafé dure plus d'une heure. Kaleb ronge son frein, conscient qu'il ne doit pas se faire remarquer. Pourtant, l'impatience, la colère sont bien là et il se fait violence pour ne pas les insuffler aux autres clients. S'il ne se contrôle pas un minimum, cela risque de se terminer comme l'autre fois, dans le bus. Et Kaleb ne peut pas prendre le risque d'être arrêté. Il se concentre donc sur Lucille. Il se connecte à elle. Il appelle à lui son calme, sa joie de vivre. Inspire très fort, et reçoit le paquet d'émotions comme une dose euphorisante. Voilà, c'est ça… Redescendre. Tout va bien se passer !

Dès que la police repart, il s'élance hors du cybercafé, ignorant les excuses du propriétaire qui n'y est pour rien. Après trente minutes de métro, il arrive enfin en bas de chez lui. Un mauvais pressentiment lui tord soudain l'estomac. Il avale les marches qui le séparent de chez lui quatre à quatre. Et encore une fois, arrive trop tard.

Tout est par terre, sens dessus dessous. Des objets ont été lancés sur le sol et sont brisés en mille morceaux. Les rideaux ont été arrachés, les meubles renversés. Kaleb contemple, interdit, le triste spectacle du pillage de son appartement. Inutile d'aller vérifier si la boîte à musique est toujours là. Il sait que non. Il peut renifler la présence des mêmes enfoirés qui ont achevé Robin. Il en aurait pleuré… s'il n'avait pas senti une sensation confuse émaner de l'autre côté du canapé.

Kaleb s'approche lentement. Soudain il se laisse tomber à genoux sur le sol dur et pousse un long cri, qui se transforme en sanglots incontrôlables.

Son père, visage fracassé et dos brisé, gît inconscient sur le parquet.

# 10.

C'était moins une. Un peu plus et Kaleb décryptait le message sur la boîte à musique… Karl Bergsson n'a pas lâché l'objet depuis qu'on le lui a apporté. Il reste là, dans le noir, à caresser le couvercle dont il connaît l'inscription par cœur, ou à actionner le mécanisme qui fait danser la figurine. N'importe qui, le voyant dans cet état, yeux dans le vague, rictus mauvais plaqué sur les lèvres, marmonnant quelques mots en islandais, pourrait le croire fou. Aux émotions anciennes datant d'avant sa naissance – émotions qui appartiennent à Helga – viennent s'ajouter celles de Kaleb. Le contact avec l'objet se révèle riche d'enseignements. Il perçoit la lutte entre les envies contradictoires du jeune homme, son choix de la facilité, la peur, aussi, qui s'est estompée ces derniers jours.

Il lui faudra mettre le paquet pour terroriser le jeune empathe, plus coriace qu'il ne l'aurait imaginé. Mais le colonel ne manque pas d'imagination pour semer la panique dans le crâne de ce démon. La panique... le meilleur moyen qu'il connaît pour le contrôler.

Cela doit bien faire deux heures qu'il est assis dans ce fauteuil, ses pensées divaguant au rythme de la musique mécanique, attendant l'appel vidéo auquel il ne peut se soustraire.

L'appareil sonne. Il prend le temps d'éclairer la pièce avant de répondre. Le visage de ce faux cul de Powel s'affiche en grand sur son écran.

— Vous avez l'objet ?

— Le voici, répond Bergsson en agitant la boîte devant la webcam.

— Des dommages collatéraux ?

— Le père, mais il ne se doute pas du vrai but de la visite.

— Parfait.

Oui, parfait. Mais là où Powel ne voit qu'une simple opération d'intimidation pour mieux convertir Kaleb le moment venu, le colonel, lui, sait qu'il vient d'ôter au jeune homme bien plus qu'un souvenir maternel. Il a resserré ses filets et le lui fait savoir. En outre, il eût été dommage que Kaleb puisse décrypter l'inscription...

— Vous connaissez l'autre objet de cet appel, Bergsson.

— Oui.

— J'attends…

— Le sevrage est une réussite.

— La transformation a-t-elle commencé ?

— Oui. Mais elle n'en saura rien : elle n'a plus de miroir…

En effet, pendant l'isolement de la jeune fille, le colonel avait pris l'initiative de dévisser suffisamment le support de son miroir pour qu'il tombe dès que son assistante claquerait sa porte – ce qu'elle faisait systématiquement.

— Bien joué, se contente de répondre Powel. Vous avez des choses à me montrer, si je ne m'abuse…

— En effet.

Le colonel lance aussitôt la première vidéo.

Elle dure sept minutes environ et montre son assistante en train de consoler un soldat exténué. Bien que l'image soit de mauvaise qualité, Powel ne perd rien de la réaction de l'homme sitôt qu'il entre en contact avec elle. Bergsson aurait volontiers écrasé le nez de son interlocuteur, juste pour lui faire passer l'envie de ricaner devant ce spectacle affligeant.

— Il aurait pu la violer ! s'exclame Powel, surexcité.

— Elle ne l'aurait pas laissé faire.

Le colonel se contient pour ne pas cracher son mépris à la face de son supérieur. Mais le moment viendra…

La seconde vidéo est beaucoup plus longue. Elle réunit des fragments récupérés via différentes caméras de surveillance. Bibliothèque, réfectoire, couloirs, chambre de soldat.

En haut à droite de l'image, l'empreinte thermique des personnes filmées.

La jeune fille reste le point de mire. On la voit clairement se réchauffer au fil de la soirée et émettre un rayonnement qui hameçonne le soldat de ses bras chauds. La température du jeune homme a aussi grimpé. Rien de spectaculaire, juste un ou deux degrés. Suffisamment pour le faire transpirer et provoquer une vasodilatation. D'expérience, le colonel devine que l'élévation de sa température corporelle a été accompagnée, chez son assistante, d'une émission conséquente de phéromones. Les tests pratiqués sur sa mère le lui ont appris…

La suite des événements est prévisible. Ne pouvant résister à leur désir mutuel, les deux jeunes terminent dans la chambre du soldat Watts. Une caméra à infrarouges prend le relais. Powel assiste alors, fasciné, à l'expression du don de la jeune fille. Les corps semblent s'embraser. Elle, qui était vierge, paraît possédée et chevauche son partenaire avec la rage d'une Walkyrie et la sensualité d'une femme amoureuse. Le type semble comme fou, il bout littéralement. On pourrait craindre qu'ils ne prennent feu.

Puis la vapeur s'inverse. L'image de la fille devient pourpre et celle de son amant perd en intensité. Il redevient orange, jaune, passe au vert... L'assistante se déchaîne et finit par saturer l'écran de son rayonnement. Le soldat ne bouge plus. Pantin jaune et gris, inconscient dans l'extase de la petite mort qui va sûrement le faire claquer.

Powel a la bave aux lèvres, yeux rivés au moniteur. Il existe donc une arme de première catégorie à SENTINEL et elle est à lui. Pendant quelques secondes, il perd tout recul, complètement enivré par la puissance de ce spectacle.

— Elle est prête ! Elle est prête ! répète-t-il, fasciné.

— Oui.

La jeune fille sera un formidable appât pour attirer les EDV en douceur jusqu'à SENTINEL. Une sorte de courtisane vengeresse, de Lilith justicière qui ramènera dans ses filets les plus durs, les moins influençables de leurs ennemis. Elle est sur le point d'embrasser son destin et commencera par la mission la plus difficile qui soit, au vu du risque que cela comporte pour elle : séduire Kaleb Helgusson. Un faux pas, une seconde d'inattention et elle viendra gonfler le rang des Sentinelles tombées pour la cause. Car pour elle, approcher l'empathe représentera un danger réel, et pas des moindres. Bergsson le lui expliquera le moment venu. Mais pour l'instant, il doit se concentrer sur cet abruti de Powel qui n'a même pas la décence de cacher son désir pour sa fille. Pas besoin d'être un empathe pour deviner les odieux fantasmes qui l'agitent.

À cet instant précis, Powel se dit qu'il donnerait tout pour faire l'amour avec elle. Bien que naturellement immunisé contre les EDV, il saurait y trouver son compte. Il lui faut cette créature coûte que coûte…

Bergsson arrête le film brutalement.

— Ce n'était pas terminé !

— Vous en avez assez vu pour vous faire une idée d'ensemble !

Powel écume de rage et s'impose un effort surhumain pour ne rien en laisser paraître.

— Certes. Mais je tiens à connaître la fin.

— Watts est décédé à 5 h 40, ce matin.

— Elle l'a tué ?

— Presque. Mais elle s'est aperçue du mal qu'elle lui faisait avant d'aller jusqu'au bout. Et, instinctivement, elle a su lui rendre le souffle vital qu'elle lui avait pris.

De mauvaise grâce, Bergsson avance le film jusqu'à son issue. On y voit la jeune fille, incroyablement calme, en train de ranimer le soldat, sans se vider de sa force pour autant. Le colonel est fier. L'éducation qu'il lui a dispensée a pris cette nuit tout son sens.

— Elle a choisi le Bien, continue-t-il.

— Pourtant le soldat est mort, insiste Powel.

— Oui. Mais de mes mains. Coucher avec elle fut sans doute l'expérience la plus intense de sa courte vie. Il en savait désormais trop, il aurait pu deviner ce qu'elle était et...

Le colonel marque une courte pause et fixe intensément la caméra, de son regard si curieux.

— Je ne pouvais prendre le risque qu'il comprenne que ma fille est un succube.

# CINQUIÈME PARTIE

# 1.

C'est peut-être la dernière fois qu'il verra son père.

La raison pour laquelle il retarde au maximum le moment fatidique. Mais il ne pourra pas repousser indéfiniment ce rendez-vous avec lui-même et devra se rendre à l'hôpital. Pourtant, une fois l'ambulance partie, il prend le temps de remettre de l'ordre dans l'appartement, comme pour effacer le drame qui s'y est produit, mais aussi dans l'espoir de comprendre ce qui motive ses ennemis, de s'en imprégner. Encore une fois, il ne saisit pas pourquoi les Sentinelles s'en prennent à ses proches, plutôt qu'à lui-même. Quel intérêt de chercher à l'intimider plutôt que de l'attaquer directement ? Ont-ils à ce point peur de lui ? Il voit mal en quoi son don d'empathie peut les mettre en danger...

Même en se concentrant très fort, Kaleb a du mal à renifler autre chose qu'une forme d'obéissance obstinée... De fines et uniques particules émises par les bouchers qui ont détruit la colonne vertébrale de son père. Pas de pitié, non. Ni d'hésitation ou de culpabilité. Pas de haine non plus. Juste le désir de bien faire, de suivre les instructions à la lettre. Que des exécutants. Impossible, donc, de comprendre leurs motivations. Leur chef sait qu'il est empathe et se tient sûrement à distance à cause de ça, pour garder quelques coups d'avance et rester hors de portée de la colère de Kaleb.

Sa colère, il parvient encore à la contenir. Mais il pressent que ce sera très difficile, voire impossible dans les jours qui viennent. Résigné, il attend le drame de plus qui en découlera. Le drame de trop, peut-être. Une part de lui l'espère fébrilement, sans qu'il parvienne à l'accepter entièrement.

Pour l'instant, ce qui l'aide à se contrôler, c'est l'espoir. Celui, un peu fou, de se remémorer le message gravé sur la boîte à musique. Un orphelin cherche toujours sa mère, s'accroche à la plus infime possibilité de s'en rapprocher, d'une façon ou d'une autre. Et quoi que Helga lui ait légué, il le découvrira, coûte que coûte.

Le message est sûrement dérisoire, en comparaison de l'énergie déployée par ses ennemis et aux risques qu'il court, mais c'est tout ce qui lui reste.

Alors il s'attarde le temps qu'il faut, calé dans le canapé, yeux rivés sur la page blanche qu'il noircit frénétiquement de signes cabalistiques, et parvient tant bien que mal à recomposer, de mémoire, une partie de l'inscription. Il y a des manques et sûrement quelques erreurs, mais il n'a rien d'autre sur quoi miser, à part cette feuille écornée qu'il tient de ses deux mains tremblantes.

Une visite rapide du site Web de l'ambassade d'Islande et il obtient le nom d'une traductrice vivant à Paris : Enja Jonssdottir. Jugeant que lui téléphoner serait trop risqué – peut-être l'ont-ils mis sur écoute –, Kaleb se rend chez elle directement, sans se soucier de l'heure tardive.

En quelques secondes, il convainc la femme de lui ouvrir. Elle apparaît, cheveux en vrac, robe de chambre mal boutonnée, air maussade.

— Mais vous êtes qui ? Il est trois heures du matin, vous êtes au courant ?

Cette façon d'articuler son accent rocailleux sur un français trop haché lui pince le cœur. Sa mère s'exprimait sûrement ainsi. Kaleb observe rapidement ce petit bout de femme et perçoit immédiatement que son charme n'aura pas de prise sur elle. Enja est insensible aux hommes… En revanche, elle a un instinct maternel si développé – mais contrarié – qu'il lui suffira de songer à sa douleur d'être né orphelin et de lui montrer toute sa détresse pour qu'elle l'accueille à bras ouverts.

— Je suis désolé. Je m'appelle Kaleb Helgusson et...

— Tu es islandais ? s'exclame-t-elle dans sa langue.

— Je ne comprends pas l'islandais, ma mère est morte en me donnant la vie... Je suis juste à la recherche de quelqu'un qui puisse m'aider à déchiffrer un message qu'elle m'a laissé et qu'on m'a volé...

Kaleb n'a pas besoin de jouer la comédie. Est-ce le trop-plein d'émotions accumulées ces jours-ci ou bien l'évocation de la perte de ce qui le liait encore à sa mère ? Il n'en sait rien, mais ne cherche même pas à comprendre pourquoi il se met à pleurer. Il se tient là, à se pincer les yeux pour contenir des larmes qui menacent de déborder, à baisser la tête pour que la femme ne les voie pas, à se détourner dans une tentative maladroite de cacher les spasmes qui secouent déjà ses épaules.

— Allez, viens, entre... reste pas dehors.

Il aurait aussi bien pu être tueur en série, voleur, ou juste vendeur de calendriers. Mais elle le trouve émouvant, ce grand garçon mal rasé qui lâche toutes ses défenses devant elle et se montre sans masque. Il lui obéit sans discuter et se jette soudain dans ses bras. À quarante-cinq ans et des poussières, elle ne se fait guère d'illusions sur son sex-appeal au sortir du lit et ne prend ce geste que pour ce qu'il est : un appel au secours. Elle le serre fort et longtemps, parfait inconnu aux yeux clairs et à la chevelure d'ébène qu'elle ébouriffe un peu en lui frottant la tête. La situation paraît surréaliste. Elle, à trois heures du matin, avec un compatriote éploré dans les bras... La traductrice sourit.

— Je vais te faire un thé, Kaleb, tu veux ?

Il pince les lèvres et fait signe que oui, se frotte les yeux tandis qu'elle relâche son étreinte, et éclate d'un rire nerveux qui se brise en un énième sanglot.

— Je suis désolé, madame. Ça ne devait pas se passer comme ça...

— Ah bon ? crie-t-elle depuis la cuisine. Et comment ça devait se passer au juste ?

— Je devais vous convaincre en cinq minutes de m'aider, puis repartir.

— Tu m'as convaincue... mais je ne te laisse pas repartir.

Il n'a même pas eu le temps de la « travailler » un peu, et lui qui était toujours prompt à aider son prochain ne conçoit déjà plus qu'on puisse lui vouloir du bien, gratuitement, sans y être contraint. Pourtant toutes les ondes qu'il capte chez cette femme sont de l'ordre de la bienveillance.

Elle revient bientôt avec un plateau et des mugs fumants.

— C'est une tisane de chez nous. Goûte, c'est bon.

Il se brûle la langue et grimace, ce qui la fait sourire. Elle lui propose des biscuits qu'il dévore.

— Bon, c'est quoi ce message ?

Il hésite à sortir le papier de sa poche. Ultime vestige de son passé.

— C'est ce dont je me souviens d'une inscription gravée sur le seul objet que je tenais de ma mère. Une boîte à musique. Je ne crois pas m'être souvenu de toutes les lettres, dit-il en le lui tendant.

— Fais voir… Non, en effet, vu comme ça, ça ne veut pas dire grand-chose. Il manque pas mal d'éléments.

Kaleb a une mine dépitée. Le sort s'acharne décidément contre lui.

— Mais je vais essayer quand même, je te le promets, Kaleb… Tu as un endroit où dormir ?

Il hésite un instant. Et si cette Islandaise était une Sentinelle ? Et cette histoire d'inscription, un de leurs pièges ? Non, il ne peut pas toujours faire le choix de la paranoïa, sans quoi il ne vivra qu'une existence de misère.

— Votre canapé a l'air pas mal…

— Il l'est. Je t'apporte un plaid.

Kaleb n'a pas vraiment réussi à dormir : tout s'entrechoquait dans sa tête. Mais il s'est senti à l'abri. On se contente de ce que l'on a… Il part tôt, le lendemain, après avoir noté les coordonnées de sa nouvelle amie. Son don d'empathie s'est beaucoup développé ces derniers temps et il sent qu'il peut lui faire confiance. D'ailleurs, il aurait sûrement pu détecter la trahison de Robin si ce dernier ne s'était pas régulièrement embrouillé l'esprit en consommant de la drogue. Il secoue la tête et chasse l'amertume qui le gagne. Pas question de flancher maintenant. Kaleb a besoin de force et de courage pour ce qui l'attend. Il salue Enja et lui promet de revenir s'il n'a nulle part où aller.

Entrer dans cet hôpital représente une épreuve en soi. Toute cette peur, ces souffrances conjuguées lui donnent envie de hurler, de s'enfuir. Pourtant il traverse le hall d'entrée en se blindant du mieux qu'il peut contre le flot d'émotions qui jaillissent de toutes part, et se dirige vers l'accueil, pour savoir dans quelle chambre se trouve son père.

Franck Astier est un véritable gouffre de désespoir. La première chose que Kaleb perçoit de lui, avant même d'avoir posé un pied dans sa chambre... Allongé sur le dos, le corps momifié sur son lit de douleur, son père contemple le plafond d'un air absent.

— Bonjour, papa, risque-t-il timidement.

— ...

L'homme tourne la tête en direction de la fenêtre. Il en a gros sur le cœur. Un vertige s'empare de Kaleb. Surtout, ne pas laisser le chagrin pénétrer son âme...

— Je... je ne sais pas quoi dire... Les médecins ont l'espoir que tu remarches... Plutôt une bonne nouvelle, non ?

Pour toute réponse, Franck étouffe un hoquet. Impuissant face à la détresse de son père, Kaleb voudrait le serrer contre lui, le rassurer, lui insuffler un peu d'espoir... mais il se sent tellement coupable !

— Tu sais qui t'a fait ça ?

— Fait ça ? répond-il enfin.

*Ça.* En effet, ce n'était peut-être pas le terme adéquat, mais comment désigner l'acharnement dont ont fait preuve ses agresseurs quand ils l'ont passé à tabac, jusqu'à le faire tomber à la renverse sur cette table basse qui lui a brisé la colonne, jusqu'à faire pleuvoir leur rangers dans son dos, sa tête… Passage à tabac, acharnement, mutilation. Kaleb ne peut pas prononcer ces mots. Mais ils résonnent comme autant de coups dans le peu d'innocence qui lui reste.

— Ce sont tes « amis » qui m'ont fait ça, Kaleb. Ils m'ont dit que tu possédais quelque chose qui leur appartenait, et qu'ils devaient te donner une leçon.

— Quoi ?

— Ça va, tu vas la retenir, cette leçon ? Tu crois que ce que tu as volé valait que je finisse paralysé ?

— Mais… mais je n'ai rien volé… ce sont eux qui…

— Tais-toi. TAIS-TOI ! hurle-t-il.

Franck Astier ne peut pas, ne veut pas croire à la version de son fils. À cause de lui, il finira sa vie cloué sur un fauteuil. Tout ça parce qu'il a dû tremper dans d'obscures magouilles. Franck n'est plus que colère et douleur, et demeure sourd aux explications de Kaleb.

— Je t'ai aimé plus que tout, mon fils. J'ai toujours été là pour toi…

— Non, papa, arrête, supplie le jeune homme qui ne veut pas entendre la suite.

— Oui, Kaleb, j'arrête. J'arrête tout. À partir d'aujourd'hui, tu n'es plus rien pour moi. Va-t'en, maintenant !

Un grand froid envahit le jeune homme. Non ! Ça ne peut pas se terminer comme ça, pas maintenant qu'ils se sont retrouvés.

— S'il te plaît, ne dis pas ça ! Laisse-moi t'expliquer, je...

Mais Kaleb stoppe net son explication. Une infirmière vient d'entrer dans la chambre. Franck Astier l'a sonnée à l'issue de sa diatribe. Son père lui lance maintenant un regard chargé de haine. Le froid se transforme en glace. La seule personne à l'avoir vraiment aimé sur cette Terre est en train de l'abandonner. Orphelin de mère et renié par son père, il n'aura plus d'amour dans lequel puiser pour survivre à son don, pour s'en défendre et ne pas se laisser engloutir par ses tendances mortifères. Son père l'assassine.

Alors, acceptant la condamnation, Kaleb se tait, baisse les yeux, puis sort de la chambre.

Il reste planté là, dans le couloir, pendant dix bonnes minutes, gênant le passage des infirmières qui le bousculent en soupirant. Mais il tient à imprimer l'image de Franck dans sa mémoire...

C'est la dernière fois qu'il voit son père.

# 2.

*Succube (n.m.) : Démon femelle qui, selon la légende, séduit les hommes pendant leur sommeil et se nourrit de leur énergie sexuelle.*

Plus précisément il s'agit d'un démon aspirant la force vitale des hommes en s'accouplant avec eux jusqu'à ce que mort s'ensuive. Il émane du succube un magnétisme sexuel irrésistible.

La jeune femme n'est pas idiote. Malgré son inexpérience, elle a saisi le caractère anormal de sa nuit avec le soldat Watts. Elle a fait immédiatement le rapprochement avec son sevrage forcé, lors des quarante-huit heures d'isolement. Et comme personne ne lui a donné de médicaments depuis son retour, elle a fini par comprendre que tout cela est intentionnel. Qu'on lâche les rênes à son don. Pourquoi ? Elle doute que ce soit pour l'étudier, auquel cas on l'aurait fait depuis longtemps. Elle penche plutôt pour une seconde hypothèse : il est question de faire d'elle une Sentinelle de première catégorie, à l'instar des autres EDV convertis. Cette idée l'honore : elle se sent prête à servir la Cause, quitte à donner d'elle-même, voire à payer de sa vie.

En attendant, elle dévore littéralement les quelques témoignages qu'elle a pu collecter sur ce phénomène. Son don est rare chez les EDV. Il a concerné quelques femmes, et de rares hommes – qui, eux, étaient des « incubes ».

Il existe deux catégories de succubes. Les succubes sont la vie, et peuvent aussi donner la mort. Ceux qui choisissent le Bien ont le pouvoir de ranimer les comateux ou les mourants... et, à un certain stade du don, sont même capables de ressusciter les morts récents. Mais cela leur demande une énergie considérable et les tue le plus souvent. Une vie contre une autre, après tout pourquoi pas ?

Les succubes maléfiques peuvent, au contraire, vider n'importe quel être vivant de sa force vitale et le tuer.

Aux premiers stades du don, tout cela n'est possible que via l'accouplement, au moment où les énergies sont les plus fortes et où les fluides se mélangent. À des degrés plus élevés, un simple contact physique, puis la proximité des deux corps suffisent.

Après avoir donné de son énergie, le succube se recharge en touchant des arbres, en marchant pieds nus dans l'herbe, en nageant... Tout contact avec la nature lui est bénéfique. Mais ce qui le nourrit vraiment, c'est de faire l'amour avec une personne qui l'aime en retour. Le succube qui vole la vie devient vite dépendant de ce surplus d'énergie. C'est alors l'escalade : il lui en faut toujours plus. Dans un premier temps pour se sentir mieux, puis pour être juste bien. Enfin, pour éviter d'être mal ou de mourir.

Comme beaucoup d'enfants du volcan, les succubes sont à l'origine de nombreux mythes et légendes, comme le conte de Blanche-Neige, qui se meurt après avoir « croqué la pomme » mais est réveillée d'un baiser ; ou encore toutes ces histoires de vampires qui ont besoin de pomper la vie des autres pour survivre... La liste est longue.

Fort heureusement, la jeune fille a compris à temps ce qui se passait. Avant que le soldat Watts – Marc – ne devienne sa première victime. Et si elle a su lui rendre l'énergie empruntée, elle a néanmoins eu le temps de guérir les blessures physiques et morales qu'elle avait subies ces derniers jours. Elle n'a plus d'ecchymoses et son moral est désormais remonté en flèche.

En revanche, depuis cette nuit d'amour, la faim ne la quitte plus. Mais à présent, elle parvient à l'identifier : c'est d'amour physique qu'elle a besoin, de cette énergie grisante et prodigieuse de deux corps qui s'unissent. Il n'est pas exclu qu'elle retourne voir son jeune amant le soir même...

— Tu le savais !

Ce n'est pas une question. Elle vient de débouler dans le bureau comme une tornade. Cette fois, il ne relève pas sa familiarité.

— Oui.

— Pourquoi tu ne m'as pas prévenue ?

— J'avais mes raisons.

— Qu'est-ce que tu attends de moi, maintenant ?

Le colonel ne répond rien. À quoi bon ? Elle se doute déjà de la réponse et il le sait. Il se contente d'ouvrir un tiroir et de poser un paquet de feuilles sur le bureau. Elle le saisit, comprenant qu'il préfère éviter tout contact épidermique, devenu trop dangereux, puis tourne les talons et regagne sa chambre sans un mot. Quiconque l'aurait croisée dans le couloir aurait difficilement pu concevoir le calvaire qu'elle a connu quelques jours auparavant. Elle marche tête droite, rayonnante de féminité, sûre d'elle. Sereine.

Parce qu'elle sait enfin qui elle est.

*Mémoires de David Armstrong,*
*synthèse élaborée le 18 mai 1687,*
*par Mme Brunnosdottir*

*NDLR : Retranscription faite par écriture automatique.*
*Les cas de maladie se multipliaient depuis notre arrivée...*

De retour dans ses quartiers, la jeune fille a repris la lecture du journal. Curieuse de connaître la suite, elle dévore les premières pages. Lire la suite de l'histoire de David Armstrong, c'est désormais un peu comme retrouver un vieil ami. Elle ne se l'explique pas, mais elle a le sentiment que la vie de cet homme a un lien avec la sienne...

*La peste n'était jamais entrée dans cette forteresse qu'était le manoir de SENTINEL, en dépit des innombrables germes qui y avaient cependant été introduits à diverses époques.*

*Malgré la honte et le remords d'avoir tué sa propre mère, Mary Ann était comme gouvernée par la maladie. Et qui se serait méfié de cette charmante enfant, si réservée, si jolie et méritante pauvresse ayant survécu à tant de drames ? Elle avait réussi à me convaincre qu'il était souhaitable que son don s'exprimât de manière parcimonieuse, par petites touches, comme aurait dit un peintre : le réprimer brutalement faisait courir le risque qu'il n'explose à nouveau et ne détruise tout sur son passage.*

*Je trouvais ce raisonnement relativement sensé et, consciencieusement, réparais chacune des « bêtises » de Mary Ann. Nous ne pouvions, en revanche, dévoiler notre don : nous avions parfaitement compris que nos hôtes le guettaient avec trop d'insistance pour ne pas chercher à en retirer tout le bénéfice possible. Alors, nous opérions avec toute la discrétion voulue.*

*Mary Ann contaminait, laissant libre cours à son don perverti et monstrueux. Je guérissais et je régénérais, utilisant au mieux mon don au pouvoir encore intact et inentamé.*

La jeune fille se demande si chaque don a son complément, ou si ce phénomène est uniquement dû à la gémellité des deux enfants. Elle se prend à rêver à ce que pourrait être le don de son âme sœur, pourtant rien de ce qu'elle imagine ne la satisfait.

*Mais le confinement dans cette prison dorée ôtait peu à peu la raison à ma sœur. Et je sentis, progressivement, croître sa colère et sa frustration, en dépit du sourire affable qu'elle affichait envers tous ceux qui nous entouraient. Mary Ann éprouvait une peur panique que sa véritable nature ne soit percée à jour et qu'on ne la châtie pour cela. Elle restait convaincue que tous ces gens étaient bien trop gentils et prévenants envers nous, et qu'il faudrait en payer le prix un jour ou l'autre.*

*Et, encore une fois, mon bel oiseau de mauvais augure avait perçu le danger avant moi... Mary Ann avait pris la mauvaise habitude de lire le journal de James Clarke à la dérobée et fut mortifiée, quelques mois seulement après notre arrivée, d'apprendre que celui qui se faisait passer pour notre bienfaiteur et notre sauveur voulait pratiquer sur nous certaines expériences, voulait nous « tester », pour employer sa propre expression.*

Clarke avait donc deviné juste en supposant que les enfants avaient découvert, et mal interprété, leur intention de les tester. À l'époque, on considérait que les enfants du volcan représentaient une chance de rendre le monde meilleur... Aucun mal ne leur aurait jamais été fait.

*La peur est une mauvaise conseillère, elle brouille la pensée et engendre la colère. Elle enfla dans le cœur de ma sœur sans que je parvienne à la juguler. Je l'avais déjà vue dans cet état de quasi-démence. Et je savais de manière certaine qu'elle ne tarderait pas à perdre tout empire sur elle-même et finirait par tuer jusqu'à la dernière souillon du manoir. Le drame était imminent, son don qui se nourrissait de cette rage la subjuguant chaque jour un peu plus.*

*C'est donc Mary Ann qui m'invita à fuir avec elle, avant que les Sentinelles ne la démasquent et ne lui fassent du mal. Je ne pouvais qu'accepter : sa colère ne l'abandonnerait pas sitôt franchis les murs du manoir, et les personnes qu'elle croiserait auraient assurément besoin de moi et de mon précieux don. En outre, puisque Mary Ann allait répandre le mal, elle le subirait forcément en retour, et je ne pouvais donc pas abandonner ma sœur à la maladie, suivie d'une inévitable et interminable agonie. J'ignorais hélas à ce moment-là que, de par notre fuite, le destin des enfants du volcan serait modifié à jamais...*

# 3.

Depuis quelques jours, toute joie de vivre l'a quittée. Comme si on l'avait vidée d'elle-même. Lucille ne sait plus avancer que la peur au ventre, avec l'idée un peu folle qu'elle vit ses dernières heures, qu'un drame est imminent. Elle erre tel un zombie dans sa propre vie, une vie tout en nuances de gris, sans âme et sans espoir. Elle ne mange plus, dort à peine. Se morfond. Sa mère est aux petits soins, comme jamais. À croire qu'elle a quelque chose à se faire pardonner. Lucille attribuerait bien sa mélancolie à l'absence de Kaleb, mais elle a pris le parti que leur relation serait toujours en dents de scie. Et puis ce déluge de tristesse lui est tombé dessus bien après son départ. Elle ne peut pas tout lui reprocher...

D'ailleurs, il a réussi à la faire sourire, depuis les abîmes où elle se morfond. De la même façon qu'à son habitude : juste en reprenant contact, en lui disant de venir. Elle n'a pas hésité. Pour la première fois depuis plusieurs jours, elle a fait l'effort de se maquiller, de se parfumer, s'est juchée sur des escarpins trop hauts avec lesquels elle se tord les chevilles à chaque pas. Et elle est là. Dans le couloir de l'hôtel, devant la porte de sa chambre.

Et elle n'ose pas frapper.

Kaleb a atterri ici un peu par hasard, au gré des rencontres avec des touristes aux poches gonflées de billets de cent euros dont il s'est fait un plaisir de les délester. Encore plus simple que le poker. Il suffit d'inventer une histoire bidon, un vol de portefeuille, par exemple, ainsi que la nécessité d'acheter un billet de train, puis de souffler les bonnes émotions à ses cibles, et le tour est joué ! Un touriste américain, touché de rencontrer un compatriote, lui a même lâché cinq cents euros.

Kaleb s'est choisi un très bel hôtel, puisqu'il en a les moyens. Il s'est dit qu'il pourrait très rapidement prendre goût au luxe et s'est moqué de lui-même en se demandant qui n'aimerait pas ça. Il s'est déshabillé, a posé, sur le guéridon de l'entrée, quelques flyers de concerts ramassés ici et là, puis a fait couler un bain. Comme il se sentait un peu seul, il a envoyé l'adresse à Lucille.

Lucille ne lui disait jamais non.

Plongé dans l'eau mousseuse, sirotant une mignonnette de whisky après l'autre, il se détend peu à peu. Ses pensées commencent à divaguer. Une erreur de sa part. Mais comment s'empêcher de réfléchir ? Il songe à son père et se rappelle leurs jeux, quand il était enfant, ou encore leurs disputes à l'adolescence. Il le revoit, plié en deux, le poussant sur son premier vélo à deux roues, courant derrière lui, l'encourageant, puis le lâchant pour l'applaudir... Oui, c'est cette image qui lui serre le plus le cœur. Franck a toujours été là, à courir derrière lui tandis qu'il prenait son envol. Patient, bienveillant, gonflé d'orgueil... Paternel, en un mot. Et aujourd'hui, il est condamné à rester assis pour le restant de sa vie, une vie à pleurer sur le temps perdu pour un fils indigne.

L'alcool et les larmes se mêlent dans la bouche de Kaleb, lui laissant un goût amer. Comment ne pas être terrorisé face à toute cette barbarie ? Comment se sentir en sécurité quand des malades le traquent et détruisent tout ce qu'il a de plus cher ? Kaleb vient de rouvrir une fenêtre à la peur. La panique l'envahit de ses tentacules poisseux, entre-choquant des images plus révoltantes les unes que les autres dans son cerveau : Robin et ses yeux révulsés, baignant dans sa bile, son père au dos pulvérisé... sa mère, qui a peut-être subi un sort tout aussi abominable...

Et maintenant une idée fixe. Floue d'abord, puis de plus en plus nette, sombre, terrifiante...

Le visage de Lucille s'imprime en gros plan sur ses rétines. Une Lucille trop borderline pour être inoffensive, et qui finira par causer sa perte. Il se remémore la mise en garde de Robin et ce qu'il avait relaté de sa crise de nerfs, dans la rue. Il se rappelle les six SMS envoyés à la suite, sa disponibilité totale et donc suspecte, les termes qu'elle emploie en parlant de lui.

Lucille est accro.

Mais Kaleb ne veut être la drogue de personne.

Surtout pas d'une ratée susceptible d'exploser en plein vol et de le dénoncer aux flics à la première déconvenue. Parce que des déceptions, elle ne manquera pas d'en avoir, avec lui. Pour commencer, elle voudra le suivre quand il partira, se révoltera forcément qu'il refuse.

Il sent peu à peu la colère monter et se concentrer sur la jeune fille. La panique qui enfle lui comprime la gorge. Il sursaute et l'eau du bain déborde sur le carrelage. Où qu'il regarde derrière ses yeux fermés, il la voit qui le suit et le pourchasse de ses assiduités. Il sent la haine qui gronde, inexorable, et lui souffle d'infliger à Lucille les pires tourments. Non. Il refuse. C'est la peur qui lui dicte ça. Il doit tenir ses craintes à distance, comme l'homme noir le lui a conseillé. Si la peur est bien sienne, les pulsions morbides qui l'assaillent quand il pense à la jeune fille lui sont étrangères. Il doit les repousser de toutes ses forces. Ne pas se laisser posséder. Se ressaisir. De la distance. Il se concentre de toutes ses forces pour chasser cette peur, refuser cette haine qu'on essaie de lui injecter.

Son cœur cogne fort, se rebelle, puis ralentit enfin. Sa respiration s'apaise et se fait plus régulière. La peur s'en va.

Kaleb savoure cette petite victoire sur lui-même.

Pour la protéger, il doit éloigner Lucille, être le plus détaché possible, quitte à la faire souffrir un peu. Sinon, il finira vraiment par lui faire du mal.

La jeune fille se décide enfin à frapper à la porte. Elle tremble d'appréhension, se trouve moche, pitoyable, grotesque. Elle en pleurerait de s'humilier comme ça pour un mec qui s'en fout. Mais elle n'y peut rien, son cœur bat la chamade : elle ne vit plus que pour ces instants passés avec lui.

Après quatre interminables minutes, il lui ouvre la porte, trempé et couvert de mousse. Il a fermé les rideaux de la chambre et la moitié de son visage est mangée par la pénombre. Il est d'une beauté inquiétante, nimbée de mystère. Lucille est subjuguée, elle a déjà abdiqué toute volonté. Sans un mot, il s'écarte pour la laisser entrer et la pousse doucement vers le lit. Elle n'a pas la force de protester. Elle le désire plus que n'importe quoi d'autre.

Les minutes s'envolent. Elle s'enivre de ses baisers, de la chaleur de ses mains, du goût de sa peau. Elle a la tête qui tourne, elle perd pied et s'accroche à lui de toutes ses forces.

— J'ai tellement besoin de toi…, ose-t-elle.

Il s'interrompt un instant et la fixe d'un regard qu'elle ne parvient pas à déchiffrer. Il sent bien qu'elle vacille et comprend qu'elle n'a pas su retrouver l'élan qu'il a aspiré en elle, l'autre jour, au cybercafé, quand il avait besoin d'appeler à lui des sentiments positifs pour ne pas exploser. Il ne pensait pas qu'il l'en déposséderait totalement et pourtant, quand il la regarde, il ne voit désormais qu'un champ de ruines, une petite chose fragile et désemparée qu'il devine au bord du gouffre. Irrécupérable, attendrissante. Il la regarde et il la voit. Il comprend sa détresse, sa soif d'aimer et de l'être en retour. Le fardeau qu'elle porte depuis l'enfance est trop lourd et menace de la faire basculer, maintenant que la joie l'a désertée, puisqu'il la lui a volée. Plus que jamais elle a besoin de lui. Il est le seul à pouvoir lui rendre un peu de ce qu'elle a perdu et de ce qu'il lui a pris.

Il peut la sauver d'elle-même…

— Tu n'obtiendras jamais rien de moi.

La stupeur s'affiche sur le visage de la jeune fille, les coins de ses lèvres s'affaissent sous le choc. Elle n'est pas sûre d'avoir bien compris. Mais les traits de son amant se sont durcis, ses yeux l'ont déjà quittée.

C'est vrai qu'il ne lui donne jamais rien. Il ne fait que prendre, la prendre. Elle en pleurerait, tellement elle se sent seule et misérable, à se faire sauter dans un hôtel de luxe par un garçon qui la traite comme une moins que rien. Elle n'a que dix-sept ans, merde ! Elle ne mérite pas ça. Et pourtant, elle l'accepte. Elle ne répond pas et se laisse faire. Est-ce qu'elle est maso à ce point ?

Elle l'aime, lui, tout simplement...

Alors elle se donne un peu plus, s'oublie et s'abandonne à son jeune amant. Qu'il la possède et la dévore corps et âme, car elle n'est rien sans lui de toute façon.

Et il la prend, et la vole, encore.

Kaleb ne lui a toujours pas parlé.

Il est complètement fermé et le temps s'étire dans un silence pesant depuis qu'ils ont « terminé ». Elle sait qu'il veut qu'elle parte mais reste encore quelques minutes, ne peut s'empêcher de le humer, de coller son corps contre le sien pour attraper un peu de sa chaleur, de la douceur de sa peau, se risque à quelques caresses.

Il ne bouge pas, la laisse faire encore un peu. Et soudain la sentence, d'une voix froide, sans âme.

— Ne reviens jamais, même si je t'appelle. Ou tu le regretteras.

Les mots sont durs. Elle demeure interdite, ne comprends plus rien. Il lui demande de partir, lui signifie qu'elle ne compte pas. La menace, même. Alors elle obéit et ramasse ses vêtements sans rien dire, pourtant elle sait déjà qu'elle ne pourra pas s'empêcher de revenir... Pendant qu'elle s'habille, elle jette un œil aux flyers posés sur la table pour se donner une contenance, songe un instant à lui parler du groupe dont il est question, histoire de ne pas partir comme ça, mais renonce.

Elle s'efforce de ne pas se retourner en ouvrant la porte, puis craque au dernier moment. Il n'a pas bougé et lui tourne toujours le dos.

Alors elle s'en va.

La porte claque. Kaleb est soulagé. Bien que, tout comme Lucille, il sache déjà qu'elle reviendra...

4.

Kaleb est seul, sans personne pour le guider ni lui apprendre à optimiser son don ou se protéger. Un vrai chien fou. Le colonel en est convaincu : il sera son maître. Il a perçu sa peur, quelques heures auparavant. Ce qui a alerté Bergsson : l'infime accélération de son propre cœur, le tremblement de ses mains d'habitude si fiables... Il a tout de suite compris qu'il s'agissait de Kaleb. C'est la seule personne à laquelle il soit relié de cette façon. Entrer en possession de sa boîte à musique a aussi renforcé la connexion. L'émotion a été brève, mais suffisamment intense pour lui permettre une incursion dans la psyché du jeune homme. Le colonel a aimé se glisser dans la tête d'un EDV aussi puissant. Il a senti, au-delà des balbutiements de sa jeunesse, la force de sa cible, le bouillonnement d'un don qui n'en est qu'aux prémices. Ah, qu'il aurait aimé naître avec cette puissance ! Il en aurait fait quelque chose d'exceptionnel. Il l'aurait mis tout entier au service de la Cause. Au lieu de quoi, il avait fallu que ça tombe sur cet être abject. Si seulement il pouvait l'en dépouiller au moment du sacrifice. S'approprier son essence. Le colonel caresse cette idée. Après tout, l'empathie peut permettre bien des choses…

Il a posé la dague à côté de la boîte à musique.

Il imagine le cœur de Kaleb embroché sur l'arme et se repaît du spectacle imaginaire.

Le jeune homme se révèle déjà très fort. Plus qu'il ne l'aurait pensé. Il a une compréhension intuitive des choses et a saisi que la peur était son ennemie. Il parvient même à la repousser.

Pour l'instant.

Car il est peut-être l'empathe le plus puissant que la Terre ait porté, mais il reste avant tout un gamin qui tâtonne. Le colonel le sait : son expérience lui donnera l'avantage et le conduira à la victoire, toutes ces années d'entraînement qu'il s'est imposées ne resteront pas vaines.

Dès que Bergsson a flairé la peur de Kaleb, il lui a offert une belle décharge d'adrénaline accompagnée d'un soupçon de paranoïa, lui soufflant de se méfier de sa petite amie, la même contre laquelle leur taupe l'avait mis en garde. Bien sûr, Robin Moreau avait complètement inventé cette histoire de crise de nerfs qu'elle aurait faite dans la rue, de même que l'innocente n'avait pas envoyé le quart des SMS que Kaleb avait reçus de sa part. Mais, selon Moreau, la jeune fille lui avait souvent servi de cobaye, ce qui aura eu pour conséquence de la rendre dépendante. Et tomber amoureuse d'un empathe qui fait joujou avec vous est très risqué pour votre santé mentale : la probabilité qu'elle pète un plomb est, de toute façon, extrêmement élevée.

Le piège tendu par son assistante s'apprête à se refermer sur Kaleb. Bergsson connaît déjà l'issue du test : « né mauvais », Kaleb laissera libre cours au démon à la première occasion. Dieu ait alors pitié de cette pauvre gamine...

Le colonel sourit.

Cela fait des années qu'il attend ce moment.

Près de vingt ans, pour être plus précis.

Quand Lucille quitte la chambre d'hôtel, Kaleb se sent soulagé. C'était la meilleure chose à faire, parce qu'il aurait fini par l'épuiser à force de la vider de sa force vitale et aussi parce qu'elle aurait attiré l'attention sur lui, un jour ou l'autre. Alors cette fois, s'il a été dur avec elle, c'est uniquement pour son bien. Du moins essaie-t-il de s'en convaincre. Mais il n'est pas vraiment dupe, car les émotions dont il l'a dépouillée, il ne les lui a pas rendues... alors qu'il aurait pu. Il estime en avoir plus besoin qu'elle, à présent que son père lui a tourné le dos. Pourtant, même à l'abri de sa mauvaise foi, il devine que Lucille ne se remettra jamais de ce vol, que sa vie ne pourra qu'être misérable...

L'arrivée du SMS a interrompu le fil de sa pensée. Il a tout de suite reconnu le numéro et s'est mis à trembler de tout son corps tandis qu'il ouvre le message :

> Kaleb, voici la reconstitution du texte :
> *Mon fils, des âmes tu es le voleur*
> *Préserve ton cœur,*
> *Ou bien celle qui t'aimera causera ton malheur.*
> Enja.

Même sa mère, depuis le monde des morts, vient confirmer sa défiance vis-à-vis de Lucille. Il doit la fuir de toutes ses forces, sans quoi elle finira sacrifiée sur l'autel des enfants du volcan. Parce qu'il ne lui laissera pas le loisir de lui nuire. Il la videra de sa substance avant, lui subtilisera l'amour et toutes ces émotions qui rendent la vie supportable. Il la poussera à commettre l'irréparable, à moins qu'il ne s'en charge lui-même.

Oui, il est un voleur d'âmes. Sur le point de perdre la sienne. Car chacun de ses larcins le dépouilleront un peu plus de la sienne puisque, désormais, il se trouve privé de l'amour de son père et de son pouvoir de guérison.

Kaleb finira par ne plus rien ressentir.

Ni désir ni bonheur.

Et plus aucune peur...

Le soldat Watts refuse obstinément de lui ouvrir. Elle frappe à sa porte depuis maintenant cinq bonnes minutes, sans succès. Pourtant, il n'est nulle part ailleurs. Vexée et frustrée, la jeune fille regagne ses quartiers.

*Mémoires de David Armstrong,*
*synthèse élaborée le 13 juin 1687,*
*par Mme Brunnosdottir,*

*NDLR : Retranscription faite par écriture automatique.*
*Plus personne n'aurait pu imaginer que nous étions des jumeaux. Le teint de Mary Ann était de plus en plus maladif. Ses cheveux diaphanes et presque blancs, comme privés de matière, contrastaient avec mes lourdes boucles brunes, tandis que ses yeux avaient considérablement pâli quand les miens étaient devenus presque noirs.*

*Quant à ma peau, elle était dorénavant si sombre que les femmes du peuple se signaient sur mon passage, croyant voir un sauvage ramené des colonies. L'un comme l'autre nous ignorions encore que ces métamorphoses étaient dues à l'emploi respectif que nous faisions de notre don.*

La jeune fille regarde ses mains. Aucune trace pour l'instant. Si, comme elle le pensait, elle avait choisi la voie du Bien, alors sa peau deviendrait plus foncée, ses prunelles plus intenses. Elle aurait aimé pouvoir guetter les changements, mais le colonel avait fait en sorte que ce soit désormais impossible.

*Mary Ann en souffrait, je crois, et espérait guérir un jour de cette affection qui, de son point de vue, l'apparentait à un monstre. J'avoue volontiers, cependant, que ma sœur me fascinait. Elle était si puissante ! Je m'étais mué, sous son influence, sous l'emprise irrésistible qu'elle exerçait sur mon esprit, en témoin complaisant et pour ainsi dire complice des atrocités qu'elle perpétrait, des exactions qu'elle multipliait pour assouvir les pulsions de son cerveau malade.*

*Mais l'être qui met son don de guérison au service du démon est-il vraiment un homme bon ? Je tâchais de ne pas trop y penser et de laisser à ma conscience le soin d'étouffer les quelques scrupules qui subsistaient dans mon âme atteinte, mais non vaincue, par le principe du Mal qu'incarnait désormais ma sœur. Ce faisant, je manquais bien sûr d'honnêteté et de franchise vis-à-vis de moi-même, en dépit de la torpeur que j'imposais provisoirement à ma conscience.*

*Je crois bien que je fus le seul enfant du volcan à mettre le Bien au service du Mal, à laisser le vice et la colère corrompre son cœur. Voilà comment je suis devenu une*

*sorte de créature hybride, sous l'influence néfaste des dérè-*
*glements monstrueux de l'esprit de Mary Ann. Et c'est à*
*cause de cela que j'ai été puni...*

Un enfant du volcan partagé entre deux tendances... Ce n'était pas un fait inhabituel, mais il
fallait réunir des conditions très particulières pour
cela. La jeune fille ne connaît que deux cas de
figure le rendant possible : l'un, inaccessible aux
hommes, l'autre, contre-nature dans ce contexte...

*Lorsque ma sœur me fit part de son intention d'aller*
*s'entretenir avec James Clarke afin d'en obtenir des ren-*
*seignements sur l'existence d'éventuels remèdes, je tentai*
*d'abord de la dissuader. Mais, tant il est vrai que je n'ai*
*jamais su lui résister, bientôt après non seulement j'ac-*
*quiesçai, mais encore lui proposai de l'accompagner pour*
*panser ses blessures au cas où elle perdrait le contrôle de*
*son don. En revanche, mû par une prudence élémentaire,*
*je refusai instamment qu'elle révélât ma présence à James.*

*Depuis mon poste d'observation l'entretien me parut*
*interminable, et c'est porteuse d'une bien triste nouvelle*
*que Mary Ann prit congé de la Sentinelle. Cinq ans aupa-*
*ravant, lorsque nous nous étions enfuis du manoir,*
*quelques hommes s'étaient lancés à notre poursuite, mais*
*un seul avait réussi à nous retrouver : John Powel. C'était*
*un homme bon, qui ne méritait pas de mourir.*

*Il nous avait poursuivis pendant de longues minutes*
*et avait fini par rattraper Mary Ann, qui courait moins*

*vite que moi. Sa peur fut, une fois encore, mauvaise conseillère. L'homme était asthmatique : elle s'introduisit dans la brèche en s'engouffrant dans ses bronches, l'étouffant par la seule force de sa pensée. John Powel mourut les doigts crispés sur une poignée de cheveux blonds que, dans notre affolement, nous ne prîmes pas le temps de retirer de sa main.*

*C'est à cause de cette mèche que ses comparses comprirent qu'il était mort de nous avoir retrouvés... La femme de Powel, Sigridur, une descendante des Sentinelles d'antan, ne se pardonna jamais de ne pas être partie à notre recherche à la place de son mari, elle qui était immunisée contre les EDV. Et elle pardonna encore moins à ceux qui avaient causé la perte de son époux, c'est-à-dire Mary Ann et moi.*

*Ne nous ayant pas à sa portée pour assouvir sa vengeance, elle reporta sa haine sur tous les EDV sans aucune exception. Elle convainquit aussi les autres Sentinelles qu'il fallait nous exterminer à tout prix afin d'éviter tout nouveau drame à l'avenir. Tout porteur du gène identifié fut alors capturé et trépané sur-le-champ, l'opération débouchant au mieux sur la mort, au pire sur un état végétatif irréversible.*

La jeune fille frémit en songeant au calvaire des malheureux qui ont fait les frais de ces expérimentations. Elle se remémore les images d'archives où ces hommes et ces femmes au crâne rasé n'offrent plus qu'un regard vide et une bouche ouverte sur un filet de bave à l'objectif. Mais si cette période fut des plus cruelles pour les enfants du volcan, elle permit aussi de mieux comprendre le phéno-mène. *À quelque chose malheur est bon,* conclut-elle à voix haute comme pour s'en convaincre. Drapée dans sa bonne conscience, elle se pelotonne sous sa couette et décide qu'elle reprendra la lecture le lendemain. Il est temps pour elle de se laisser aller à des rêveries plus douces.

Bien sûr, elle ignore qu'elle aura de la visite, pen-dant la nuit...

# 5.

Trouver l'e-mail de Kaleb avait été un jeu d'enfant pour le petit génie de quinze ans. Aaron n'aurait pas eu la patience d'attendre qu'il se connecte sur le forum pour lui délivrer le message.

Salut l'empathe,
Éloigne-toi de celle qui te poursuit ou tu mourras.
Survivor.

Le contenu devait être suffisamment ambigu pour prêter à confusion et laisser Kaleb accomplir son destin. Mais il souhaitait aussi se dédouaner de toute responsabilité en lui adressant une véritable mise en garde. Aaron avait beaucoup hésité avant de l'envoyer. Mais il avait la certitude d'avoir un rôle à jouer dans cette histoire. Il savait que le moment venu, Kaleb se rappellerait ce mail et ferait le nécessaire avec la fille.

La pauvre ne serait qu'un instrument du destin de Kaleb.

C'est comme si elle était déjà morte...

Un bruit familier le sort brutalement de ses pensées. Quelqu'un veut tchater avec lui sur le forum EDV. Aaron ne paraît pas vraiment surpris, car évidemment il s'y attendait.

Vulcan : Salut.
Survivor : Qu'est-ce que tu me veux ?
Vulcan : Tu as des nouvelles de Kaleb ?
Survivor : Pas envie de répondre. Je sais QUI tu es.
Vulcan : Je m'en doute. Pourtant je prends le risque de te parler.
Survivor : Le risque ? C'est toi le danger, pas moi. Je sais CE QUE tu es.
Vulcan : Tu lui as dit ?
Survivor : Non. Pas le droit de changer le cours des choses. Chacun son destin.
Vulcan : Tu connais le mien ?
Survivor : Peut-être. Je veux te voir. Allume ta webcam.
Vulcan : Quoi ? Non !
Survivor : Alors salut.

La jeune fille comprend qu'il vaut mieux se montrer et, malgré ses réticences, branche sa caméra et se voit dans la fenêtre de contrôle. C'est la première fois qu'elle contemple son image depuis que son miroir s'est brisé. Elle tente de vérifier si elle a changé en scrutant la reconstitution pixélisée de son visage. Aaron se délecte du spectacle du succube qui essaie d'apprivoiser son reflet... Il constate aussi combien il doit être facile de succomber à la jeune fille.

Survivor : Encore plus belle que je ne pensais.
Vulcan : Merci.
Survivor : Dommage, t'es pas pour moi. Suis jaloux.
Vulcan : Je ne suis pour personne.
Survivor : C'est ce que tu crois... Tu veux quoi ?
Vulcan : Tu devrais le savoir, précog !
Survivor : L'homme noir t'est apparu.
Vulcan : Oui, en rêve. J'ai besoin que tu m'aides à comprendre.
Survivor : Alors raconte...

Aaron préfère ne pas lui dire que le vieux lui a aussi rendu visite. C'est d'ailleurs suite à cela qu'il a envoyé le message à Kaleb. Il est d'ailleurs persuadé que beaucoup d'autres enfants du volcan recevront un message de l'homme noir dans les jours à venir...

Vulcan : Je suis dans le désert. Je porte la tenue des prisonniers de SENTINEL et mes cheveux ont été tondus. Je suis perdue, il fait nuit, et j'ai froid. Il n'y a personne autour de moi et je me sens vide. Complètement vide. J'ai peur, je crie. Des voix me répondent mais ce qu'elles disent n'a aucun sens. Au loin, j'aperçois une lumière intense et me dirige vers elle.

C'est un cratère ouvert sur du magma en fusion. Je m'approche et vois Bergsson et Kaleb qui se font face, chacun d'un côté de la fosse brûlante. Je leur parle mais aucun d'eux ne comprend ce que je dis. Ils me répondent dans une langue inconnue, puis me tendent leurs mains. Je les saisis et me tiens en équilibre sur le cratère. Là, un champ de force d'une violence incroyable me transperce. Je me dissous instantanément et me transforme en trou noir qui attire les deux empathes comme un aimant. J'entends nos trois cœurs qui s'affolent. Les battements sont comme des tambours de l'enfer, ils me pénètrent de partout, j'ai peur d'exploser. Soudain, Bergsson et Kaleb se mettent à hurler et se tordre de douleur. Puis soudain le silence. Je n'entends plus qu'un seul cœur et les cris d'un enfant, au loin...

L'angoisse qu'elle avait ressentie pendant ce rêve l'empoigne à nouveau et lui serre la gorge. Derrière son écran, la jeune fille tremble comme une feuille.

Elle a l'intuition d'une sorte de mise en garde. Elle en est d'autant plus persuadée que le rêve s'est soldé par une étrange apparition. Bien sûr, elle avait déjà entendu parler de ce mystérieux homme noir qui hante certains porteurs du gène. De nombreuses théories, plus farfelues les unes que les autres, courent à ce sujet dans SENTINEL. Certains pensent qu'il s'agit d'une sorte de dieu qui oriente son peuple dans une direction bien précise, depuis des siècles qu'il leur parle...

Survivor : Et l'homme noir t'est apparu ?
Vulcan : Oui.
Survivor : Qu'a-t-il dit ?
Vulcan : « La mort est la clé. » Je ne suis pas sûre de comprendre... J'ai peur de ce que ça peut vouloir dire...
Survivor : J'aurais peur aussi à ta place.
Vulcan : Pourquoi ? Tu comprends quoi, toi ?

Aaron réfléchit longuement avant de décider s'il doit ou non expliquer ce qui lui paraît désormais évident. Mais il se souvient du message de l'homme, celui qu'il gardera pour lui, et se contente de lui faire la même réponse qu'à Kaleb... ou presque.

Survivor : Éloigne-toi de celui que tu poursuis ou tu mourras.

Survivor coupe la connexion sans autre explication, comme s'il regrette d'en avoir trop dit. La jeune fille ne peut s'empêcher de frissonner en lisant ces derniers mots. Jusqu'ici elle avait tendance à idéaliser la mort, à la voir comme un acte héroïque, de sacrifice, d'honneur. La bravoure, c'est facile, tant que ça reste de la théorie. Mais c'est une autre paire de manches quand l'idée de sa propre fin devient concrète. Ça fait peur, c'est révoltant. Personne n'a envie de mourir.

Elle sait pourtant que les précogs ne se trompent jamais.

Elle ne pensait pas être un jour confrontée à ces visions. Et voilà qu'à présent elle tente de deviner leur sens dans la jungle des doutes qui commencent à l'envahir.

Parce que si ce vieil homme est une sorte de père spirituel des enfants du volcan, et s'il s'adresse bien à eux pour les guider, on ne sait en revanche rien de ses desseins. Sa couleur peut laisser penser qu'il a fait le choix du Bien. Pourtant, s'agissant de cet EDV vieux de plusieurs siècles, la question peut se poser. Lui-même, à en croire les écrits qu'elle a lus la veille, a semblé douter de sa véritable nature, des siècles auparavant...

Il lui tarde vraiment de lire la suite du journal, car maintenant, la jeune fille comprend parfaitement pourquoi son père adoptif lui a confié cette lecture. Ce rapport recèle une information précieuse qui ne peut qu'échapper aux Sentinelles de deuxième et troisième catégories, celles qui ne possèdent pas de don.

Car elle en est désormais convaincue : l'homme noir qui apparaît aux enfants du volcan n'est autre que David Armstrong.

# 6.

**K**aleb a pris le premier train en direction de nulle part. Un aller-retour pour un coin paumé, loin de la frénésie parisienne. Il a des envies de désert, de vastes étendues aux paysages improbables. Il rêve d'Islande. À défaut, il a atterri dans une vaste forêt de chênes, où rien ni personne ne viendra le parasiter. Il se veut seul avec lui-même pour mieux s'oublier, pour faire le point aussi...

Il inspire l'air à pleins poumons, à se les faire exploser. Il ne s'est jamais rendu compte à quel point il respirait mal, à Paris. Pas étonnant qu'il se sente oppressé. Ici, il n'y a pas d'autre bruit que celui des oiseaux et du vent dans les feuillages. Pas de fureur, pas de folie. Juste lui, au carrefour de sa vie.

Après avoir marché de longues minutes, peut-être des heures, au hasard de ses pensées, Kaleb s'assied au pied d'un arbre, enfouit ses longs doigts dans la mousse humide qui le borde et caresse l'écorce de la paume de ses mains. Une impulsion : il enserre le tronc de toutes ses forces, comme pour en voler la sève, et se met à pleurer en silence, une joue contre le végétal rugueux.

Pendant le trajet, il a reçu un message d'Aaron sur son Smartphone. Lui aussi s'en mêle et le met en garde contre Lucille. Pourtant, le jeune homme commence à comprendre que le danger ne vient pas d'elle spécifiquement, mais de toute fille susceptible de trop s'attacher à lui. Il charrie quelque chose de malsain, qui transforme l'amour en obsession et ne peut qu'avoir une issue dramatique pour la malheureuse... Et pour lui.

*Fuis celle qui te poursuit ou tu mourras,* disait le message. *Écoute ton cœur et tu courras à ta perte, a prédit ta mère. Es-tu sûr qu'il est question d'une autre personne que de toi, dans ces messages, Kaleb ?*

L'homme noir s'invite de nouveau dans sa tête, mais Kaleb ne cherche pas à le chasser. À bien y réfléchir, c'est en effet lui que ces deux avertissements mettent en garde. En aucun cas il n'est question de Lucille.

*Tu as compris. Celui qui peut tout perdre, c'est toi. Débarrasse-toi de toute attache ou bien tu le paieras au prix fort... et à la clé il y aura la mort.*

Mais à ce moment précis, cette perspective lui paraît presque séduisante...

D'ailleurs, la vie ne le quitte-t-elle pas un peu plus chaque jour, au fil de ses rencontres ? Chaque fois qu'il dépouille un être de ses émotions, il doit abandonner un peu plus les siennes pour leur faire de la place. Il finira par n'être plus qu'un zombie sans âme, obligé, pour survivre, d'en aspirer toujours davantage, au hasard de ses errances.

Sans même s'en apercevoir, Kaleb est entré en transe. Il se balance d'avant en arrière, les yeux dans le vague, un sourire de fou lui barre le visage. La forêt a disparu, dissoute dans un paysage lunaire au ciel sombre. Le jeune homme erre, divague dans un silence épais. Des âmes tourmentées arrivent de partout et viennent s'accrocher à lui, l'alourdir de leurs cris d'agonie. Il devient un gouffre, un puits sans fonds pour la douleur et la désespérance.

Arrivé au centre de la plaine aride percée d'une béance rougeoyante, il distingue la silhouette d'un homme et le reconnaît immédiatement sans jamais l'avoir vu. Bergsson se tient face à lui, et le dévisage derrière le rideau de fumée qui s'échappe du magma. Kaleb le rejoint. Les deux hommes se jaugent, campés chacun sur une rive craquelée. Le colonel tient dans sa main un objet scintillant qu'il ne parvient pas à identifier. Les yeux de l'homme ont un éclat si curieux qu'il en a la chair de poule et pressent que l'issue sera forcément tragique. Il tente de forcer son esprit sans y parvenir. Bergsson le repousse systématiquement. Une lutte immobile s'engage alors entre les deux ennemis. Mais une migraine fulgurante fait hurler Kaleb qui tombe à genoux. Le colonel est saisi de la même douleur et finit aussi par lui céder en s'agrippant la tête à deux mains. Peu à peu, une créature floue se matérialise au-dessus du brasier et leur adresse une prière incompréhensible avant d'imploser. Les deux empathes se trouvent projetés contre le corps en fusion avec une violence inouïe et valsent une danse improbable dans le vortex incandescent. Puis soudain, une déchirure dans le cœur, une douleur aiguë. Des tambours qui s'affolent et libèrent les âmes qu'il charriait avec lui. L'impression de se consumer tout entier, de n'être plus que cendres, froid, vide. Les tambours qui cessent brutalement et font place au silence de la mort. Un cri d'enfant résonne et fait pleuvoir des torrents de sang sur la terre sans vie...

La nuit vient de tomber sur la forêt. Kaleb n'est toujours pas sorti de sa transe. Il psalmodie la même phrase comme un dément.

— Daudinn er lykillinn,
— Daudinn er lykillinn.
— Daudinn er lykillinn.
— Daudinn er lykillinn.

— Dauðinn er lykillinn.
— Dauðinn er lykillinn...

Il l'entend de loin, perdu dans son cauchemar aux accents d'apocalypse.

Dauðinn er lykillinn.

C'est de l'islandais. Il ne connaît pas cette langue. Ne l'a jamais apprise.

Dauðinn er lykillinn.

Et pourtant il répétera cette litanie toute la nuit...

— Dauðinn er lykillinn.
— Dauðinn er lykillinn.
— Dauðinn er lykillinn.
— Dauðinn er lykillinn.
— Dauðinn er lykillinn.
— Dauðinn er lykillinn...

Le colonel sort de sa transe en hurlant ces quelques mots.

C'est de loin l'apparition la plus étrange de l'homme noir qu'il lui ait été donné de voir. La plus sombre, la plus effrayante aussi. Il a cru devenir fou. L'a peut-être été pendant quelques heures : son bureau est dévasté. Il l'a arpenté comme un somnambule en colère et a laissé éclater sa rage. Une terrible migraine lui enserre désormais les tempes et il a les doigts complètement paralysés à force d'avoir crispé les poings. Il tente de détendre ses phalanges, lentement. Grimace autant de surprise que de douleur : sa main droite s'est refermée sur la lame destinée à Kaleb. Comme un second baptême du sang. Il en est sûr à présent, leur sort est étroitement lié. Il en mourra peut-être, mais ᚦᚨᚢᚦᛁᚾᚾ ᛖᚱ ᛚᚤᚴᛁᛚᛁᚾᚾ. Et la signification, il la connaît…

*La mort est la clé.*

L'homme noir peut désormais se détendre : le message est passé. Cela lui a demandé une énergie considérable mais c'était nécessaire. Pour être sûr d'être entendu, il continue l'incantation encore un peu de sa voix brisée, malgré sa respiration difficile, sifflante et fatiguée du poids qui pèse sur sa poitrine délabrée. Karl Bergsson, Kaleb Helgusson et tous ceux qui participeront à la Prophétie doivent entendre ce message résonner dans leur tête pendant des jours et des nuits. Il y veillera.

Mais pour l'instant, il doit se reposer.

Cela fait bien longtemps qu'il a renoncé à chercher le confort, sur son lit de terre. Ses yeux blancs qui ne fixent que le cœur de ses cibles se referment doucement. Le contact de ses paupières lui brûle la cornée. Une larme roule sur sa joue. Il est exténué, mais sait que demain la vie renaîtra en lui. Et qu'une journée, un mois, un siècle s'écoulera à nouveau. À moins qu'il ne parvienne à ses fins. Il a bon espoir. La Prophétie ne peut mentir. Oui, le destin est en marche.

La défaite de l'empathe est la clé.

Et c'est pour bientôt, l'homme noir le sent, comme il sent vivre et palpiter chaque enfant du volcan que porte la terre.

— *Daṽðiŋŋ eʀ lẏḳilliŋŋ.*

La mort est la clé.

Que chacun y entende ce qu'il veut.

Il s'appelle David Armstrong et attend depuis quatre cents ans que cette clé le libère.

Alors, il pourra laisser éclater sa colère.

# 7.

Londres, le 21 juin 1687,
rapport de Mme Brunnosdottir pour SENTINEL

*C*omment cette forme de communication est-elle possible ? Devant cette question, David Armstrong reste évasif. J'ignore s'il en connaît lui-même la réponse. « Je suis la vie », répond-il inlassablement. « Né il y a deux cents ans je serai là bien après ta mort. J'ai lu le Livre du volcan *et je connais, seul entre tous, la Prophétie des empathes.* »

Je sais le pacte que nous avons conclu. Je subis sa volonté transe après transe, parce qu'il m'a choisie. Parce que j'ai, plus que quiconque, la capacité d'accéder à l'invisible et de discourir avec lui, puisque ma médiumnité est un don de troisième génération et que David Armstrong est mon aïeul. Je sais aussi que ce n'est qu'au prix de ces pénibles retranscriptions par écriture automatique qu'il nous donnera accès *au* Livre du volcan. *Ce sera une avancée formidable pour nous autres, Sentinelles. Il nous permettra de comprendre comment tout cela a commencé, et comment cela s'achèvera. Je sens, hélas, que l'esprit de David est trop fort pour que je le contienne sans dommages pour moi, que je ne resterai pas son réceptacle encore très longtemps : je commence déjà à me disloquer. Je commence également à avoir des absences, et mes os me font souffrir comme si j'avais mille ans d'âge. Poursuivre dans cette voie me tuera, mais il me l'a dit dans mes rêves : « La mort est la clé. »*

Cette dernière phrase de Mme Brunnosdottir, que la jeune fille identifie désormais comme une héroïque Sentinelle de première catégorie, résonne étrangement en elle et lui glace le sang. Que signifie cette phrase sibylline qui ne lui est que trop familière ?

*Mémoires de David Armstrong,*
*synthèse élaborée le 21 juin 1687,*
*par Mrs Brunnosdottir*

*NDLR : Retranscription faite par écriture automatique.*

*Le Bien et le Mal ne sont pas si différents. Ce sont des frères jumeaux qui s'épanouissent différemment. Il suffit parfois d'un minuscule grain de sable pour enrayer la machine et inverser la tendance de chacun. Et si le Mal peut devenir le Bien, c'est que tout est possible... Un jour, Mary Ann tomba amoureuse. L'amour... C'est ce qui nous a perdus.*

*Nous coulions des jours heureux dans notre nouvelle patrie, un bout de terre coincé entre la France et l'Allemagne. Le duc de Lorraine, ému par nos malheurs qui avaient fait le tour de l'Europe, nous avait offert l'asile dans ses États. Notre arrivée fut, bien entendu, accompagnée d'une épidémie de peste mais, à quinze ans seulement, nous étions déjà résignés. Il était écrit que notre vie serait jonchée de cadavres dont la putrescence et la pestilence n'entameraient cependant jamais notre belle humeur et notre jeunesse conquérante.*

*Nous réussîmes sans peine à nous intégrer à la vie du village où nous nous étions installés. Mary Ann était une excellente couturière et, de mon côté, je ne rechignais à aucun des travaux manuels que l'on me proposait, même les plus éprouvants. Qui aurait pu soupçonner deux adolescents aussi vaillants et courageux que nous d'être des monstres parmi les pires que la terre ait jamais portés ?*

*Lorsque Mary Ann évoqua la possibilité de rencontrer de nouveau James Clarke pour en savoir plus long sur ce qui nous arrivait j'aurais aimé pouvoir la dissuader, craignant qu'il ne cherche à la retenir ou à lui faire du mal. Et, par la suite, j'ai d'autant plus regretté d'avoir cédé que la route du retour signa le commencement de mon long, très long chemin de croix.*

*C'est pendant ce voyage que Mary Ann rencontra Paul Porteous, un Britannique expatrié en France. Tous deux s'aimèrent au premier regard, ce que je compris immédiatement, en dépit de mon refus obstiné de me l'avouer. Nous étions en l'an 1630, et ma sœur était une superbe jeune femme au teint de lys et au rire cristallin : elle aurait tourné la tête de n'importe quel homme.*

*Elle demeurait plus que jamais la lumière de ma vie, mais je ne brillais plus de manière assez intense pour que mon doux papillon se contente de moi. Je voulus d'abord croire à une amourette sans suite, mais les sentiments mutuels de Mary Ann et de Paul se développèrent avec une telle force que bientôt plus aucun doute n'était permis.*

*L'amour apaisa ma sœur qui parvint de mieux en mieux à maîtriser ses pulsions destructrices et meurtrières. Mais, bien loin de me rassurer, ses progrès dans ce domaine m'inquiétaient. Car si Mary Ann réussissait enfin à juguler le pouvoir maléfique de son don, de quelle utilité pouvais-je bien lui être désormais ?*

*J'en vins, comble de la déchéance morale, à regretter le temps où j'étais contraint de « réparer » ses actes les plus vils et où j'étais en conséquence son unique amour, son frère chéri. À mes yeux être l'unique objet de l'amour de ma sœur éclipsait tout le reste : nous étions nés ensemble, avions grandi ensemble, et devions rester liés par cet amour exclusif jusqu'à la fin.*

*Alors, un beau jour, l'évidence me frappa en plein cœur : j'aimais ma sœur d'un amour incestueux, criminel, coupable, contre-nature. Horrifié par cette découverte qui n'en était pas vraiment une je tentai de me séparer d'elle, mais vers qui d'autre aurais-je pu envisager de me tourner ?*

La jeune fille avait vu juste : David avait développé des sentiments malsains à l'égard de sa propre sœur ! Seulement, tomber amoureux d'elle n'était pas sans danger, puisque tout enfant du volcan qui succombe au charme d'un porteur de gène maléfique court le risque d'être contaminé et de basculer irrémédiablement vers le Mal. Depuis que son don s'est révélé et qu'elle a compris le rôle qu'elle devra jouer auprès de Kaleb Helgusson, cette crainte ne l'a pas quittée.

Mais non, tout cela est ridicule. Jamais elle ne pourra aimer ce démon...

*Incapable de réfréner mes pulsions envers Mary Ann, je sentis alors la force impérieuse du Mal se répandre dans mes veines, bander mes muscles, m'emplir d'une bile noire et acide. J'étais aveuglé par la rage et la haine que m'inspirait Paul Porteous.*

*Mary Ann avait pu s'accoutumer à son don au fil du temps. Moi, je ne sus pas comment gérer cette colère et ce besoin de nuire. Lorsque le magma de mes sentiments atteignit son acmé, je ne pus faire autrement que de me déchaîner sur le pauvre homme, laissant éclater mes instincts les plus bas.*

*Il hurla, suffoqua, supplia, s'assécha sous mon regard indifférent. Je le fis souffrir longuement, et son agonie me procura un plaisir si intense que je crus que nous allions mourir ensemble. Le Bien et le Mal ne sont pas si différents. Ce sont des frères jumeaux qui s'épanouissent différemment. Le Bien peut aussi devenir le Mal.*

*Ce jour-là, Mary Ann arriva à temps et m'arrêta avant que je ne commette l'irréparable en tuant son amant. Elle me supplia, m'implora de ne pas le laisser mourir, de le sauver, ajoutant même que, si je l'aimais, si je voulais la revoir un jour, je devais le guérir sur-le-champ, ou bien elle se laisserait dépérir à son tour.*

*Je ne pouvais bien sûr me résoudre à la perdre. Et, comme je n'avais pas encore basculé irrémédiablement dans l'autre camp, je rassemblai mes dernières forces pour chasser le Mal hors de moi et ranimer ma victime. Juste par amour pour Mary Ann. Et j'y parvins, presque miraculeusement je dois dire. Ma sœur me remercia en sanglotant. Et, à présent conscient du mal que j'avais failli commettre, je fus soulagé qu'elle consente à me pardonner. Du moins est-ce ce que je crus. Mais j'avais tort.*

David Armstrong était décidément d'une puissance phénoménale. Il avait réalisé un incroyable numéro d'équilibriste en passant d'un extrême à l'autre. Mais en était-il sorti indemne et exempt de toute malice pour autant ? La jeune fille ne pense pas qu'on puisse avoir succombé au Mal sans en garder un peu le goût...

*Jamais je n'avais été malade. La moindre de mes blessures cicatrisait en une nuit tout au plus et ma peau était totalement exempte de ces légères marques du temps qui sculptaient déjà le visage de ma sœur. Depuis longtemps elle et moi avions envisagé la possibilité que je ne sois pas mortel... Un don peut vite devenir la pire des malédictions.*

*Et, ce soir-là, je crus sincèrement à notre réconciliation : lorsque Mary Ann me proposa de lever notre verre à la paix retrouvée, je ne me méfiai pas. Je me souviens encore du liquide amer qui m'étouffa et me fit choir de mon siège. De la sensation d'avoir les yeux en feu. De ma langue qui avait doublé de volume et sortait de ma bouche, de mes mains crispées sur ma gorge endolorie. Je me souviens de mon effroi, du regard glacial de ma sœur et de la question que je ne parvenais pas à articuler. Pour... pourquoi ?*

*Puis plus rien. Le noir absolu. Comme si ma conscience tout entière avait été annihilée. Beaucoup plus tard, lorsque je repris connaissance, je ne compris pas où je me trouvais. Mary Ann avait-elle eu pitié de moi ? Étais-je à l'hôpital, parmi d'autres malades, moi qui me croyais invulnérable ? Certains indices venaient cependant infirmer ces premières impressions. Il y avait bien ces bruits qui me parvenaient du lointain, mais ils ne présentaient aucune similitude avec ceux provoqués par l'agitation qui règne toujours dans un hospice. Et puis ce froid, cette humidité, ce sentiment d'absolue solitude venaient contredire mes premières sensations.*

*J'avais dû rester inconscient très longtemps, mon corps n'ayant que péniblement regagné les parcelles de vie qui lui avaient été arrachées. Je compris que le poison ne m'avait pas simplement rendu malade, mais qu'il m'avait bel et bien tué, et que je venais de ressusciter. Mon premier souffle fut comparable à celui d'un nouveau-né et me déchira les poumons, comme un long cri de victoire. Mais ce triomphe fut de courte durée. Autour de moi, la* pénombre, et un silence à peine troublé par les échos d'un ruissellement lointain.

Je tendis les mains pour explorer ce qui m'entourait et ne reconnut aucun cercueil, comme je le pensais. Pas de bois, non. À la place, de la pierre, épaisse et solide, érigée tout autour de mon corps. Je tentai de comprendre, affolé, j'essayai de me relever. Mais il m'était devenu impossible de me mouvoir, de plier les jambes, de m'asseoir ou même de me retourner. J'étais prisonnier d'un sarcophage que Mary Ann avait fait construire tout autour de mon corps.

Lorsque je saisis l'horreur de la situation je hurlai ma détresse, suppliai quiconque m'entendrait de se précipiter à mon secours. Mais aucun être humain n'approcha jamais de ma prison minérale. Et le temps s'écoula, toujours plus lentement, charriant chaque jour son lot de douleurs.

Des semaines, peut-être des mois plus tard, alors que je laissais mon esprit divaguer dans des contrées proches de la folie, l'espoir rejaillit. Là-haut, à quelques pieds au-dessus de ma dépouille encore vive — car j'avais acquis la certitude d'avoir été enfoui dans le sol —, se tenait ma sœur. Mary Ann était revenue ! Je la sentais vibrer alentour : elle était faible, malade, et avait de nouveau besoin de mes soins. Elle allait me déterrer, c'est sûr, et me pardonner mon crime... Et tout serait de nouveau comme avant ! Si j'avais encore pu pleurer, je crois que mes larmes auraient alors coulé sans pouvoir jamais s'arrêter.

Mais ma liesse n'eut d'égale que ma stupeur lorsque je sentis mes forces m'abandonner pour aller la rejoindre et régénérer son corps affaibli. Elle puisait dans mes res-

*sources vitales, sans même que je la touche. Et c'est alors seulement que je compris ce qu'elle avait saisi bien avant moi, et depuis longtemps déjà : au fil des années, mon don de guérison avait acquis une telle puissance qu'il suffisait désormais de m'approcher pour être soigné.*

*Pourquoi alors prendrait-elle la peine de me libérer quand j'étais là, à portée de main, emmuré dans un endroit connu d'elle seule et d'où je ne pouvais m'échapper ? Je la suppliai de ne pas me condamner à une éternité de douleur et de malheur et lui promis en échange l'obéissance la plus totale, la plus aveugle. « Jamais tu ne sortiras d'ici » fut sa seule réponse au marché que je lui proposai.*

*Elle m'avait entendu ! Plus que nos esprits, c'étaient nos dons qui communiquaient à distance, s'entremêlant et se disputant dans une sorte d'échange que nous ne contrôlions pas totalement. Plus que tout, j'aurais voulu répondre et trouver les mots qui auraient pu toucher son cœur et la faire fléchir, mais, par sa présence seule, elle avait presque totalement épuisé l'énergie qui me restait. Exténué, je perdis connaissance.*

La jeune fille retient son souffle. Serait-il possible que personne n'ait jamais découvert sa cachette et que David Armstrong soit toujours retenu dans cette atroce prison ?

*Mary Ann revint rarement au fil des années qui suivirent. J'en conclus qu'elle maîtrisait mieux son don et,* du fond de ma geôle, m'en réjouis sincèrement. J'avais abandonné tout espoir qu'elle me libère et m'étais résigné à ma captivité. Les premiers mois pourtant furent pires que l'enfer, si quoi que ce soit peut être pire que l'enfer. Je souffris de la faim, de la soif et j'endurai mille tourments. Ma peau se dessécha et mes os se soudèrent. Ma respiration devint si difficile que je dus apprendre à puiser dans ce que la terre autour de moi contenait encore de vie pour supporter ce calvaire.

Une année après l'autre, à son insu peut-être, mon lien avec Mary Ann se renforça. Je connaissais désormais le chemin de son âme et ressentais chaque jour un peu plus fort les soubresauts de son cœur. Je compris qu'elle avait fait le choix de semer la terreur, six ans après m'avoir enterré, non pas par goût mais afin d'être en mesure de se présenter vieille et laide devant James Clarke.

Elle voulait qu'on cesse de la traquer. Après que la Sentinelle aurait constaté sa déchéance, personne n'aurait l'idée saugrenue de rechercher la jeune femme qu'elle serait redevenue après m'avoir rendu visite. Elle fit cela uniquement pour protéger le bonheur qu'elle avait si difficilement, si péniblement édifié. Aussi ne revint-elle me voir que cinq fois en l'espace de trente ans.

Mary Ann avait réussi l'impensable, épargner Paul qu'elle aimait sincèrement. L'amour avait bel et bien eu raison de ses pires démons. Plus sûrement, ma foi, que les sermons stériles de son frère ! À chacune de ses visites je la guérissais avec une ferveur d'autant plus grande que, contre toute attente, j'espérais toujours obtenir son absolu-

*tion. Pourtant, elle n'était pas la seule avec qui s'établissaient des échanges...*

*Désormais, j'émettais, je pense, une sorte de vibration élémentaire qui touchait systématiquement les porteurs du gène. Je communiquais aussi bien avec les enfants du volcan qu'avec les Sentinelles et parvins à obtenir certaines informations essentielles sur l'origine des dons et leur but initial. L'un d'entre vous me lut même le* Livre du volcan *avant de le soustraire à la cupidité des hommes.*

*Je suis le seul survivant ayant eu connaissance de son contenu et sachant en quel lieu il se trouve, mis à l'abri par l'un des nôtres. Je suis la mémoire du volcan, et personne d'autre que moi ne connaît la teneur exacte de la Prophétie.*

Elle avait déjà entendu parler de ce *Livre du volcan* qui consigne l'histoire du peuple du volcan et de ses descendants. Une sorte de Graal qui fascine les Sentinelles. Elle donnerait n'importe quoi pour le lire.

*En 1665, nous avions tous deux cinquante-trois ans, et nous étions déjà des vieillards. Paul mourut au mois d'avril. Je ressentis la douleur de Mary Ann dans chacun de mes rêves. Je la suivis en pensée jusqu'à Londres, où le corps du défunt fut rapatrié. Je vécus le même choc qu'elle lorsqu'on lui refusa l'accès au service religieux, sous le prétexte qu'ils ne s'étaient jamais mariés. Je la sentis s'effondrer sur le parvis de l'église.*

*Puis ce fut comme si un voile se déchirait dans son esprit. Les digues qu'elle avait bâties durant toutes ces années et qu'elle pensait solides cédèrent sous le poids de la douleur, et le don de mort qu'elle avait si longtemps retenu déferla en elle sans qu'elle puisse rien faire pour le retenir. La première victime de sa fureur fut la plus jeune cousine de Paul.*

*L'épidémie de peste se répandit ensuite dans toute la capitale, implacablement, provoquant un nombre incalculable de victimes. Rien ne semblait pouvoir arrêter Mary Ann. Je devinai pourtant, depuis ma retraite forcée, l'état de délabrement physique dans lequel elle se trouvait. Mais elle n'en avait cure. Je compris même qu'elle n'avait aucunement l'intention de me retrouver lorsque tout serait terminé.*

*Ce qu'elle voulait, c'était mourir. Elle tint bon pendant plus d'un an. Je la sentais faiblir de jour en jour, mais sa soif de vengeance, inextinguible, était la plus forte, l'animant d'une énergie surhumaine. Jamais plus elle ne cesserait de semer la mort. Une armée de Sentinelles s'était formée pour mettre un terme à ce carnage, et je percevais la froide et implacable détermination de ces hommes et de ces femmes.*

*Jamais ils ne cesseraient de la traquer et, malheureusement, Mary Ann n'entendait pas mes mises en garde. Je les sentis approcher d'elle, en ce funeste mois de septembre 1666. Et je la vis se réfugier dans ce grenier qui serait son dernier abri. Puis je les entendis allumer le brasier sur lequel ils allaient immoler ma sœur.*

*Et je sus que les cris, les supplications de Mary Ann quand elle périt brûlée vive me hanteraient jusqu'à la fin des temps. Selon vos sources, le grand incendie de Londres a non seulement mis hors d'état de nuire l'EDV le plus maléfique que la terre ait jamais porté, mais aussi éradiqué l'épidémie de peste la plus meurtrière que la capitale britannique ait jamais connue.*

*Seulement vos sources étaient aussi partiales qu'ignorantes, car ma sœur n'était plus porteuse du Mal depuis bien longtemps. L'amour l'avait transformée, l'avait rendue bonne. Et vous autres, Sentinelles, n'avez pas su comprendre. Puisse mon témoignage vous servir de leçon. Le Bien et le Mal ne sont pas si différents.*

C'était la dernière retranscription des mémoires de David Armstrong.

Mme Brunnosdottir mourut, selon le registre de SENTINEL, à peine deux jours plus tard.

Si Mary Ann avait pu contrôler son don par amour, alors à quoi bon diaboliser et chasser les enfants du volcan ? Combien d'actes de torture et de meurtres au nom d'une croyance peut-être erronée ? Pour la première fois depuis sa naissance, la jeune fille doute du bien-fondé de la Cause. Elle ne sait plus quoi penser.

Qui est vraiment David Armstrong ? Et quels sont ses desseins, plus de quatre cents ans après son enfermement et la mort tragique de sa sœur ?

Est-il vraiment un guide bienveillant, comme semblent le penser tant d'EDV ?

*Le Bien et le Mal ne sont pas si différents,* disait-il à la médium, quatre cents ans plus tôt.

De la haine la plus farouche peut fleurir l'amour le plus pur. Et inversement.

David Armstrong n'a plus très longtemps à patienter avant que la Prophétie ne se réalise et qu'il soit libéré.

Et il sait exactement ce qu'il fera en sortant.

Il rappellera à lui ce don, qu'à l'instar de Mary Ann il a toujours porté, celui de donner la mort. Puis il tuera une à une toutes les Sentinelles, manipulant et sacrifiant jusqu'au dernier des enfants du volcan s'il le faut, pour venger sa sœur bien-aimée.

Sa poitrine rachitique est agitée de spasmes désordonnés et il éclate d'un rire malsain, ses yeux blancs rivés sur le néant qui l'entoure.

— J'arrive, Mary Ann, je viens vers toi...

Et quelque part, au tréfonds de lui-même, il croit l'entendre répondre.

Parce qu'on ne peut ressortir que fou de quatre cents ans d'enfermement...

## 8.

**K**aleb est resté dans la forêt longtemps après s'être réveillé. Tout y était si calme, si pur. Loin des gens et de leurs préoccupations envahissantes. Cela faisait des semaines qu'il n'avait pu se retrouver face à lui-même.

Il a pu faire le point, décider de ce qui comptait désormais...

Il se souvient vaguement de son rêve ; des bribes lui en reviennent. Il distingue du feu, du sang, la mort. Étrangement, ces flashs apocalyptiques ne lui font pas peur. Comme s'il avait accepté l'inéluctable et commençait à s'y préparer. Il pressent confusément que son destin est en marche et qu'il sera exceptionnel. Il en mourra peut-être, mais pas sans lutter : il a désormais la certitude d'être d'une puissance sans précédent. Personne ne lui barrera le chemin très longtemps, ni le colonel, ni Lucille, ni personne. Il repoussera de toutes ses forces la moindre marque d'affection, détruira ses ennemis sans pitié et ne veillera plus qu'à son bien-être, sa propre survie.

Vivre pour les autres n'a aucun sens : à trop écouter leurs émotions il risquerait de perdre la tête, ou même d'en crever. Et Kaleb veut vivre, profiter, prendre ce qu'il peut et même au-delà.

La frénésie urbaine le heurte. Trop de bruits, de gesticulations. Kaleb ignore encore comment couper la transmission. Pourtant, il sent confusément qu'il le saura bientôt... dès qu'il aura passé un nouveau stade.

L'attente à l'entrée du concert a été pénible, mais il ne veut plus se priver de la moindre parcelle de plaisir à cause de ce don qu'il va finir par mater. Alors il est resté dans la file d'attente, serrant les dents pour ne pas se laisser envahir par le flot d'émotions des gens autour de lui, tâchant de les ignorer comme s'ils n'étaient que des fantômes.

Il est enfin dans la fosse et se sent comme avant un orage.

Pression qui flagelle ses tempes et menace de faire exploser sa boîte crânienne, brouhaha d'impatiences qu'il parvient à peine à museler, qui gueulent leur frustration droit dans ses neurones et l'électrisent. Envie de tout casser autour de lui. C'est donc ça être un empathe ? Devoir supporter tous ces embrasements ridicules et se laisser remplir d'émotions grotesques ? Il esquisse un sourire las. Agacements, violence à peine larvée, jalousie, mensonges… ça arrive de partout, ça l'agresse. Faut être maso pour se rendre à un concert avec ce foutu don, sans mode d'emploi pour l'éteindre une heure ou deux ! À quelques secondes près, il aurait pu faire demi-tour. Il y a songé. Mais les portes se sont ouvertes et la marée humaine s'est déversée dans la salle, le courant l'a emporté. Il s'est laissé faire, avec l'espoir de se dissoudre dans le flot chaotique, de ne plus penser et ne rien sentir d'autre que la musique, oublier, le temps d'un spectacle, qu'il est désormais seul au monde. Traqué.

Extinction des lumières. Tout le monde se tait. Noir absolu qui excite les sens, les attise. Il sent presque battre les cœurs qui s'emballent, accompagne les respirations qui se veulent discrètes. Les minutes passent. Kaleb a le vertige. Il tangue. Rien à quoi se raccrocher.

Soudain, un gong retentit et quatre torches embrasent la scène. Une fille a poussé un cri strident. Kaleb peut deviner son excitation. Il est dans le même état. « Hell Bro ! Hell Bro ! Hell Bro ! » La foule scande le nom des Hell Brothers, tape des pieds, de plus en plus fort, de plus en plus vite. Ils sont déjà tous hystériques. Une voix d'outre-tombe transperce la clameur d'un cri rauque et les fait tous taire. Le son part de la gorge du chanteur, roule encore et encore, charrie glaires et goudrons dans une longue plainte qui met aussitôt la foule en transe.

Comme il l'espérait, c'est comme il l'espérait ! Il est embarqué par une euphorie qui surpasse toutes ces émotions ne lui appartenant pas. Il est en transe lui aussi, se laisse guider par la voix rocailleuse qui le berce et dérive, l'âme au repos. Dans ce spectacle infernal, il trouve enfin la paix. Il peut baisser les armes, redevenir le jeune vaguement rebelle qu'il croyait être avant l'éruption du volcan... Il secoue la tête en rythme, ferme les yeux et jouit du néant. S'agite, se disloque. On dirait qu'il est saoul. Épileptique.

Un pied vient écraser ses orteils et le tire de cet état de grâce. Il ouvre les yeux : deux mecs ricanent devant lui.

— Oh ça va, tu vas pas nous faire chier, hein ?
— Non, bien sûr..., sourit-il.

Les mecs sourient à leur tour. D'un air de le prendre de haut, pour un con même. Alors Kaleb lève les bras, mains à hauteur de leur tête. Les mecs comprennent trop tard. Il les a agrippés par le scalp, au plus près du cuir chevelu. *Baam !* Éclatement des deux crânes en rythme, avec Kaleb comme joueur de cymbales mortifère et les deux abrutis qui s'effondrent dans l'indifférence générale. Les basses et les percussions ont masqué le bruit du choc mais il résonne encore dans la tête de Kaleb. Un bruit mat, comme quand on fait une tête dans un ballon de foot.

La colère passe aussi vite qu'elle est venue mais il n'arrive pas à se remettre dans l'ambiance. La faute à cette voix, au loin. Pas vraiment une voix, d'ailleurs, plutôt un appel silencieux, angoissé, une impression d'abandon mêlée à des sentiments confus qui s'apparentent à de l'amour. *Lucille !* *Mais comment elle sait que je suis là, putain ?*

Elle ne le lâchera jamais : il l'a rendue dépendante. Kaleb n'entend plus qu'elle, désormais. Elle l'appelle de tout son être, suffoque sans lui, c'est insupportable. *Eh merde !*

Pas d'autre choix que de sortir de la fosse, de nager à contre-courant de la marée humaine et de la rejoindre dans la nuit. Kaleb est en colère. Il s'agit cette fois de sa colère à lui. Il se remémore tous les avertissements qu'il a reçus. Il pensait pouvoir s'en sortir comme ça, en lui demandant de le laisser tranquille. Il se leurrait. L'issue ne pourra qu'être tragique, il en est convaincu à présent. Sa vie ou celle de Lucille. Ça lui est égal, au final. Mais cette relation doit cesser maintenant.

La force de sa colère le surprend lui-même. Ça fait un moment qu'il n'a pas éprouvé un sentiment qui lui appartienne. La sensation est étrange. Le consume. Kaleb a très chaud, il se sent mal, oppressé. Il a l'impression que son corps bout. À chaque pas qui le rapproche de Lucille,

sa température augmente d'un degré. Sentiment
que ses pieds fendent le béton et s'enfoncent dans
le sol en charriant une traîne invisible qui finit
par s'enrouler autour de lui et décupler sa puissance.

Il effleure la lourde porte en fer, qui s'ouvre avec
une facilité déconcertante.

— Lucille, qu'est-ce que tu fous là ?

La jeune fille a le souffle coupé. Il est encore
plus beau dans les lumières de la nuit. Un pantalon en cuir moulant, un T-shirt aussi noir que
sa chevelure... Des yeux plus clairs que dans ses
souvenirs. Des yeux aux iris cerclés de noir, un
regard étrange qui brille malgré les ombres claires
qui l'enveloppent. Des yeux presque surnaturels,
effrayants, qui se veinent de rouge au fur et à
mesure qu'il s'approche.

— Je... je... il fallait que je te voie, bégaie Lucille.

Elle recule d'un pas, malgré elle.

— Eh bien, me voilà.

Sa voix est grave, profonde, fascinante. Il a la
beauté du diable. Elle s'immobilise, captivée.

— M... merci.

— Maintenant, tu vas bien m'écouter. Je veux
que tu m'oublies. Et je ne veux plus jamais te
revoir, c'est compris ?

Elle est incapable de cligner les yeux, mais elle
sent les larmes monter. Son menton se met à trembler. Elle a peur mais il lui est impossible d'obéir.

— Je ne peux pas..., gémit-elle.

*Boum !* Un mec ivre vient de s'affaler dans une poubelle. Le temps pour Kaleb de s'écrire un scénario catastrophe où Lucille aurait conduit ses poursuivants jusqu'à lui. Où, si elle l'a retrouvé si facilement, n'importe qui le peut. Où il se sent en danger. Par la faute de cette conne. Alors sa colère en remet une couche, l'emplit et gonfle à le faire exploser. La traîne invisible se dresse et se divise en milliers de tentacules qui partent se connecter aux spectateurs restés dans la salle. Les bras poisseux entourent leurs âmes, les pressent et leur font vomir un égrégore qui rejoint aussitôt Kaleb. Le jeune homme le fait sien et l'absorbe. C'est comme si chacune de ses cellules était électrisée, connectée à quelque chose qui le dépasse. La vague de colère monte, monte... la lame va s'abattre sur Lucille, il le pressent, et ne fera rien pour l'arrêter. La bête veut sortir, il va enfin lâcher la bride, cesser de se retenir puisque ses efforts ne servent à rien. Kaleb est comme hypnotisé, fasciné par sa propre puissance qui s'accroît au rythme de la musique.

— Tu entends cette musique, Lucille ? gronde-t-il, en s'approchant.

— Qu... quelle musique ?

— Les basses, là, dans ton ventre...

La jeune fille esquisse malgré elle un mouvement du bassin, tandis que les yeux clairs la transpercent.

— Et les percussions, dans ta tête ?

— Ma tête ? interroge Lucille qui croit, en effet, percevoir quelque chose.

Elle se tient les tempes. Oui, elle entend un rythme, au loin, le ressent. Il est insidieux, hors d'elle et en elle. Elle ne peut pas lui échapper.

Cette fois, la bête se dresse, prête à bondir et fondre sur sa proie.

— Oui, accueille la vague qui vient à toi. Ne pense plus à rien d'autre. Ton cœur bat à l'unisson, laisse-toi entraîner, ne lutte pas. Oublie tout...

C'est à peine s'il a conscience de ce qu'il lui dit. Le rythme la pénètre doucement d'abord, puis de plus en plus vite. Sauvagement il s'empare de ses pensées, découvre ses peurs les plus enfouies, les exhume et la violente avec chacune d'entre elles.

Lucille essaie de hurler, mais ne pousse qu'un cri silencieux, car elle ne sait déjà plus comment faire. Sa bouche se tord, le bruit de la batterie fantôme, toujours plus fort, est insupportable et lui implose les tympans, la douleur l'égare, elle se griffe les joues au sang, tire sur ses oreilles pour se les arracher, se jette aux pieds de Kaleb. Le jeune homme ne la voit plus. Il devient archer démoniaque et joue la musique des enfers dans le crâne survolté de sa victime, fouette au sang la moindre parcelle d'espoir, ravage ses rêves, détruit ses envies, fout le feu au champ de ruines qu'est devenu son cerveau. La fille recouvre l'usage de ses cordes vocales, elle halète et gémit des sons inaudibles, s'écorche désormais la gorge, incapable de supporter les bruits qu'elle émet.

— Oublie-moi, oublie tout ! hurle-t-il.

Quelque chose s'effondre irréversiblement en elle. Un vaisseau qui pète dans le cerveau. Le visage qui s'affaisse en tics grotesques.

Alors Lucille cesse de crier. Elle chantonne maintenant, sans se soucier de la morve qui coule sur ses lèvres joliment maquillées. Son visage et sa gorge sont en sang. Ses oreilles écarlates. Tout ce rouge... C'est joli, ce rouge ! Elle ne voit et ne verra jamais plus que ça : le rouge qui baigne les yeux de celui qu'elle a cru aimer. Les yeux de cet inconnu aux traits déformés, qui se tient face à elle. Qui est-il ? Lucille éclate de rire et reprend sa chanson en se berçant.

Kaleb se tait. La folle rit et chante une chanson improbable. La colère est partie, mais la bête est toujours là. Toujours là, mais autre. Sur le point de se retourner contre lui et de l'attaquer. Elle n'a pas de visage, elle n'a pas de dents mais il sent déjà ses crocs prêts à le déchiqueter. Il prend conscience avec horreur de ce qu'il a fait, tandis que la folle éclate de rire. Envie de vomir. La bête est devenue culpabilité et va le ronger comme un acide. Ce qu'il a fait à Lucille est irrémédiable, il le sait. Il ne mérite pas de vivre : la bête peut le prendre. Il est prêt à crever.

Mais un nouveau bruit dans la rue l'alerte. Une partie de lui s'en inquiète et lui intime de se ressaisir. Alors il se concentre sur le filet poisseux qui lui enserre le cœur, et puise dans ses réserves pour le rejeter de toutes ses forces vers la salle de concert. Il suffoque, transpire, il est trop faible pour y arriver. Pourtant il le faut ! Encore un effort, il pousse, le repousse hors de lui avec l'énergie du désespoir.

L'entité se détache enfin et vient s'échouer sur la foule en délire qui sursaute à peine.

Il y aura un taux anormalement élevé de suicides, chez les gens qui ont assisté au concert, ce soir-là.

L'entité est partie. Mais elle n'est pas partie seule. Kaleb s'en aperçoit immédiatement. Plus de souffrances, plus de pensées parasites. Plus de cette sensiblerie qui le parasitait constamment et lui pourrissait la vie depuis des semaines. Il se sent incroyablement bien. Calme. Débarrassé. Cela faisait longtemps qu'il n'avait pas ressenti ça. L'avait-il jamais ressenti, d'ailleurs ?

Il contourne lentement le corps de la folle et quitte la ruelle, en silence. Kaleb Helgusson est mort à lui-même, ce soir. Il n'a plus d'attaches, plus d'amour, et aucun remords. En passant devant l'affiche du concert des Hell Brothers, il se dit que oui, l'enfer il connaît : il vient d'y faire une incursion et il a aimé. Tout cela vaut bien un « l » de plus à son nom. Kaleb *Hell*gusson. Il l'écrira comme ça, désormais. Ce soir, il fête sa renaissance. Son baptême de l'enfer.

L'idée lui plaît et le fait sourire à son reflet qu'il croise au hasard d'une vitrine éclairée. Il sourit mais ne remarque pas ce qui fera changer de trottoir tous les passants qu'il rencontrera cette nuit-là : des iris d'un bleu presque blanc, cerclés de noir, et baignant dans une mer de sang.

# 9.

Kaleb allume le poste de télévision en arrivant dans sa chambre d'hôtel et intercepte un flash d'informations très spécial...

« ... en Islande. Un jeune homme aurait été poignardé à plus de cinquante reprises par un forcené, l'accusant d'être un "elfe noir". Quand la nouvelle a fini de parcourir le village, une tension sans précédent s'est répandue, créant une émeute au sein de la communauté qui a alors mené une véritable chasse aux sorcières. Le quart des habitations ont été brûlées et au moins quinze personnes sont blessées, dont trois grièvement. Selon les autorités islandaises, des incidents de ce genre se seraient multipliés depuis quelques semaines, sans explication logique. À noter que nos voisins islandais croient dur comme fer à l'existence d'elfes et de trolls, qui logeraient dans les campagnes avoisinantes... »

Intuitivement, Kaleb a la conviction que ces émeutes ont un lien avec l'éruption du volcan Eyjafjöll et l'expression du don des porteurs du gène. C'est là-bas que tout se joue. Il doit s'y rendre coûte que coûte, et retrouver les siens pour affronter SENTINEL.

Le lendemain, alors qu'il émerge difficilement d'un rêve où l'homme noir lui est encore apparu et lui a confirmé que l'Islande représente bien sa destination finale, une idée s'impose à Kaleb. Il se lève péniblement : cette nuit intense l'a complètement vidé de son énergie. Son premier réflexe est d'aller se regarder dans le miroir de la salle de bains. Après ce qu'il a fait, il s'attend à des changements flagrants.

— En effet...

Il ne s'attarde pas devant son reflet pour autant. Si c'est là le prix à payer pour survivre, alors il l'accepte. Il prend une douche rapide, frotte vigoureusement son corps amaigri par les dépenses caloriques que provoquent ses « crises ». Puis il s'habille sans hâte et quitte sa chambre. Sa montre indique seize heures. Kaleb a donc dormi plus de douze heures.

L'homme qui vient d'entrer dans sa boutique a tout d'un voyou. Vêtu de noir, lunettes de soleil qu'il ne prend pas la peine d'ôter pour le saluer, sourire en coin. Son allure ne lui dit rien qui vaille. Le libraire reste vigilant. Lorsque le type s'approche de lui, il est prêt à en découdre, en proie à un énervement inhabituel.

— Vous avez des livres sur les contes et légendes d'Islande ?

— Je vois que votre mère ne vous a pas appris la politesse, jeune homme. Mais chez moi on ôte ses lunettes de soleil et on dit bonjour avant de s'adresser à quelqu'un !

— Ma mère est morte à ma naissance, bonjour, répond le client en calant la monture sur le haut de son crâne.

Le libraire n'avait jamais rien vu de tel en trente ans de carrière. Il reste un instant estomaqué devant les yeux du garçon. Des iris d'un bleu aussi clair qu'un ciel d'hiver, des pupilles dilatées comme deux puits si profonds qu'ils lui donnent le vertige, et le plus impressionnant : une mer de sang dans chaque œil dont les mouvements quasi hypnotiques le font presque chanceler. L'homme s'agrippe à sa caisse d'une main et, de l'autre, désigne le rayon concerné.

Kaleb prend tous les livres et les règle au libraire tétanisé. Il y en a une demi-douzaine.

L'homme noir avait raison. Depuis qu'il s'est libéré de ses attaches, qu'il n'a plus de père ni d'ami, que Lucille est définitivement sortie de sa vie, Kaleb se sent enfin libre. Débarrassé d'un lourd fardeau.

Peut-être s'agissait-il de son cœur, ou bien encore de ce qu'on appelle l'âme, mais cela lui est égal.

Se sent-il vivant, ainsi dépouillé ? Non.

Car sa mort a bien été la clé. La clé de lui-même. Il a délibérément tué une partie de son être, celle qui l'encombrait de sa trouille et de ses scrupules. Désormais, il exulte dans la noirceur. Le froid intérieur qui l'a investi cette nuit ne le quittera peut-être jamais totalement, mais il l'accepte.

Kaleb pose les livres au sol, se connecte à l'ordinateur du cybercafé, et contacte Vulcan.

Kaleb : Je voulais te dire…

Il s'interrompt aussitôt la connexion établie. Quelque chose a changé chez Vulcan, qu'il n'avait jamais perçu auparavant. Son don.

Kaleb : Pourquoi tu m'as menti ? Tu n'es pas inhibé, je peux percevoir ta force.
Vulcan : J'ai été sevré.
Kaleb : « Été » ? Par qui ?
Vulcan : Peu importe. Tu voulais me dire quelque chose ?
Kaleb : Oui, mais j'en ai assez de tes mystères. Montre-toi ou on en reste là.
Vulcan : Je ne peux pas.
Kaleb : Maintenant !

Il pousse quelque chose en elle. La jeune fille sent l'impact sans pouvoir y résister. Malgré la peur et ses réticences, sa volonté abdique et elle finit par actionner le bouton de la webcam.

Kaleb attend quelques secondes, mâchoires serrées. Lorsqu'il découvre enfin le visage de son interlocuteur, il éprouve comme une décharge électrique. Non seulement Vulcan est une fille, mais c'est...

Kaleb : Abigail !
Vulcan : Comment connais-tu mon prénom ?

Elle paraît sous le choc. Elle n'avait rien prévu de tout ça. Qu'il l'appellerait par ce prénom dont le colonel l'avait dépossédée depuis si longtemps, qu'elle aimerait le lire, ou que Kaleb serait si beau.

Kaleb : Je rêve de toi toutes les nuits depuis des semaines, Abigail. De tes yeux comme des émeraudes, de ta chevelure de feu, de ta peau si douce. Dans chacun de mes rêves tu es mon amante, ma moitié. Je croyais à une autre hallucination et je découvre que tu existes ! Qui es-tu ? Où es-tu ?

Alors qu'il pensait s'être fermé à l'amour, il retrouve sa compagne nocturne, sa maîtresse maléfique, et elle se révèle encore plus belle que dans ses rêves. Il est complètement captivé par l'image de la jeune fille et ce qu'il perçoit d'elle. Elle est...

irrésistible. Il sent monter une espèce de rage en lui, d'urgence à la posséder, qui lui brûle les entrailles.

Cette révélation trouble Abigail. Le don de Kaleb ne s'est exprimé qu'il y a quelques jours... Comment a-t-il pu rêver d'elle depuis si longtemps ? C'est complètement irrationnel ! De même que la profonde attirance qu'elle ressent pour lui et qui va bien au-delà de ses nouveaux appétits de succube. Elle a le sentiment d'une destinée commune, d'une nécessité de se retrouver pour accomplir quelque chose qui les dépasse tous les deux. Non... elle doit repousser ces idées avec force !

Vulcan : Je ne peux pas me dévoiler, Kaleb... Pourquoi tu m'as contactée ?
Kaleb : Je voulais te dire adieu. Je pars pour l'Islande. C'est là-bas que je dois aller.
Vulcan : Dois ?
Kaleb : J'ai eu une vision.
Vulcan : L'homme noir ?

Elle est décidément surprenante...

Kaleb : Oui.
Vulcan : Si tu vas en Islande, les Sentinelles te tueront. Ils t'attendent là-bas : c'est tellement évident que tu partes à la recherche de tes origines. Je pense que l'homme noir n'est pas aussi bien intentionné qu'il le prétend...
Kaleb : Je n'ai nulle part ailleurs où aller.
Vulcan : Pars en Irlande à la place. Le groupe d'EDV rebelles se cache là-bas, dans le comté de Cork. Je

ne connais pas le nom de leur chef, mais ils sauront te repérer dès ton arrivée.

Kaleb : Je veux retrouver ma famille, Abigail. Donne-moi une seule bonne raison de changer mes plans.

Vulcan : Si tu vas en Irlande, je t'y rejoindrai.

La lecture des mémoires de David Armstrong l'a si profondément bouleversée qu'elle ne sait plus qui croire, ni que penser. Les Sentinelles sont-ils vraiment du bon côté de la barrière ? Kaleb a-t-il le pouvoir de destruction dont on le soupçonne et, le cas échéant, l'amour ne serait-il pas sa clé vers le salut ? On ne peut qu'aimer Kaleb, elle en est plus que jamais convaincue. Peut-être s'agit-il d'un de ses tours d'empathe, peut-être pas.

Et si le jeune homme était tout simplement l'être le plus puissant, le plus beau, le plus exceptionnel que cette terre ait porté ? Et s'ils tombaient amoureux l'un de l'autre ? Alors elle serait perdue pour la Cause, rejetée et supprimée par SENTINEL. L'orpheline le redoutait plus que tout. Elle aurait préféré ne jamais prendre le risque de rencontrer Kaleb. Mais elle n'a pas le choix.

— Vous êtes vraiment sûr que je dois y aller ? demande-t-elle après s'être déconnectée.

— Depuis quand discutez-vous mes ordres, soldat ? lui répond le colonel, qui a dicté chacun des mots qu'elle a tapé.

# 10.

Quelques heures plus tard, le colonel entre en trombe dans la salle de réunion, suivi de son assistante.

— Bonjour, mademoiselle, s'écrie Jones. Content de vous revoir !

Les mots ont jailli de sa bouche sans qu'il se l'explique. Il ne lui avait jamais prêté la moindre attention jusque-là et voilà qu'il ressent soudain le besoin de lui être agréable, de lui plaire, peut-être. Il faut dire que pour la première fois, Jones remarque à quel point Abigail est belle. Une beauté mystérieuse, presque inquiétante, à couper le souffle. Jones a soudain chaud. Très chaud. S'il continue à nourrir ce genre de pensées coupables, ça va finir par se voir... Affreusement gêné, il n'attend pas la réponse de la jeune fille, ni même les commentaires du colonel, et se précipite aux toilettes pour se rafraîchir les idées.

— Bien… Commençons.

Bergsson préfère ne pas relever l'incident. La présence de son assistante parmi les Sentinelles sera bientôt réellement problématique et la situation, ingérable. Mais la priorité du jour n'est pas là.

Il établit une connexion avec un de ses soldats spécialement dépêchés sur place.

— Messieurs, je vous présente notre correspondant parisien. Le soldat Dupuis se trouve actuellement à l'hôpital Sainte-Anne et a dû gérer une urgence psychiatrique des plus… intéressantes.

Dupuis braque sa caméra sur une jeune fille. Abigail frissonne. Elle comprend immédiatement qu'il s'agit de la petite amie de Kaleb. Ce qui signifie qu'il a échoué au test. Le piège était simple : il s'agissait de concentrer sa paranoïa sur elle, jusqu'à le convaincre qu'elle représentait un danger pour lui. Ce qui était d'autant plus facile qu'un empathe tout juste révélé est très instable psychologiquement. Kaleb aurait néanmoins pu éviter le pire en se contentant de fuir sa petite amie. Au lieu de ça, il l'a ni plus ni moins massacrée.

— Le sujet s'appelle Lucille Thomas, dix-sept ans. La nuit dernière, une véritable tempête s'est déchaînée dans son cerveau. Provoquant tour à tour crises d'épilepsie et accidents vasculaires cérébraux en série. Comme un énorme court-circuit.

Les zones du langage et de la pensée ont été touchées. Les dégâts sont irrémédiables : Lucille ne pourra plus jamais parler, ni rêver ; elle est désormais incapable de comprendre son environnement et d'interagir avec lui. Elle ne sait plus à quoi servent les objets autour d'elle, ni même reconnaître un visage. Elle évolue pour toujours dans un monde étrange et effrayant qu'elle ne comprend pas.

Comme pour illustrer les propos du colonel, Lucille laisse échapper un long filet de bave. Fascinés, tous les hommes autour de la table de réunion suivent des yeux sa lente progression, tête penchée et yeux dans le vide, jusqu'à sa blouse d'hôpital avachie sur un fauteuil. Abigail en aurait pleuré. Elle avait bien senti qu'il y avait quelque chose de différent chez Kaleb, pendant leur tchat. Il semblait plus froid, plus déterminé qu'avant. À bien y réfléchir, il n'avait manifesté aucune inquiétude quant à son avenir. Kaleb avait basculé…

Elle laisse échapper un petit cri.

Comment a-t-elle pu ignorer un tel détail ? Elle se souvient à présent de ses yeux, si clairs qu'ils en étaient presque blancs, et du sang autour renforçant leur aspect surnaturel. Elle les avait vus, mais n'en avait rien pensé. Se pourrait-il qu'il lui ait intimé l'ordre de ne pas s'inquiéter ? Vu ce qu'il a fait subir à sa petite amie, elle ne peut plus en douter. Oui, Kaleb l'a manipulée et elle a bien failli tomber dans le piège !

Elle sent soudain la colère monter en elle.

Bergsson, qui n'a rien manqué des états d'âme de sa fille, lui adresse un regard satisfait et poursuit son intervention.

— Et, comme vous l'avez déjà tous compris, Lucille Thomas doit son état à Kaleb Helgusson. Nous passons donc en code rouge. Jamais un enfant du volcan fraîchement révélé n'est allé aussi loin. Pas même Mary Ann Armstrong. À peine quelques semaines après le réveil du gène, nous évaluons que son don en est déjà au niveau trois. C'est une première qui nous laisse envisager le pire sur son évolution possible. Il se pourrait que cet empathe remette en cause jusqu'à la classification des dons. Dans ces conditions, vous comprendrez que l'exfiltration est imminente. Des ordres ont déjà été donnés à nos hommes. Je le veux vivant !

Abigail ne se leurre pas sur ce que cela signifie. Le colonel ne reculera devant aucun acte de torture pour étudier et convertir l'empathe.

Lorsqu'ils se retrouvent seuls dans le bureau de Bergsson, elle se risque à poser la question qui la démange.

— Colonel, avez-vous une idée de ce qu'il pourra faire quand nous l'aurons converti ?

— Ce n'est pas ce qui compte pour l'instant, soldat. Nous devons nous concentrer sur son exfiltration. Il faut le retirer de la société : il est trop dangereux.

Mais Abigail connaît trop bien son père pour en rester là.

— Vous... tu veux vraiment le convertir ?

— Si tu poses la question, c'est que tu te doutes de la réponse, non ?

Si. La jeune fille comprend qu'il n'a aucunement l'intention de le garder en vie. Pire, il veut le tuer de ses propres mains.

Le colonel va enfin atteindre son but. Il fera d'une pierre deux coups en tuant ce démon. Non seulement il accomplira la Prophétie et sauvera les innocents, mais il servira aussi ses intérêts personnels...

— Mais pourquoi ? Pourquoi ne lui laisser aucune chance ? s'insurge Abigail, malgré elle et malgré la crainte que lui inspire Kaleb.

— Ça ne te regarde pas !

— J'ai besoin de savoir pourquoi je risque ma vie et pourquoi tu le détestes à ce point ! hurle-t-elle.

Le colonel sent la rage de la jeune fille qui l'emplit et le vide en même temps. Il la regarde longuement avant de répondre, le temps de reprendre le dessus face au succube en colère et de lui faire passer un message qui la rassurera. Abigail n'est pas dupe, mais, docile, accepte l'ordre de son père qui lui intime de se calmer.

— Dis-le-moi, supplie-t-elle, je peux tout entendre, mais je dois aussi comprendre...

Alors le colonel prend une longue inspiration et lui explique.

— Il y a vingt de ça, je haïssais mon don au point de l'avoir inhibé moi-même. J'avais tout sacrifié à la Cause, perdant mon épouse, et surtout ma fille chérie, pour les avoir trop longtemps négligées. Mais un jour, mon enfant m'est revenue, et l'espoir avec. Car je m'étais senti si minable, si seul sans elle, que j'avais fini par douter du bien-fondé de cette Cause qui me séparait de la seule personne que j'aie jamais aimée.

Bien sûr, Abigail sait qu'elle n'est que la fille adoptive de Karl. Mais, en entendant ces mots, elle réalise que tout ce qu'elle croyait ou espérait de ses liens avec lui n'avait été qu'illusion. Il n'avait été père qu'une seule fois, mais pas le sien. Il n'avait aimé qu'une seule enfant, mais pas elle. Elle ne sera jamais rien d'autre que le rejeton d'une autre, d'un monstre sans morale. Elle restera à ses yeux un simple pion dans l'échiquier de SENTINEL. Abigail a une irrépressible envie de pleurer, veut mourir sur-le-champ, elle qui a toujours couru après l'amour et l'approbation de ce père si dur. Mais Karl est trop absorbé par l'évocation de ses souvenirs pour s'apercevoir des tourments qui agitent le jeune soldat.

— Mais un jour béni, ma fille est revenue. J'en ai pleuré de bonheur, pour la première fois de ma vie. Je n'ai pas compris immédiatement qu'elle n'était pas seule. Il faut dire que, contrairement à elle, je n'étais plus empathe, à l'époque. Ce n'est que lorsque son ventre a commencé à s'arrondir que j'ai saisi. J'étais fou de joie. Je ne comprenais pas qu'elle ait l'air si triste, mais j'ai mis ça sur le compte de ses craintes de l'accouchement. J'avais tort.

Abigail retient son souffle. Elle craint d'avoir déjà compris... mais veut l'entendre de la bouche du colonel.

— Et puis, l'enfant est né. Ma fille avait souhaité que je lui tienne la main pendant l'accouchement. À aucun moment je ne l'ai lâchée. Même quand le nouveau-né a poussé son premier cri et que Helga a hurlé encore plus fort. Même quand j'ai entendu tous les cris des soldats de l'étage et perdu pied à mon tour pour plonger dans les cauchemars les plus atroces, tombant sur un scalpel qui m'ouvrait le ventre en deux. Même quand j'ai compris que l'enfant se déchargeait de sa peur d'être né sur toutes les personnes alentour. Même quand il a infligé à sa propre mère une douleur si intense qu'elle lui a déchiré le cœur. Même quand il s'est calmé enfin, et que j'ai compris qu'il serait l'empathe le plus puissant que la Terre ait jamais porté. Même quand j'ai constaté que je serrais la main crispée d'une mère morte de la colère de son propre fils. Si j'avais pleuré de joie grâce à Helga, pour la première fois de ma vie j'ai sangloté de chagrin à cause de lui. Et je me suis juré que ce serait la dernière.

Accusant difficilement le choc de la révélation, Abigail croit qu'elle va défaillir. Elle regarde le colonel dont tous les muscles sont bandés à l'extrême. Il paraît à deux doigts d'exploser.

— Tu veux dire que Kaleb est... ton petit-f...

Une baffe magistrale s'abat sur le visage de la jeune fille. Son tympan se révolte et siffle. Abigail porte sa main à l'oreille et ses yeux s'emplissent aussitôt de larmes.

— Ne prononce jamais ce mot ou je te tuerai, compris ?

# 11.

Sitôt le contact rompu avec Abigail, Kaleb a commandé son billet sur Internet. Il monte maintenant dans l'avion en se demandant s'il a fait le bon choix de destination. Mais il est trop tard pour douter.

Il s'assied confortablement dans son siège, côté hublot, et adresse un sourire charmeur à l'hôtesse de l'air qui le lui rend. Dans deux heures, il sera à Cork, en Irlande, étape supplémentaire et imprévue avant de rejoindre la terre de ses ancêtres. Tout cela pour une fille qu'il croit déjà aimer et qui se révélera peut-être son ennemie.

Car Kaleb, s'il a été immédiatement conquis par le charme d'Abigail, n'est pas dupe pour autant. Il a perçu le danger qu'elle représente. Et pour la première fois depuis le début de cette ténébreuse histoire, il a enfin capté les vibrations de ce fameux colonel contre lequel elle l'a mis en garde. Ironie du sort, ce salaud est resté tout près d'elle tandis qu'ils tchataient.

À présent, Karl Bergsson n'est plus le seul à jouer.

Kaleb vient d'entrer dans la ronde et il pense même avoir quelques tours d'avance : l'autre empathe n'a pas compris qu'il a été démasqué.

Tandis que l'avion atteint sa vitesse de croisière, Kaleb s'offre le luxe de se détendre...

Et c'est à l'instant précis où le colonel révèle à Abigail le lien qui l'unit à Kaleb que le jeune homme établit avec lui une connexion qui ne disparaîtra plus.

Il éprouve alors une sensation étrange, mais qui ne dure pas...

Comme un coup de poing dans l'estomac.

# Remerciements

Enja, la traductrice contactée par Kaleb, et l'auteur tiennent à remercier tout particulièrement Hanna Steinunn Thorleifsdóttir pour son aide précieuse concernant les passages en islandais.

En attendant de découvrir
la saison II de *Kaleb*
tout début 2013...

Entrez
dans un
nouvel

avec d'autres romans
de la collection

www.facebook.com/collectionr

## LA FILLE DE BRAISES ET DE Ronces

### de Rae Carson

*Le Destin l'a choisie, elle est l'Élue, qu'elle le veuille ou non.*

Princesse d'Orovalle, Elisa est l'unique gardienne de la Pierre Sacrée. Bien qu'elle porte le joyau à son nombril, signe qu'elle a été choisie pour une destinée hors normes, Elisa a déçu les attentes de son peuple, qui ne voit en elle qu'une jeune fille paresseuse, inutile et enveloppée… Le jour de ses seize ans, son père la marie à un souverain de vingt ans son aîné. Elisa commence alors une nouvelle existence loin des siens, dans un royaume de dunes menacé par un ennemi sanguinaire prêt à tout pour s'emparer de sa Pierre Sacrée.

La nouvelle perle de l'*heroic fantasy*.
Le premier tome d'une trilogie « unique, intense… À lire absolument ! » (Veronica Roth, auteur de la trilogie *Divergent*).

## de Lissa Price

*Vous rêvez d'une nouvelle jeunesse ?*
*Devenez quelqu'un d'autre !*

Dans un futur proche : après les ravages d'un virus mortel, seules ont survécu les populations très jeunes ou très âgées : les Starters et les Enders. Réduite à la misère, la jeune Callie, du haut de ses seize ans, tente de survivre dans la rue avec son petit frère. Elle prend alors une décision inimaginable : louer son corps à un mystérieux institut scientifique, la *Banque des Corps*. L'esprit d'une vieille femme en prend possession pour retrouver sa jeunesse perdue. Malheureusement, rien ne se déroule comme prévu... Et Callie prend bientôt conscience que son corps n'a été loué que dans un seul but : exécuter un sinistre plan qu'elle devra contrecarrer à tout prix !

Le premier volet du thriller dystopique phénomène aux États-Unis.

« Les lecteurs de *Hunger Games* vont adorer ! », Kami Garcia, auteur de la série best-seller, *16 Lunes*.

# LA SÉLECTION

## de Kiera Cass

*35 candidates, 1 couronne, la compétition de leur vie.*

Elles sont trente-cinq jeunes filles : la « Sélection » s'annonce comme l'opportunité de leur vie. L'unique chance pour elles de troquer un destin misérable contre un monde de paillettes. L'unique occasion d'habiter dans un palais et de conquérir le cœur du prince Maxon, l'héritier du trône. Mais pour America Singer, cette sélection relève plutôt du cauchemar. Cela signifie renoncer à son amour interdit avec Aspen, un soldat de la caste inférieure. Quitter sa famille. Entrer dans une compétition sans merci. Vivre jour et nuit sous l'œil des caméras... Puis America rencontre le Prince. Et tous les plans qu'elle avait échafaudés s'en trouvent bouleversés...

Le premier tome d'une trilogie pétillante, mêlant dystopie, télé-réalité et conte de fées moderne.

# Night School

## de C.J. Daugherty

*Qui croire quand tout le monde vous ment ?*

Allie Sheridan déteste son lycée. Son grand frère a disparu. Et elle vient d'être arrêtée. Une énième fois. C'en est trop pour ses parents, qui l'envoient dans un internat au règlement quasi militaire. Contre toute attente, Allie s'y plaît. Elle se fait des amis et rencontre Carter, un garçon solitaire, aussi fascinant que difficile à apprivoiser... Mais l'école privée Cimmeria n'a vraiment rien d'ordinaire. L'établissement est fréquenté par un fascinant mélange de surdoués, de rebelles et d'enfants de millionnaires. Plus étrange, certains élèves sont recrutés par la très discrète « Night School », dont les dangereuses activités et les rituels nocturnes demeurent un mystère pour qui n'y participe pas. Allie en est convaincue : ses camarades, ses professeurs, et peut-être ses parents, lui cachent d'inavouables secrets. Elle devra vite choisir à qui se fier, et surtout qui aimer...

Le premier tome de la série découverte par le prestigieux éditeur de *Twilight*, *La Maison de la nuit*, *Nightshade* et Scott Westerfeld en Angleterre.

# À PARAÎTRE

## *Phænix*
### de Carina Rozenfeld
### (septembre 2012)

## *Glitch*
### de Heather Anastasiu
### (septembre 2012)

Retrouvez tout l'univers de
Kaleb
sur la page Facebook de la collection R :
www.facebook.com/collectionr


Vous souhaitez être tenu(e) informé(e)
des prochaines parutions de la collection R
et recevoir notre newsletter ?

Écrivez-nous à l'adresse suivante,
en nous indiquant votre adresse e-mail :
servicepresse@robert-laffont.fr

*Composé par Nord Compo Multimédia*
*7, rue de Fives, 59650 Villeneuve-d'Ascq*

Imprimé en France par CPI
en juin 2016

Dépôt légal : juin 2012
N° d'édition : 55581/05 – N° d'impression : 3018200